KB057650

꽃 지고
강물 흘러

이청준

청소년 현대문학선 035

꽃지고 강물 흘러

문이당

• • •

청소년 판을 내면서

삶의 체험이 담긴 소설들

나라 전체가 6·25 전란의 참화로 황폐해진 1954년 봄, 나는 남해 안가 벽지 시골 초등학교를 졸업하고 인근 광주시의 한 중학교에 입학하기 위해 혼자서 고향 마을을 떠나갔다. 그 도회 학교 진학 길은 가난하고 힘든 시골살이를 벗어나 보다 유족하고 개화된 도회살이 속으로 끼어드는 첫걸음인 셈이었다. 하지만 한 남루한 시골 소년이 도회 주민이 되려는 과정은 여간 힘들고 험난한 것이 아니었다. 이 소설집 중 「들꽃 씨앗 하나」는 전부가 그런 것은 아니지만 많은 부분 그 시절 내 실제 모습과 고향 떠나기 과정 중 어느 시기 일을 거의 그대로 담고 있는 작품이다.

하지만 그렇게 중학교와 고등학교, 대학을 거치고 광주에서 다시 서울까지 삶의 터를 옮겨 가며 살아 본 도회살이의 경험은 그 겉모습이나 희망에 부풀었던 어린 시절의 생각처럼 멋있는 것만은 아니었다. 윤택하고 문명화된 겉모습 뒤에는 늘 어두운 그림자와 가파른 다

틈이 함께 하는 일이 많았다. 어느 봄날 한강 가에서 생명 있는 것에 대한 사랑을 실천하는 방생(放生) 행사를 위해 일부러 물고기를 잡아 들이는 광경에서 느낀 충격은 바로 그런 도회살이 문화 속에 감춰진 사람의 이기심과 거짓된 생각의 우스꽝스러움 때문이었다.

나는 새삼 무엇이 참된 삶이며 내 참된 모습이 무엇인지 묻지 않을 수 없었고, 내 진정한 삶과 문학의 길을 위해 오래전에 버리고 떠나온 고향 동네 시골살이를 다시 생각해 보지 않을 수 없었다. 그 도회살이 중 보이지 않는 폭력과 부조리함을 상징적으로 그린 것이 「잔인한 도시」라면, 그 이야기의 노인이 마음속의 따뜻한 남쪽 동네를 향해 먼 길을 떠나듯 나 역시 이 무렵부터 내 옛 시골 고을을 다시 찾기 시작한 것이다.

그로부터 나는 그 시골살이(혹은 고향살이)와 도회살이의 참모습과 뜻을 알기 위해 서울에서 고향 시골로, 시골 동네에서 다시 서울로, 가고 돌아오기를 수없이 되풀이하면서, 결국엔 그 양쪽 모두가 우리 삶의 각기 한쪽씩 모습임을 깨닫게 됐다. 자연 친화적이고 감성적인 측면이 앞서 보이는 시골살이와 인위적이고 이성적인 측면이 앞서 보이는 도회살이는 어느 쪽이 더 값지고 옳은 것이기보다 서로 온전한 하나로 보완되고 융합되어야 할 우리 삶의 소중한 고유 덕목을 지니고 있기 때문이다.

「살아 있는 늪」이 그 도회살이와 시골살이 양쪽을 번갈아 오가는 과정 중 한 이야기라면, 「꽃 지고 강물 흘러」는 그 양쪽 모두, 우리 삶 모두를 받아들이고 싶은 내 소망의 기록이라 할 수 있을 것이다.

거듭 말하거니와 내 삶 속의 실제 경험들이 녹아 담긴 이 소설들은 그러니까 앞서 든 작품 순서에 따라 그 생각이나 문장 표현 또한 내 소년기로부터 지금에 이르기까지의 모습 거의 그대로가 아닐까 싶다.

2007년 여름

이청준

차례 꽃 지고 강물 흘러

꽃 지고 강물 흘러

형수가 어디 나들이를 갔는지 집이 비어 있었다.

사립문을 단속하지 않은 걸 보아 먼 길을 나선 것 같진 않았지만, 인적기 없는 빈집 안마당을 들어서려니 어딘지 새삼 기분이 서먹했다.

사립 앞에서 차를 먼저 내린 아내도 같은 기분인지 뒤 트렁크만 열어 둔 채 데면데면한 표정으로 나를 기다리고 있었다.

나는 아내의 속내를 모른 척 스적스적 혼자 담쟁이덩굴 무성한 블록 담벼락을 돌아 나갔다. 수년 전에 돌아가신 노인이 누워 있는 뒷산 중턱께의 밭고랑을 살펴보기 위해서였다. 이 동네로 거처를 옮겨 오고 작은 산밭 한 뙈기를 장만하고부터 노인은 늘상 그 산밭 고랑에만 묻혀 지냈다. 한 해 한두 번씩 당신을 뵈러 왔다 집이 비어 있어 찾아보면 노인은 어김없이 산밭 이랑 사이를 무슨 세월의 얼룩처럼 조그맣게 떠돌고 있었다. 그러다 마지막 몇 해를 치매기 속에 헤매다 노인은 아예 그 밭뙈기 한 귀퉁이에다 유택을 잡아 눕게 됐고, 이후부턴 당신 대신 형수가 그 산밭 길을 오르내리기 시작했다. 노인이 가신 뒤로도 이따금 빈 사립을 들어서려다 담벼락을 돌아 나가 산밭 쪽을 올려다보면 옛날의 노인처럼 형수가 그 밭고랑을 오가고 있었다.

하지만 이날은 바야흐로 가을걷이가 시작된 누런 콩밭 한쪽으로 역시 회누렇게 변해 가는 노인의 묘소 봉분만 나지막하게 드러날 뿐 다른 사람의 흔적은 눈에 띄지 않았다.

"저 사람 말처럼 역시 오질 말았어야 했나?"

나는 하릴없이 발길을 되돌리며 속으로 혼잣말을 삼켰다.

전화로 미리 알리지 않고 온 것이 잘못인지 몰랐다. 하지만 전화보다도 아내는 이번 큰집 길 자체를 썩 탐탁해하지 않았다.

"우리가 찾아가는 거 형님이 갈수록 귀찮아하는 거 당신도 알잖아요. 찾아오는 사람 차마 오지 말라는 소리는 못해도 하룻밤만 자고 일어나 봐요. 우리가 다시 가방을 꾸리고 나서려는 기미만 살피는 식이잖아요. 게다가 이번엔 어머님 제사도 아닌데……."

아내의 말은 그리 틀린 소리가 아니었다. 노인이 돌아가시고 나자 형수는 이제 우리가 그 큰집 길 발걸음을 끊을 것으로 여긴 모양이었다. 아내와 함께든 나 혼자서든 가까운 지역을 지나다 생각나 들러 보면 형수는 남의 식구 대하듯 문밖에서 '웬 느닷없는 걸음이냐'는 식으로 생뚱맞은 응대였다. 전화를 미리 하고 갔는데도 저녁 준비가 없을 때도 있었고, 더러는 아예 대문을 걸어 잠근 채 불을 끄고 자다가 얼결에 깜깜한 방문을 열고 나오는 때마저 있었다. 그런 투의 형수의 냉대는 해가 갈수록 티를 더해 갔고, 아내는 끝내 더 이상 그것을 참을 수 없어 했다.

"이제는 어머님도 안 계신데 우리가 뭐가 아쉬워 번번이 그런 눈치 보아 가며 여길 찾아다녀야 해요? 제삿날 말고는 이제 여기 그만 다녀요."

지난 초봄께 노인의 기제사를 치르고 돌아가는 길에 아내가 은근히 벼르던 소리였다. 그리고 이후엔 나 역시 아내의 불편한 심기를 더치지 말자고 철 따라 명절 따라 줄기차게 내려 다니던 이 큰집 발길을 1년 가까이나 끊고 지내 온 것이었다. 하다 보니 형수도 눈치가 좀 이상했던지 요 가을철 들어선 이따금, 어째 이즘엔 통 발길이 뜸하냐, 가을철 가기 전에 한번 다녀갈 예정 없느냐, 전에 없던 전화를 걸어오곤 하였다. 하지만 아내나 나는 그것까지도 좋은 뜻으로 받아들여지지 않았다. 이쪽에서 한동안 소식이 잠잠하니 언제 갑자기 닥쳐들지 불안해서 그러는 게지. 인제 정말 우리가 발길을 끊으려는지 알고 싶어서이기도 할 거고…….

거기까지는 아내나 나나 비슷한 심정이었다. 하지만 정말 발길을 끊고 싶어 하는 아내에 비해 내 속마음은 솔직히 그런 식으로 쉽게 정리될 수가 없었다. 우리가 아예 발길을 끊고 나면 그 집이 누구 차지가 되고 마는가. 대체 누구를 위해 어떻게 지어진 집인데 누구 좋으라고……. 작은 오두막 한옥이나마 그 집은 애초 노인을 위해 당신의 소망에 따라 지어진 집이었다. 그리고 수삼 년 당신의 고단한 노년 세월을 묻고 간 그 집은 여전히 당신의 집이어야 마땅했다. 뒷산 밭 자락 한곳으로 노인이 마지막 쉴 자리를 잡아 옮겨 간 지 10년 가까운 지금에도 그런 내 마음은 여전히 바뀌지 않고 있었다. 아니, 우리가 발길을 끊어 주기를 바라는 듯한 형수의 눈치가 노골적일수록 그 집을 여전히 노인의 것으로 지켜 가고 싶은 마음이 자꾸 더 날을 세워 갔다.

형수의 눈치가 아무리 불편하더라도 나는 절대로 발길을 끊을 수 없었다. 발길을 끊는 것은 그날로 노인의 집을 형수에게로 넘겨주는 것이었다.

그런데 지난 9월 하순께였다. 이쪽 ㅈ 문화원에서 해마다 주최해 온 '출향 문필인 고향 방문' 행사 일정을 알려 온 걸 보니, 올해는 10월 첫 토요일 저녁에 특별히 지역 내 고찰 보림사의 범종 타종 행사가 예정되어 있었다. 보림사의 저녁 범종 소리는 언젠가 그 방면에 식견이 있는 한 음악도 친구의 감탄을 들은 적이 있어 근처에 들를 때마다 일부러 찾아 듣곤 해 온 터인데, 스님들이 특별히 타종 행사를 베푼다니 마음이 끌리지 않을 수 없었다. 나는 곧 남행길을 결정했고, 여태까지 늘 같은 길을 함께해 온 아내에게도 그 특별한 타종 행사를 내세워 동행을 제의했다. 굳이 말을 하지 않았지만 길을 나선 김에 이번엔 모처럼 만에 큰댁까지 함께 다녀올 생각에서였다.

　하지만 아내는 보림사만으로도 이번 남행길이 결국 형수네 큰
댁까지 이어지리라는 것을 금세 알아차렸다. 뿐더러 자신의 불편
스러운 속내와 상관없이 내 남행길 예정이 쉽게 바뀌지 않으리라
는 것도 알고 있었다. 그녀는 남행길 이야기가 처음 나왔을 때 몇
마디 형수에 대한 불편스러운 심기를 드러냈을 뿐 이내 입을 닫고
말았다. 그리고 이 10월의 첫 토요일 아침 그런대로 썩 범상한 안
색으로 길을 따라나섰고, 지난 저녁 보림사 타종 행사를 참관하고
이날 아침 느지막이 내가 찻길을 이쪽으로 잡고 나섰을 때에도 별
말이 없었다.

　하니까 사실 형수에게 전화를 걸어 두려면 이날 아침 이쪽으로
길을 잡아 나설 때가 적당했다. 하지만 나는 생각이 났으면서도
역시 통화를 단념했다. 이웃집 마실에, 들밭 일에 집을 자주 비우
는 형수가 이날따라 우리 전화를 기다리고 앉아 있을 것 같지도
않은 데다, 전화를 하려면 어차피 아내가 나서 줘야 할 일이었다.
여태껏 조용히 입을 닫고 따라온 아내와 그 일로 새삼 이러쿵저러
쿵 탐탁잖은 소리가 오갈 수도 있었다.

　"끼니 차림이야 잠자리 단속이야 준비가 통 없는디, 그렇게 갑
자기 사람이 들이닥치면 나 혼자 어쩌란 말이냐."

　전화를 미리 걸고 보면 항용 되돌아오는 건 형수의 짜증 섞인
푸념이었다. 아내에게 전화를 걸랬다간 그런 타박 투를 잊지 않고

있을 그녀의 반응 또한 짐작이 뻔했다.

"당신은 그런 형님 말투 몰라서 그래요? 어차피 가려거든 전화 같은 거 걸지 말구 그냥 가요. 어머님도 안 계신 지금 누가 우릴 반가워한다고 그런 델 굳이 꼭 찾아가야 하는지 모르지만."

서로 간에 자칫 그런 소리가 오가기 쉬웠고, 그렇더라도 끝내는 가고 말 길 앞에서 아내나 나나 그것은 원하는 바가 아니었다. 하기야 그런 전화를 미리 해 뒀대도 전날의 행티*로 보아 지금과 무엇이 크게 달라질 것도 없었을지 모르지만.

사립을 다시 들어서니 아내는 아직도 옷 가방조차 안으로 들이지 않은 채 우두커니 마루 끝에 걸터앉아 있었다. 그리고 속으로 별러 온 듯 몸을 마주 일으키며 한마디 조심스럽게 건네 왔다.

"우리 이렇게 그냥 여기서 기다리고 있을 거예요?"

"여기서 기다리지 않으면…… 그럼 어쩌자구!"

나는 아내의 속내가 뻔했으므로 짐짓 퉁명스럽게 반문했다. 그러자 이번에는 아내가 좀 더 분명한 어조로 나왔다.

"형님이 혹 먼 길을 나섰다면 오늘 안으로 돌아오지 않을지도 모르는데, 주인도 없는 남의 집에 이렇게 밤까지 기다리고 있을 거냐구요."

"이게 어째서 남의 집이야. 이건 우리가 어머니를 위해 힘들게

* 행티 : 행짜를 부리는 버릇.

16

지어 드린 집이야. 그리고 아직 그 노인 양반의 손때가 남아 있구. 노인 돌아가시고 나서 형수님이 기를 쓰고 씻어 지워 내기는 했지만, 그래도 내겐 아직 당신의 손때와 숨결이 남아 있는……. 딴생각 말고 어서 건넌방 치우고 가방부터 들여놔."

나 역시 은근히 더 목소리를 높이고 드는 바람에 아내는 그쯤에서 다시 입을 다물고 말았다. 하지만 나는 아내 앞에 한 번 더 오금을 박았다.

"문단속에 신경을 쓰지 않은 걸 보면 그리 멀리 간 것 같지도 않지만, 오늘 안으로 안 돌아오면 어때. 이따가 우리끼리 저녁 지어 먹고 내일 아침 올라가면 되는 거지 뭐."

말을 끝내고 나선 아내의 반응을 아랑곳 않은 채 천천히 혼자 뒤꼍 쪽 펌프 우물께로 돌아갔다. 이젠 그 우물물에 발을 씻고 차분히 안으로 들어앉을 생각에서였다.

그런데 나는 그 뒤꼍 우물께로 돌아가다 말고 생각을 바꾸었다. 우물께의 작은 가구 창고 안쪽 벽에 바다낚싯대들이 걸려 있는 게 눈에 띄었기 때문이다. 수년 전 성가하여 대처로 나가 지내는 조카아이들이 내려왔다 간척지 들논 건너 제방에서 망둥이 낚시질을 즐기다 남기고 간 물건인 듯했다. 낚싯대 아래 아무렇게나 버려진 미끼 통에는 말린 갯지렁이까지 몇 마리 남아 있었다. 아내의 말마따나 주인도 없는 빈집에서 심기가 편치 않은 사람을 상대로 시간을 보내기가 좀 뭣하던 참이었다. 나는 냉큼 그 낚싯대와 미끼 통을 챙겨 들고 다시 앞마당으로 나서며 아내에게 말했다.

"마침 이게 있으니 나 저 제방 너머 개울에서 낚시 좀 넣어 보고 올게. 날이 늦어져도 형수님 오지 않으면 당신이 우리 저녁거리나 좀 찾아봐."

"엄니 산소는 언제 가 뵈려구요?"

그런 내가 못마땅한 듯 아내가 찌뿌듯한 목소리로 물었다.

"이 양반 행방도 기다려 볼 겸 잠시 쉬었다 이따가 해 넘어가기 전에 가 뵈면 되지 뭐."

나 역시 좀 시큰둥하게 대꾸하고 나서 이번엔 아내의 대꾸를 기다리지 않은 채 사립 밖에 세워 둔 차 트렁크에서 맥주 두어 캔과 과자 부스러기를 꺼내 낚싯대와 함께 묶어 들고 드문드문 가을걷이가 시작된 제방 쪽 벼논길로 들어섰다. 그러면서 조금 전 아내에게 일렀던 소리를 자신에게 다짐하듯 다시 한 번 뇌까렸다.

"그래, 이렇게 그냥 길을 되돌아설 수는 없지. 사정이 어떻든 이런 식으로라도 기어코 여기서 하룻밤을 지내고 가야 하니까. 여긴 아직도 노인의 집이니까. 그걸 형수에게 똑똑히 알게 해야 하니까."

그 집을 짓게 된 내력부터가 당연히 그러했다.

윗마을의 옛집과 논밭, 조상들 선산까지 깡그리 주벽으로 팔아 없앤 가형*이 결국엔 그 주벽에 씌어 아직 전도 창창한 세상까지

*가형 : 남에게 자기 맏형을 겸손하게 이르는 말.

18

버리고 말았다는 소식을 듣고 노인을 찾아 내려갔을 때, 당신은 그동안 일정한 정처 없이 이곳저곳 떠돌며 헤매다 일을 당한 후 이웃 큰누이네 동네의 한 오두막, 주귀(酒鬼)에 홀린 아들이 혼자서 마지막 독주를 마시고 떠나간 움막집 거적 방을 새 거처 삼아 지내고 있었다. 그동안 몸을 피해 친정살이를 하다 돌아온 30대 초년 청상 형수와 계집아이 하나까지 어린 세 조카아이들을 모아 데리고서였다. 객사와 다를 바 없는 주검에 한동네 자형이 서둘러 매장까지 끝내 버린 뒤여서 내가 따로 힘을 들일 일은 없었지만, 문제는 노인과 남은 식구들의 처지였다. 우선 움막집 꼴이 사람이 깃들여 지낼 만한 곳이 못 되었다. 노인과 어린 조카들을 그 거적 방에 그냥 처박아 두고 발길을 돌릴 수가 없었다. 그렇다고 내게 무슨 해결 방도가 있을 수도 없었다. 당시엔 미혼인 처지라 따로 곁에 딸린 부담은 없었지만, 나이 서른 가까이까지 변변한 직장을 얻지 못한 채 이곳저곳 글 동네 변두리나 떠돌며 지내던 나로선 아무래도 마땅한 해결책을 찾을 수가 없었다. 하다못해 나와 함께 서울로 나가잘 수도 없었고, 아니면 아예 거기 함께 주저앉아 버릴 수도 없었다.

사정이 그렇다 보니 우선 임기응변식 처방을 내릴 수밖에 없었다. 그 식구들을 두고 떠나던 날 아침에 나는 노인에게 외상 선심을 깔았다.

"여기서 당분간만 더 고생하고 계세요. 제가 조금만 힘이 모아

지면 형수랑 아이들이랑 함께 지낼 만한 거처를 따로 마련해 드릴 게요."

그리고 그 외상 선심에 대한 노인의 희망에 힘을 실어 드리기 위해 짐짓 당신에게 물었다.

"집을 새로 지어 드린다면 어머닌 어디를 원하세요. 그냥 이곳 누님네 동네가 좋겠어요, 아니면 장터거리쯤이 낫겠어요? 장터거리는 나중에 집값도 좋아질 텐데요."

그런데 그때 노인의 반응이 내겐 전혀 예상 밖이었다.

"글쎄다. 그런 날이 와 준다면 얼마나 좋겠냐만 아직은 네 한 몸 지내기도 힘에 부칠 처지에 우리한테 언제 그런 좋은 날이 올 수 있을라더냐."

아들의 속내나 능력을 통 못 미더워하는 응대였다. 하고 보니 나는 그 노인의 예단이 다행스럽기보다 제물에 공연히 화가 났다. 그래 다시 다짐을 주듯 새 집터에 대한 노인의 희망을 몇 번씩 채근해 물었고, 노인은 그제야 마지못한 듯 한숨기 섞인 몇 마디를 덧붙였다.

"이제 와서 더 무슨 좋은 꼴 보자고 사람 눈길 번잡스러운 장터 거리냐. 네 형 그런 꼴로 간 이 동네도 그렇고. 정작에 그럴 만한 날이 온다믄 조상들 선산 밑 동네로나 다시 가믄 모를까. 인제 나도 남은 세상이 길지 못한 늙은이 처지에 선산 밑 가까이 가 지내다 때가 오믄 조상들 보러 갈 길이 쉬워야 않겠냐. 그래야 지금껏

버려둔 조상 산소 길도 익힐 겸 나중에 느그들이 더러 나를 보러 오기도 편하겠고…….”

그 역시 내게는 뜻밖의 소리로, 노인이 별로 가망 없어 하면서도 그 집을 소망한 것은 당신과 조카아이들이 한데 모여 지낼 거처뿐만 아니라, 당신이 미구에 저승의 조상들을 만나러 떠나갈 마지막 길목을 마련하기 위해서였다. 그리고 또한 뒷날 당신과 조상들의 음덕 바라기를 겸해 당신의 자손들이 찾아 모일 마음의 의지처를 마련하기 위함이었다. 하고 보니 노인은 우선 발길부터 돌이켜 보려던 내 임시방편 격 선심을 어쩔 수 없는 빚 꾸러미로 뒤바꿔 놓은 것이었다.

나는 그렇게 노인을 떠나 서울로 돌아와서도 두고두고 그 빚 꾸러미를 벗을 수가 없었다. 내 무능한 주변머리에도 불구하고 그것을 잊기는커녕 갈수록 무게만 더해 가는 꼴이었다. 하지만 실상 그 빚 꾸러미의 내용은 노인 자신도 별 가망 없어 한 까마득한 꿈일 뿐이었다. 그것을 이뤄 드리고 못하고는 오직 내 능력 여하에 달린 일이었다. 그리고 좀체 그만한 여유를 마련할 처지가 못 된 내게 차라리 좋은 마음의 구실이 될 수도 있었다. 하지만 나는 어차피 그럴 수가 없었다.

“글쎄다……, 우리한테 언제 그런 좋은 날이 올 수 있을라디냐.”

노인이 아들을 믿지 못하고 지레 뒷걸음질을 해 버린 체념 투가 그 가망 없는 소망을 거꾸로 분명한 빚 문서로 못 박고 든 때문이었다.

"네 한 몸 지내기도 힘에 부칠 처지에 언제 우리한테 그런 좋은 날이……."

진작 아들의 무능력을 눈치 채고 있던 탓이기는 했겠지만, 그 몇 마디가 늘 벗어날 수 없는 빚 꾸러미의 무게로 나를 채근하고 든 때문이었다.

하여 내가 그 빚 꾸러미를 벗은 것은 30대 초반 결혼을 하고서도 10년 가까운 세월이 흐른 1970년대 후반에 이르러서였다. 혼인 전부터 빚 꾸러미의 사연을 알았던 아내의 이해를 얻어 그때까지 한 저축의 대부분을 털어 지고 내려가서였다. 하지만 물론 그것으로 노인의 소망을 모두 이루어 드릴 수는 없었다. 우선 집을 앉힌 자리부터가 그랬다. 이왕이면 새 의지처를 조상들 선산 근처로 바라는 노인의 생각은 여전했지만, 고래로 한번 떠나간 동네는 다시 들어가 살지 않는 구습이 있는 데다, 조상들이 묻힌 선산은 이미 형 때부터 남의 산이 되어 있어 그쪽으론 살아서건 죽어서건 다른 사람이 깃들일 곳을 마련할 수 없는 형편이었다. 그래 아예 한갓지게 마을에서 길을 멀리 내려와 이 해변 간척지 농장 길목에 새 집터를 마련해 몇 달 만에 세 칸짜리 아담한 한옥을 지어 앉힌 다음, 내친 김에 멀찌감치 뒷산 기슭 중턱께에 서너 마지기짜리 산밭도 한 자락 마련해 드렸다. 식구들의 가용 야채갈이도 위할 겸 선산을 앗겨 버린 노인의 유사시에 대비하기 위해서였다.

물론 노인에겐 그만 정도로 더할 수 없이 만족이었다. 새집은 늘 안팎이 말끔하게 가다듬어지고 앞뒤 마당에는 감나무며 대추나무, 유자나무 따위가 빽빽하게 우거져 갔다. 뿐만 아니라 노인은 봄가을 계절이나 때를 가리지 않고 뒷산 기슭 뙈기밭 길을 쉴 새 없이 오르내리며 그 밭이랑 사이에서 길지 않은 여생을 보내다시피 했다. 처음엔 더할 수 없이 생생한 즐거움과 맑은 정신 속에, 나중 말년엔 갈수록 괴롭고 까마득한 의식의 함몰 상태 속에. 그리고 그것으로 당신이 돌아가실 내세의 집터 값을 치르고 길을 다 익히신 듯 어느 해 이른 봄, 마침내 이승의 모든 짐을 벗고 마지막 산밭 길을 올라가 새 유택을 지어 누으시고 만 것이다.

그 노인의 발길이 오가던 길목, 아직도 당신의 혼백이 오가고 있을 곳, 그래서 우리가 두고두고 새 선산 터 삼아 당신을 만나러 다닐 이 길목 집은 아직도 당신의 집이어야 했다. 그것을 어물어물 형수에게 넘겨주고 말 수는 없었다.

제방까지 올라서 보니 바로 눈앞에 바닷물이 펼쳐졌지만 썰물 때라 갈대밭 사이로 뻗어 들어온 수로 밖에는 달리 낚시를 넣어 볼 만한 곳이 없었다. 하지만 어차피 낚시질이 목적이 아니었다. 전에도 늘상 그랬듯 망둥이 입질 손맛이라도 심심치 않다면 그것으로 시간을 보낼 구실은 충분했다.

나는 이윽고 수로 가에 펀펀한 갯돌 하나를 깔고 앉아 미끼 상자 속의 마른 갯지렁이 하나를 낚시에 꿰어 힘껏 물결 속으로 던져 넣었다. 그러곤 다시 근처의 작은 돌멩이들을 주워다 낚싯대를 일정한 높이로 고정시킨 뒤 천천히 손을 털고 일어나 담배 한 대를 빼어 물었다.

　그렇듯 담뱃불을 붙여 물고 등 뒤쪽 멀리 농장 건너 뒷산 자락을 올려다보았을 때였다. 나는 일순 그 산밭 자락 사이에서 옛날 노인의 모습을 다시 본 것 같은 착각에 사로잡혔다.

　"나 엄니하고 늘 함께 지낸께 심심하거나 무서운 줄 모른다라우. 엄니하고 밭도 같이 매고 도란도란 이야기도 나누고. 엄니도 거기 혼자 누워 계시기가 적적하신지 밭에만 올라가믄 그렇게 반기고 나오신다니께요."

　언젠가 늦도록 밭일을 하고 내려오는 형수에게 내가 짐짓 숲 자락 어둠 속에 노인의 혼기(魂氣)가 무섭지 않았느냐고 어깃장 투로 말하자 속뜻을 알아차린 형수 또한 천연덕스럽게 되받아 온 소리였다. 형수의 실없는 농담 투가 그런대로 제법 머릿속에 남아 있던 탓인지 이후부터 나는 바닷가에 나와서도 자주 그 산밭 쪽을 올려다보며 옛날 생시처럼 밭이랑 사이에서 노인의 모습을 찾곤 했었다. 하지만 그때마다 노인의 모습은 물론 흔적도 찾을 수 없었고, 밭 귀퉁이에 납작한 당신의 묘지뿐이었다. 그런데 이번엔 가을걷이가 시작된 황갈색 밭 자락 한쪽의 거뭇거뭇한 콩단 무더

기 사이에 예전에 볼 수 없었던 웬 사람의 흔적이 아른아른 떠올랐다. 그것도 밭이랑 가운데께서가 아니라 노인 묘소의 바로 옆 벌 안 부근에서였다.

물론 노인의 모습일 리가 없었다. 아까는 보이지 않던 사람의 흔적이 나타난 탓에 내 마음이 아마 그런 착각을 빚은 모양이었다. 어디서 어떻게 나타났는지 모르지만 그것은 필시 형수의 모습임에 분명했다. 형수가 이날도 밭일을 나간 것이었다. 그리고 뒤꼍 감나무와 유자나무들에 가려 형수가 여태도 집 담벼락 앞에 세워 둔 우리 차나 사람을 알아보지 못하고 있음이었다.

하고 보니 나는 새삼 슬그머니 쓴웃음이 나왔다. 그리고 그때 얼핏 낚싯대 끝이 흔들리는 기미에 다시 허겁지겁 자리를 고쳐 앉았지만 그렇듯 씁쓸한 생각은 좀체 머리에서 사라지지 않았다.

좀 전엔 어째 눈에 띄지 않았는지 모르지만, 형수가 방금 어디서 그 밭으로 날아들지 않았다면 그걸 찾아내지 못한 것은 굳이 그 형수를 찾고 싶어 하지 않은 내 방심스러운 심사나 눈길 탓임에 분명했다. 그게 만일 노인의 일이었다면 어쨌을 것인가. 노인의 일이었다면 보이지 않더라도 필시 밭길까지 쫓아 올라갔을 것이다. 노인은 들밭 일이 없는 늦가을이나 겨울철에도 이따금 그 산밭을 찾아 올라가 우두커니 혼자서 따스한 해바라기를 하고 앉아 있을 적이 많았으니까. 산밭 쪽만이 아니었다. 노인에게 나중 차츰 치매기가 시작되었을 땐 이곳저곳 가리지 않고 어디론가 집

을 떠나 사라진 일까지 잦았으므로, 당신을 찾아왔다 집이 비어
있을 때면 동서남북 먼 윗동네까지 산길 들길 사방 줄달음질하고
다니기 예사였다. 하지만 나는 굳이 형수를 찾으려 하지 않았고,
이제는 스스로 모습을 드러낸 형수를 서둘러 보러 올라갈 생각도
하지 않고 있었다. 쓸쓸한 느낌을 넘어 허망스러운 감회마저 금할
수 없는 일이었다. 그간의 이런저런 서운한 사단들은 형수의 견실
치 못한 심성 탓이었는지 모르지만, 실은 형수의 안타까운 변모도
노인의 무상한 늙음과 종생의 과정이 부른 무고한 세월의 업보일
뿐일 수 있었기 때문이다.

돌이켜 보면 새집을 지어 옮기고 나서 한동안 노인과 형수 사이
는 더 바랄 바 없이 의가 좋았다. 형수는 노인에게 집안일을 맡기
고 노인과 아이들을 거두기 위해 10리 밖 장터거리까지 갯것 장사
를 나다녔고, 노인 또한 그 고단한 청상 며느리를 위해 낮이면 산
밭 일로 저녁이면 손주들 끼니 마련 일로 능력껏 서로를 위하며
지냈다. 어둠이 깊도록 형수의 귀가가 늦은 날엔 노인이 그 며느
리의 어두운 밤길을 걱정하여 먼 농장 길 산기슭 굽이까지 마중을
나가기도 하였다. 한번은 내가 당신을 뵈러 갔던 길에 이미 여든
길로 접어든 노인의 하루하루가 너무 힘겨워 보여 떠보기 삼아,
나하고 함께 서울로 올라가 지내면 어떻겠느냐 물었더니 당신의
대꾸가 짐작한 대로였다.

"이 늙은 한 몸 편하자고 내가 여길 훌쩍 떠나고 보믄 저 어린것

들하고 니 형수 혼자 어떻게 살라고야. 난 조금도 힘들거나 어려울 것 없다."

그러곤 내가 행여 마음을 놓지 못해 채근하고 들 것을 막아서듯 다시 못을 박고 들었다.

"네가 나하고 니 형수 간의 일을 잘 몰라서 그런다. 내 꼭 한 가지만…… 이런 이야기 좀 들어 볼래냐?"

그러면서 전날부터 마음속 깊이 담아 온 일인 듯 노인이 내게 다짐 삼아 형수의 귀를 피해 털어놓은 사연은 이랬다.

그날따라 형수의 밤 귀갓길이 유난히 늦었다. 그러다 보니 노인의 어둠 속 길마중도 여느 때의 산모퉁이께를 훨씬 지나고 있었다. 하지만 노인은 피곤한 몸을 이끌고 어두운 밤길을 혼자 터벅터벅 고적하게 돌아오고 있을 며느리를 생각해 여전히 한 걸음 한 걸음 앞으로 나아가고 있었다. 그런데 어느 순간 저만큼 까마득한 어둠 속에서 보이지 않는 노인을 향해 "엄니, 지금 어디 계시오?" 짐짓 무서움기를 떨치려는 형수의 부름 소리가 들려왔다. 이어 "오냐. 나 여기 있다! 인제 맘 놓고 천천히 오거라" 노인의 반가운 응답이 이어지고, 잠시 후 두 사람은 어둠 속에서 서로 만났다. 그런데 그렇게 지쳐 돌아오는 며느리의 갯것 광주리를 빼앗듯 받아 인 노인이 앞장을 서고 마지못해 머릿짐을 넘겨준 며느리가 뒤에 선 채 남은 밤길을 돌아오던 참이었다.

"엄니……."

가쁜 숨을 고르느라 한동안 말없이 어둠 속을 뒤따르던 며느리가 다시 노인을 불렀다. 그리고 잠시 뒤 뒷말이 이어졌다.

"엄니, 이젠 더 나이도 묵지 말고 늙지도 마시오 이?"

"그러니 너도 그런 니 형수 맘 알겠지야?"

노인은 그때 그 이야기를 이렇게 끝맺었다.

"나도 그런 니 형수가 하도 안쓰러워 나 혼자 이렇게 대답해 주었지야. '그래, 내 자석아. 나 인자부턴 나이도 더 묵지 않고 늙지도 않으마. 늙지도 죽지도 않고 언제까지나 니 곁에 함께 있어 주고말고야. 그러니 이렇게 너랑 나랑 언제까지나 한꾸네 살자꾸나.' 목이 메고 눈시울이 뜨거워서…… 말은 못하고 혼자 속다짐뿐이었다만, 니 형수도 왜 그 말을 못 들었겠냐. 어둠 속에 아무 대꾸를 못하고 발걸음만 재촉해 간 이 늙은이의 가슴속 소리를…….'"

머릿짐을 맡기고 뒤따라가던 형수가 노인의 근력을 오래 빌리자는 게 아니었을 터에, 그 형수가 정녕 노인의 맘속을 몰랐을 리 없었다. 비록 노인이 그 이야기 끝에 형수를 위해 다시 내게 한마디 이런 당부까지 남겼대도(그리고 나 또한 여태까지 그런 노인의 뜻에 따라 모른 척 입을 다물고 지내 왔지만) 말이다.

"하지만 이런 소리 느이 형수한테는 알게 하지 마라. 니 형수가 공연히 이 늙은이 심약해진 줄 알고 마음 상해할라."

줄여 말해 그 무렵 노인과 형수 사이는 그렇듯 서로 믿고 아껴 주며 좋이 애틋한 소망과 아픔을 함께해 간 것이었다.

하지만 세월을 멈춰 세워 나이를 먹지 않고 늙지 않을 사람은 없었다. 노인은 흐르는 세월 앞에 자신의 약속을 길게 지킬 수가 없었다. 이미 80대 고령 길에 들어선 노인의 기력은 이후 10여 년 동안 급속히 쇠진해 갔고, 나중엔 서서히 정신까지 흐려졌다. 일손을 놓지 못해 산밭에 올라갔다 넘어져 옷가지를 온통 버리거나 몸을 다쳐 길을 내려오지 못하는 일이 생기기 시작했고, 그게 오히려 일거리를 만든다며 형수에게 금족령까지 당하기에 이르렀다. 이웃 마을 누이네나 고향 동네를 다녀온 친지들을 통해 노인에 대한 그런 난감한 소식들은 끊이지 않고 이어졌다. 이후로 노인은 집에 갇혀 앉아서도 일 나간 며느리를 위해 멀쩡한 옷가지들을 내어다 빨래 통에 담가 놓거나, 해가 지면 아랫목 밥통을 잊은 채 새 밥을 한 솥 가득 지어 놓는 식으로 끊임없이 며느리의 애를 먹인다고 했다. 게다가 그 무렵부턴 웬일인지 노인의 식욕이 갈수록 늘고 기력이 왕성해져 곁에선 섣불리 당신의 거동을 막을 수도 없다는 것이었다. 그리고 종내는 그런저런 소식 속에 형수가 참다 못해 "두고 보라지. 저 노인네가 틀림없이 나보다 더 오래 사실 텐께. 저 잡숫는 거하고 펄펄한 기력 좀 봐요" 어쩌고 하는 투의 불공스러운 원망의 소리까지 섞여 들기 시작했다.

"내가 못 살아! 저 노인네 땀시 내가 민저 속이 보타 죽어⋯⋯."

하기야 자신도 이미 회갑을 눈앞에 둔 덧없는 황혼기에 그 시들 줄 모르는 노인의 기력과 말썽이 원망스럽고 지겹지 않을 리 없었다. 그래 나 역시도 그걸 특별히 서운해 하거나 괘념치 않으려 했고, 때로 노인을 보러 갔다가 당신이 새삼 멀쩡한 정신으로 며느리에 대한 섭섭한 원정과 함께 일찍부터 혼자 맘속에 묻어 온 흉허물들(노인이 그 덧없는 세월 앞에 전날의 다짐을 지킬 수가 없었으니 전사엔들 어찌 그런 일이 없었으랴만, 나는 짐짓 늘 그걸 모른 척, 못 들은 척해 왔으니까)을 은근히 꺼내 놓으려 했을 때도 외려 노인을 윽박지르듯 초장부터 입을 막아 버리곤 했으니까.

"여태까지처럼 그냥 아무 말씀 마시고 모른 척하고 지내세요. 저 형수도 이젠 노인살이를 할 나이인데, 요즘 같은 세상에 그런 며느리 정제꾼 심부름으로 따뜻하게 잡숫고 따뜻하게 주무시는 것을 고맙게 여기시구요. 그러지 못하시겠거든 오늘이라도 저를 따라 서울로 가시든지요."

그래도 노인이 정 말을 못 참아 할 기색이면 나는 당장 자리를 박차고 다시 사립을 나서 버릴 시늉까지 해 보이며 당신을 억눌렀고, 그러면 노인 역시 결국엔 한숨 섞인 몇 마디 속에 체념을 하곤 했으니까.

"하기사 젊은 자식 앞세운 늙은이 처지에 누구한테 무슨 며느리 원정이 당하겠으며, 여길 두고 떠나면 어디로 떠나겠냐. 다 부질없는 일이다. 내 속 아파 낳은 자식인들 어찌 이 늙은이 속을 다 헤아리겠냐만, 네 말대로 인자 더 말 않을 테니 너나 맘 놓고 쉬었다 가거라……."

세월이란 그렇듯 참으로 가차 없고 잔인한 것이었다. 하지만 내겐 그 잔혹한 세월의 해악이 답답한 심사를 좋이 달래고 넘어갈 미덕이기도 하였다. 노인은 아예 그 체념성 다짐마저 지킬 수 없을 만큼 이후로 더 급속히 정신력이 떨어지고 말았으니까. 그리고 무엇보다 그 육신과 정신 간의 균형이 무너져 가는 노인 앞에 형수 또한 마지막 자제력을 잃고 말았으니까.

나는 마침내 노인의 무너짐을 받아들이고, 형수의 패악도 그럭저럭 이해할 수 있게 된 것이었다. 노인의 끼니 양을 크게 줄여 버린 것도 잦은 배변의 괴로움을 덜어 주기 위한 형수의 불가피한 처사로 이해했고, 하루 종일 노인을 방 안에 가두고 문고리를 채워 놓는 것도 바깥일을 대신해 줄 이 없는 형수의 단손 처지뿐 아니라 노인 자신의 안위를 위해서도 어쩔 수 없는 조처로 받아들였다. 형수가 전에 없이 늘 노인 앞에서 큰 목소리를 내는 것도 그 어두운 청력과 망각증 탓으로 여겼으며, 그 며느리 앞에서 노인이 까닭 없이 자주 겁을 먹는 것도 앞뒤 사정 못 가린 채 일상으로 저질러지는 당신의 실수를 줄이기 위해서는 오히려 다행이라는 생각까지 하게 되었다. 그리고 노인은 끝내 그런 식으로 세월의 해악 이외엔 누구에게도 딱히 허물을 물을 수 없는 노년기의 불화 속에 더 이상 말썽 없이 조용히 당신의 종생을 맞아 가신 셈이었다.

그러니 노인 사후 그 형수의 불가사의한 행신만 줄을 잇지 않았다면 우리(나와 아내)와 형수 간엔 더 이상 불필요한 의구심이나 불화의 감정이 부풀려지거나 새삼 싹이 터 오를 일이 없었을 터였다. 그리고 그것으로 노인의 집일도 형수에게 맡겨지고 잊혀져 노인의 기일 이외에는 서서히 발길이 멀어져 갔을 터였다. 그 집은 원래가 노인의 집이었지만, 어찌 생각하면 나와 아내에게는 노인이나 형수의 일과 함께 두고두고 그 집이 우리의 빚 꾸러미 같은 것이기도 했으니까. 언제부턴지 나는 이제 그만 알게 모르게 그 빚 꾸러미의 무게에서 벗어나 해방되고 싶었으니까.

하지만 형수의 처신이 전혀 뜻밖이었다. 노인이 돌아가시고 난 뒤 형수의 처신이 좀체 이해되질 않았다. 그것이 바로 내게 계속 그 집을 노인의 집으로 지키러 다니게 만든 사단이었다…….

물 건너 서향 산모롱이 쪽으로 해가 훌쩍 기울어 들면서 새삼 바람기가 차가워지기 시작했다. 그새 서서히 차오르기 시작한 들물살 속에서도 낚싯줄은 여전히 팽팽한 수직을 유지한 채 전혀 움직임이 없었다. 전날엔 그리 흔하던 망둥이류도 다시는 입질다운 입질이 없었다. 하긴 그새 무슨 기미가 스쳐 간 걸 무심히 지나치고 말았는지도 몰랐다. 등 뒤쪽 들판 건너 먼 산밭 가운데에서 가물가물 인적을 확인하고부터 나는 낚싯대보다 자꾸 그 형수 쪽 기미에 신경을 쓰고 있었다. 그리고 매번 산밭을 올려다볼 때마다 그 거뭇한 인적이 한순간씩 형수가 아닌 옛날의 노인으로 착각이 들곤 했으니까. 나도 모르게 몇 번씩 다시 그 산밭을 올려다보아도 그런 착각이 매번 지워지지 않았으니까. 왜 이런 당찮은 느낌이 들곤 하는가……. 나는 다시 한 번 씁쓸한 느낌과 함께 그 형수를 향한 알 수 없는 노기마저 치솟았다. 나는 우선 그 착각을 바로잡아야 했다. 형수가 노인의 모습을 대신할 수는 없었다. 하고 보면 이제 그 당찮은 착각을 바로잡을 길은 한 가지밖에 없었다. 가까이서 그걸 직접 확인하는 길뿐이었다. 이날 안으로 노인의 묘소에 올라가 보기로 한 것도 이젠 더 미룰 수 없는 시각이었다.

나는 서둘러 낚싯대를 거두고 자리에서 일어섰다. 그리고 아직 뚜껑도 따지 않은 맥주 깡통과 미끼 통을 한데 꾸려 메고 다시 제방을 넘어 들판 길을 돌아오기 시작했다. 그러면서 아직 스스로도 뜻이 아리송한 혼잣소리를 되씹고 있었다.

"안 되지. 이렇게 될 수는 없는 일이지……."

노인이 돌아가신 걸로 그동안 마음속에 억눌러 온 형수에 대한 불편한 마음이 사라지고 발길도 차츰 끊어지게 되리라던 생각은 노인의 초상 당일부터 달라지기 시작했다. 그 뜻하지 않은 형수의 도저한 호곡* 때문이었다.

노인의 임종 소식을 듣고 부랴부랴 아내와 치상 준비를 갖춰 내려와 보니 형수는 예상과 달리 주체할 수 없는 슬픔과 애곡 속에 우리를 맞았다.

"아이고 아재, 아이고 아재, 이 일을 어쩔게라요. 엄니가 이렇게

* 호곡(號哭) : 소리를 내어 슬피 욺.

허망하게 돌아가실 줄은 내 몰랐소. 아이고 아재…….”

처음 우리를 맞을 때뿐만이 아니었다. 형수는 이후 내내 노인의
장례가 끝날 때까지 아침저녁 상식 차림과 소렴, 대렴, 출상 절차
고비마다 몸을 가누기 어려울 정도로 절통스러운 호곡을 토해 내
곤 했다. 그리고 그 형수의 애끓는 곡성은 노인을 뒷산 밭에 묻고
돌아온 다음의 초혼제와 사흘 뒤의 삼우젯날 저녁녘에 절정을 이
루었다.

“아이고 엄니, 아이고 우리 엄니, 인제부터 엄니 없이 나 혼자
어떻게 살라고 그리 훌쩍 무정하게 가시었소. 의지 없어 못 살겠
소, 힘없어 못 살겠소…….”

그런 형수의 곡성을 두고 곁에서들은 더러 아이들까지 모두 집
을 떠나 사는 처지에 이제는 노인도 없이 혼자 살아갈 일이 막막
하여 자기 설움에 겨워 그런다느니, 그보단 원래 태어난 호곡꾼이
되어서 소리가 그리 구성질 뿐이라거니 쑥덕거리는 사람들도 있
었지만, 대개는 그 절통스러운 심회를 진심으로 애틋하고 가상해
하는 편이었다.

“그렇겠제. 알콩달콩 괴로운 일은 많았어도 긴 세월 서로가 미
운 정 고운 정 다 들었을 처지라, 노인을 보내고 난 마음이 얼마나
허망하고 쓰릴라고.”

하지만 나는 도대체 그 형수의 슬픔과 호곡을 이해할 수가 없었
다. 이해를 못한다기보다는 기이하고 불가사의하기조차 했다. 노

인의 죽음은 형수에게 그렇듯 아쉽고 애통한 일일 수가 없었다.

일이 있기 한 달쯤 전이었다. 노인이 위중한 것 같다는 소식에 급히 달려 내려와 보니 아닌 게 아니라 노인은 여명이 며칠 남아 보이지 않을 만큼 반 혼수 상태에 기력이 극도로 쇠진해 있었다. 그런데도 노인은 상태가 그만한 정도로 하루하루를 무사히 넘겨 갔다. 아내와 나는 물론 상경을 단념한 채 당신의 기력과 섭생을 돌보며 계속 노인 곁을 지켰다. 그런데 그렇게 며칠을 지내다 보니 형수의 눈치가 눈에 띄게 달라져 갔다. 형수는 우리가 그만 서울로 돌아가 주기를 바라는 속내를 숨기려 하지 않았다.

"이번에도 엄니는 쉽게 돌아가시지 않을 양이구먼요. 때마다 알리질 않아서 그렇제, 전에도 엄니는 저러시다가 다시 언제 그랬더냐는 드키 훌훌 자리를 털고 일어나시곤 했으니께요. 그러니 바쁜 사람들 무한정 이러고 있지 말고 인제는 올라가 보시는 게 낫겠구먼이라. 엄니는 인자부터 내 혼자 돌봐 드려도 될성부른께요. 갑자기 또 무슨 일이 생기면 바로 연락을 드릴 거구요⋯⋯."

그뿐만이 아니었다. 전부터도 은근히 눈치가 뵈어 온 일이었지만, 그렇게 상경을 주문했음에도 우리가 계속 노인 곁에 눌러 머무를 낌새가 완연하자 형수는 아예 노인의 섭생을 간섭하고 들기 시작했다.

"소변도 못 가리시는 양반, 물을 그리 많이 드리면 어쩔라구요."

"엄니는 진지를 드시고도 금세 잊어 먹고 또 배고프다 밥상을 보채시는디, 그렇게 자꾸 달래실 때마다 드리면 안 된다니께요."

그러다 나중엔 그런 우리를 아예 노골적으로 쫓으려 들기까지 하였다.

"아들이 그렇게 잘 돌봐 드리면 엄니는 아직 백 년은 더 사실 거구먼요. 그러니 이제부턴 아재네가 아여 이 집에서 엄니 돌봐 드림서 천년만년 함께 사시제 그래요. 난 인자부터 아재네한티 엄니 일 맡겨 두고 여기저기 돌아댕김서 좀 맘 편히 살아 볼란께요."

어떻게 더 비키고 버텨 나갈 구실이나 여지가 없었다. 그럴수록 형수에 대한 우리의 불신감만 드러나고, 그만큼 노인의 처지가 어렵게 될 형세였다. 우리는 마침내 상경을 결심할 수밖에 없었다.

하지만 마지막으로 한 가지 노인과 나 자신을 위한 마음의 도리를 마련하지 않을 수 없었다. 나는 떠나기 전 아내와 함께 장터거리 약국으로 나가 몇 가지 응급 약제와 함께 청심환 몇 알을 구해 왔다. 그리고 그날 밤 형수가 부엌에 나가 있는 동안 눈치를 보아가며 그 청심환 한 알을 노인에게 갈아 먹였다. 하지만 사실은 그도 차라리 안 함만 못한 노릇이었다. 약물을 다 흘려 넣어 드리고 입에 남은 약 냄새를 지우기 위해 물을 몇 숟갈 더 떠 넣어 드리던 참이었다. 말을 못하면서도 노인이 붉은 혀를 내두르며 너무도 간절히 그 물기를 갈구하고 드는 바람에 차마 물 숟갈질을 거두지 못하고 있던 참인데, 형수가 어느새 기미를 알아채고 방 안으로 뛰어들며 심히 듣기 사나운 푸념을 쏟아 냈다.

"그래, 보약도 드리고 산삼, 녹용, 천두 복숭, 불로초까지 귀한 약들 모다 구해다 드리시제. 그래서 백 살 천 살 늙지 말고 아프지도 말고 불로장생하시라구요."

형수의 비정하고 모진 푸념 속에 어쩔 수 없이 결국 숟가락을 거두고 물러서야 했을 때 노인의 그 애타게 간절한 혀 놀림, 그것은 두고두고 보지 않음만 못한 일이었고, 기억 자체만으로도 내겐 좀처럼 지울 수 없는 잔인한 형벌이 아닐 수 없었다.

그러던 형수의 마음이 돌변한 것 같은 서러움과 도저한 호곡은 내게 도대체 이해가 불가능한 기이하고 불가사의한 수수께끼일 수밖에 없었다. 아니, 그건 차라리 우스꽝스럽고 간특한 연극기(울음소리까지도 곡조를 지어 호곡하는 우리네 갸륵한 정서 관리 양식!)로까지 느껴졌다. 하지만 진짜 문제는 그것이 아니었다. 그런 형수가 내게 정작 더 막막한 노여움 같은 것을 참을 수 없게 한 것이 따로 있었다. 형수의 슬픔이 진심이고 아니고는 문제가 아니었다. 그 마음이 변했고 아니고도 상관없는 일이었다. 문제는, 이제 형수가 무엇이든 자신을 맘껏 드러내 주장할 수 있음에 반해, 돌아가신 노인은 그것을 일방적으로 받아들여야 할 뿐 입을 열어 수긍하거나 부인할 길이 없는 처지라는 데 있었다. 생자와 사자 사이의 말, 그것은 어디까지나 일방적일 수밖에 없었고, 그 점에서 사자는 자신을 위한 아무런 방편도 마련할 수가 없었다.

"당신을 보고 갈 때마다 어느 양지 쪽 마른땅에 혼 벗은 육신을 꼭꼭 묻어 드리고 가는 게 차라리 맘이 편할 것 같더니, 그런 엄니를 보내 드리고 나니 내 꼭 한 가지 씻을 수 없는 한이 남네."

전날부터 이따금 노인을 보러 찾아다니곤 했다는 건너 동네 누이도 그 형수의 요란스러운 호곡 앞엔 같은 생각이던 모양이었다. 이웃 골 가까이서 친정 동생의 누추한 마지막과 노인의 괴로움을 함께 겪고 지냈던 누님이 내 앞에 그 형수의 호곡을 두고 노인의 처지를 새삼 안타까워하였다.

"당신 몸을 빌려 세상에 난 자식으로 내게라도 한 번쯤 당신 속에 품고 참아 온 그 많은 한 덩어리 한 가지나마 속 시원히 털어놓고 가시게 할 것을. 그런 내색을 보일 때마다 나도 자네처럼 나이 든 며느리한테 끼니 얻어 잡수시는 것만도 큰 다행으로 아시고 아무 말씀 마시라 입을 막고 종주먹만 대고 들었으니. 이제 와서 누가 무슨 말을 어떻게 한들 당신은 이렇다 저렇다 속을 내보이실 길이 있었는가. 그렇게 끝끝내 당신의 원정 덩어리를 혼자 그대로 가슴에 묻고 가시게 한 것이 이렇게 후회가 되네. 남은 사람은 입이 있어 저렇게 하고 싶은 대로 말을 하고 설움도 풀어내는디……."

그런 누님의 때늦은 회한과 어깃장이 바로 나의 그것에 다름 아니었다. 형수의 돌변과 요란스러운 호곡이 내게 새삼스레 일깨워 온 숨은 불화의 곡절이었다. 그리고 우리가 그 집을 계속 노인의 것으로 지켜 가기로 한 은밀한 작심의 연유였다.

'저 형수의 설움과 울음을 노인이 과연 진심으로 받아들일 수 있을까……'

노인의 뜻이 그게 아니라면 나 역시 그것을 곧이듣거나 받아들일 수 없었고, 실은 그러고 싶지도 않은 심정이 될 수밖에 없었다. 당신의 뜻이 진정 그게 아니라면 지하에서 말을 잃은 노인의 심사는 얼마나 황당하고 노여울 노릇인가……. 노인의 생각이 분명해질 때까지 그 집은 여전히 노인의 것으로 지켜져야만 하였다.

형수와 집에 대한 그런 가파른 심사는 1년 뒤 사세부득이* 소상과 대상을 건너뛴 채 막바로 탈상제를 치르면서 다소간 누그러들 법한 계기를 맞기는 하였다. 노인의 제사상이 너무도 정성스럽고 규모 있게 꾸며진 때문이었다. 형수는 한사코 탈복을 앞당겨 서둘러 댄 것과는 달리 어디선지 온갖 제물을 구해다 노인의 제사상을 정성껏 솜씨 있게 꾸며 놓았다. 그리고 이번에도 그 제사상 앞에서 복받치는 슬픔과 곡성을 억제하지 못했다. 하지만 형수의 호곡은 이제 새삼 괘념할 일이 못 되었다. 뿐더러 그 귀 익은 곡소리에 비해 정성과 솜씨를 다해 진설한 노인의 제사상은 한동안 내 마음을 너그럽고 훈훈하게 해왔다.

하지만 그도 잠시뿐, 나는 이내 그 노인을 위한 성찬 앞에 당신 생전의 궁상스러운 끼니 상 모습이 떠올랐다. 시울 낮은 밥그릇에 우거짓국 사발 하나. 그게 언젠가 아들이 찾아올 줄 모르고 당신

*사세부득이 : 일의 형세가 그렇게 하지 않을 수 없어.

혼자 앞에 하고 앉았던 끼니 상 모습이었다. 알고 보니 노인은 거기 주눅이 들어 이후 아들과 함께하는 끼니 상 자리에서도 당신 앞의 밥그릇과 국그릇 이외의 다른 찬그릇에는 머뭇머뭇 전혀 손길을 뻗지 못하는 낌새였다.

나는 그 호곡 소리에서처럼 이내 또 형수에게 속은 느낌이었다. 이제 와서 형수 쪽에서 굳이 그런 일로 나를 속여야 할 바도 없었지만, 하더라도 그건 전혀 노인을 위한 정성이나 추모의 정리에서가 아닌 것으로 여겨졌다. 잘해야 자기 솜씨와 성취감에 이끌린 감상적 자위행위이기가 쉬웠다. 그리고 그런 형수에 대한 곱지 않은 감정은 바로 탈상 이후 그럴듯한 증거를 찾아낸 셈이었다. 탈복 제차를 끝내자마자 형수가 서둘러 그 탈복물을 어디론지 흔적도 없이 치워 없애고 말았을 때. 그리고 온 집 안에서 노인의 흔적을 샅샅이 쓸어 내고 그 집을 오롯이 자신의 거소로 새로 꾸미기 시작했을 때. 그런 형수에게 내가 홀려 넘어가서는 안 되었다. 입이 없어 말을 못한들 노인의 혼령이 그걸 용납할 리 없었다…….

낚싯대부터 들여놓으려 사립을 들어서니 집 안팎이 아까보다 말끔하게 치워져 있었다. 아내는 그사이 어지러운 집 안을 개운하게 정리해 놓고 이것저것 부엌 구석을 뒤져 가며 정말로 저녁 준비까지 서두르고 있었다.

"늦게라도 형님이 돌아오면 피곤한 몸에 우리 때문에 새로 저녁거리 서두를 일이 미안해서요. 밥통에 식은 밥덩이가 조금 남아 있는 걸 보면 형님 혼자선 그걸로 그럭저럭 끼니를 때우고 지내시는 모양인데 말이에요.”

아내는 아무래도 마음이 쉬 여려질 수밖에 없는 같은 여자라 형수가 그렇듯 고적하고 궁상스럽게 지내는 형편을 보니 평소와 달리 속이 훨씬 누그러든 모양이었다. 아니, 그녀는 평소에도 이따금 보이지 않는 형수의 그 모습을 상상하곤 지레 걱정을 하고 들 때가 없지 않았다.

“형님 혼자서 끼니나 제대로 챙겨 드시는지 모르겠네요. 그 나이에 형님도 들밭 일손을 놓을 때가 됐는데, 아직 그러질 못하니 공연히 기력만 더 축나고…….”

이날도 막상 어수선하고 궁색스러운 집 안 꼴 앞에 어느새 마음이 달라진 낌새였다.

“그래 대충 집 안부터 치우고 저녁이라도 지어 놓으려는데 부엌이 도대체 텅텅 비어 있는 꼴이잖아요. 하긴 자식들 다 내보내고 어머님까지 가신 마당에 자기 한 몸 위해 무슨 집안일 단속을 하고 시시때때 끼니를 온전히 갖춰 먹을 생각이 나려구요.”

나는 아내가 어쩐지 노인이나 누군가를 배반하고 있는 것 같은 껄끄러운 기분 속에 더 이상 입을 다물고 있을 수가 없었다.

“아까는 못 봤는데 지금 돌아오면서 보니 그 양반 아마 산밭에 있는 것 같던데…… 우리 온 것도 알릴 겸 노인 산소에나 좀 올라갔다 올게."

어느 쪽을 보러 가겠다는 건지 애매한 한마디를 남기고 서둘러 사립을 빠져나오고 말았다. 원래는 그렇듯 가벼울 수가 없는 발걸음이었지만, 형수에 대한 아내의 너그러움이 부지중 나를 떠밀어 댄 셈이었다. 간척지 들길을 되돌아오다 보니 산밭의 인적은 더가까이 올라가 보나 마나 형수가 분명했다. 그걸 알아보러 새삼 거기까지 힘든 발걸음을 할 필요는 없었다. 하지만 이 몇 년 길을 내려오면 도착 당일로 산소까지 올라가 보는 것이 의당한 행보였다. 이날도 물론 그게 내 마지막 남은 과제였다. 그런데 막상 산밭의 형수를 보고 나니 그것이 형수를 보러 가는 노릇처럼 선뜻 내켜 오지가 않아 마음을 미적미적 망설이고 있던 참인데, 아내의 달갑잖은 마음 씀이 그런 내 등짝을 떠밀어 댄 것이었다.

그러니 사립을 나서고서도 나는 산밭 길을 오르는 발길이 가벼울 수가 없었다. 게다가 길을 오를수록 형수의 모습이 점점 확연해지는데도 그쪽에선 아직 이쪽 일을 알아차리지 못한 낌새였다. 이제는 해가 거의 기울어 산그늘이 서서히 밭고랑을 덮어 내려오는데도 형수는 언제부턴지 노인의 묘소 곁에 커다란 콩단을 꾸려 놓고 거기 등을 기대어 앉은 채 아무 움직임이 없었다. 우리가 와 있는 아래편 집 쪽에 대한 관심의 기미는 물론 밭일을 끝내고 내려올 낌새가 전혀 없었다.

"저 노친네가 이번에도 술타령을 하고 앉았나?"

나는 또 언젠가 형수가 혼자 밭일을 올라갔다 웬 술기를 흘리며 내려와 주절대던 소리가 떠올랐다.

"나 밭에 갔다 엄니하고 한잔하고 왔소."

산밭에서 대낮에 혼자 무슨 술이냐는 내 은근한 힐책 투에 형수는 천연덕스럽게 대꾸해 왔었다.

"나도 이잔 나이를 먹고 보니 조금만 일을 해도 사지가 쑤시고 풀려 내려 애기들이 찾아와 먹다가 남기고 간 술병이 있으면 밭으로 가지고 올라가 한 잔씩 술기운을 빌리곤 하는디, 엄니를 놔두고 어찌케 나 혼자만 하겠습디여. 엄니 한 잔 나 한 잔, 그러고 또 엄니 한 잔…… 고부간에 도란도란 지난 세월 이야기 속에 권커니 잣거니 한 잔씩 하다 보면 시간 가는 줄 모르고 이런 날도 생기게 마련이지라우, 흐흣."

"무덤 속 어머니가 밖으로 나와서요? 그리고 당신도 형수님 술잔을 그리 반가워하십디까. 지난 세월 이야기도 듣기 좋아하시구요?"

속이 뻔한 내 비소 섞인 채근에도 형수는 우정 더 정색스러운 농 투 속에 전혀 거리낌이 없었다.

"그러시다마다요. 나만 올라가면 엄니가 기다렸다는 드키 먼첨 호미를 들고 반겨 나오신단께요. 그래 서로 앞서거니 뒤서거니 김밭도 함께 매고 이야기도 나누고…… 아재는 이런 소리 아직 곧이들리지 않지라우? 하지만 아재도 좀 더 나이를 먹어 가면 차차 알게 될 것이고만이라우."

노인과의 지난날 일들을 기억하고 있는지 어떤지도 알 수 없어 보이는 형수는 그렇듯 나를 향한 은근한 공박과 함께 나이 타박까지 늘어놓았다. 하지만 나는 아내의 말마따나 그 형수도 이젠 들밭 손일을 놓아야 할 나이가 되었나 보다 싶었을 뿐, 그 얼렁뚱땅 주정 투 넋두리를 더 이상 가래거나* 괘념하려 들지 않았다.

"무어, 노인하고 함께 도란도란 밭을 매고 지난 세월 이야기를 해? 그걸 나더러 곧이들으라?"

엉뚱한 나이 타령도 타령이었지만, 어딘지 모를 형수의 둘러치기 식 변명투가 오히려 가당찮고 역겨웠기 때문이기도 하였다.

이날도 형수는 아마 그런 꼴로 술기에 젖어 늘어져 있을지 몰랐다. 그런 생각이 들자, 나는 형수를 마주하는 것이 마뜩찮아 발길이 다시 무거워졌다. 그렇다고 거기서 다시 발길을 돌이킬 수는 없는 일이었다. 나는 될수록 노인을 보러 다니던 전날의 생각을 되새기면서, 노인이 거기서 여전히 나를 기다리는 듯싶은 창연한 느낌 속에 계속 발길을 이끌어 올라갔다.

그런데 그러는 나를 형수는 짐작과 달리 훨씬 진작부터 알아본 모양이었다.

"아재였소? 내 아까부터 우리 집 앞 들판 길을 건너 개웅까지 나갔다 오는 사람이 암만해도 그런 것 같길래 좀 내려가 보려다

*가래거나 : 맞서서 옳고 그름을 따지거나.

엄니 땜시 여태 이러고 있었더니 아재가 먼첨 올라오시네요."

이윽고 내가 밭 자락 가까이까지 올라가자 큰 콩단 앞에 그대로 사지를 내뻗고 앉은 채 지친 모습을 하고 있던 형수가 먼저 알은 체 소리를 건네 왔다. 그런데 다른 사정은 대강 짐작할 수 있었지만, 노인 때문에 형수가 집으로 내려오지 못하고 그러고 앉아 있다는 뒷말이 좀 이상했다.

"예, 그동안 별일 없이 지내셨어요? 아까 참에 왔다가 집이 비어 있길래 개웅까지 좀 건너갔다 왔지요."

나는 의례적으로 먼저 안부 인사를 건네며 혹시 형수가 또 술기에라도 젖어 있지 않은지 묘소 앞을 살피다 다시 한마디를 물었다.

"아까 집 앞에서 올려다볼 땐 어디 계시는지 안 보이더니, 오늘은 또 어머니 혼령하고 함께 숨어 콩밭걷이를 하고 계셨어요? 어머니 때문에 밭을 못 내려오고 계셨다니요?"

그 소리에 형수는 왠지 피식 웃었다. 그리고 주위엔 술병 같은 것의 흔적이 없는데도 마치 술기를 머금은 사람처럼 밭이랑 사이에 드문드문 말려 묶어 놓은 큼지막한 콩단들을 가리키며 천연덕스럽게 말했다.

"그랬지라우. 나는 콩대를 베고 엄니는 뒤에서 저렇게 말린 콩단을 묶고. 그러다 보니 엄니가 너무 피곤하신 것 같길래 아까 잠시 저 엄니 집 지붕 뒤에 기대고 앉아 쉬었더니, 그 지붕에 가려서 아래서는 못 본 모양이네요."

"어머니 집 지붕이라뇨?"

나는 대충 짐작이 가면서도 재우쳐 묻지 않을 수 없었고, 형수는 노인의 묏봉우리 한쪽 자기 머리맡께의 콩단을 툭툭 건드리며 대꾸를 이어 갔다.

"아, 이 엄니 묏봉 말이오. 이 묏봉 옆구리 햇볕이 따뜻해서 여기다 함께 등을 기대고 쉬었다니께요. 그런디 인잔 집에 사람도 온 듯싶고 날도 저물어 그만 밭을 내려가려는디 엄니가 좀체 이 콩단을 이어 줘야 말이지라."

"어머니가 콩단을 이어 드려요?"

"그렇지라우. 엄니가 뒤에서 함께 불끈 밀어 이어 줘야 이고 가제, 이 무거운 콩짐을 어뜨케 나 혼자 이고 일어서겠어요. 것도 엄니 생시부터서 항상 그래 온 일인디요."

"……."

"그런디 엄니는 돌아가셔서 저승 나이까지 늙어 가시는지, 전에는 불끈불끈 잘도 이어 주시더니 근자 들어선 통 힘을 못 쓰신다니께요. 아무리 힘을 좀 더 써 밀어 달라고 해도 영 힘이 태이질 않으니……. 그래 지금도 한참 실랭이만 치다가 서로 기력이 파해 이렇게 넋을 놓고 퍼질러 앉아 있지 않았겠소이."

형수는 노인 생시의 옛날 일, 그것도 치매기가 시작되기 이전 정의롭던 시절의 이야기를 되새기듯 하고 있었다. 언젠가 밭일 중에 노인의 묘소에서 당신과 함께 술잔을 나눴다고 했듯 형수로선 어쩌면 노인 치매기 이후나 사후에도 계속 그런 심사 속에 노인과 일손을 함께하고 있었는지도 몰랐다. 그리고 자신의 나이 먹음과 기력 떨어짐을 노인의 허물처럼 말하는 것을 보면 그때부터 그렇듯 노인의 늙음과 무너짐이 아쉬워 상심해 왔는지도 몰랐다. 어쨌거나 형수 또한 콩단 한 짐을 혼자 들어 이지 못하고 죽살이를 치다 애꿎게 무덤 속의 노인을 허물하고 드는 걸 보면 그 몸도 마음도 그만큼 의지를 잃고 늙어 가고 있음이 분명했다.

나는 더 이상 물을 말도 할 말도 없었다.

"두고 보래라. 저는 늙을 날이 없을라더냐. 지도 나이 들어 늙어 보믄 언젠가는 이 늙은이 맘속을 알고 지가 오늘 나한티 한 노릇을 알게 될 것이다. 이 시에미가 죽어 없는 날에라도 언젠가는……."

언젠가 내가 노인을 앞장서 형수를 허물하고 들었을 때 그날따라 노인이 짐짓 나를 말리고 들던 소리가 떠올라 올 뿐이었다. 노인의 만류가 진심이었든 아니었든 이제 그 당신의 예언만은 어긋나지 않은 셈이었다.

그러니 나는 왠지 이젠 소주를 함께 나눴다는 소리를 들었을 때와는 달리 형수의 넋두리가 마냥 시답잖거나 역겨울 수만은 없었다. 여태까지와는 다르게 형수가 그새 어딘지 노인의 말년 때처럼 무기력해 보여 측은한 생각이 들기까지 했다.

하지만 형수는 그런 내 당찮은 속내 따윈 아랑곳하지 않았다.

한동안 말없이 황혼 녘 하늘만 쳐다보고 서 있는 내게 형수가 뒤늦게 재촉을 해 왔다.

"그럼 인자 아재도 올라오고 날도 어두워지니 그만 내려가 봐야지라이! 그러고 서 있지 말고 이리 좀 오시오. 엄니가 저러고 힘을 못 쓰고 계시니 엄니 대신 오늘은 아재가 이 콩단을 좀 들어 이어 줘야 안 쓰겠소."

하긴 그도 그럴 일이었다. 나는 곧 부질없는 머릿속 상념을 털어 내고 어정어정 형수 쪽으로 다가갔다. 그리고 미리 콩단 중두막에 머리를 들이대고 기다리는 형수의 뒤쪽으로 돌아가 그 무거운 머릿짐을 힘껏 밀어 올렸다. 아닌 게 아니라 죽어 누운 혼백의 부추김을 받는다 해도 어언 환갑을 넘어 늙어 가는 형수 혼자의 힘으로는 좀체 들어 이고 일어서기가 어려운 무게였다. 형수는 비척비척 그걸 이고 일어서서도 한동안 중심을 제대로 잡지 못해 앞뒤로 몸이 휘어 내둘릴 정도였다. 그것도 콩단 깊숙이 머리가 들어박혀 눈앞도 제대로 살필 수 없는 형세 속에.

형수는 그렇듯 겨우 자세를 바로잡고 나서, 이미 어둠이 쌓이기 시작한 내리막 밭둑길을 조심조심 앞장서 걷기 시작했다. 하지만 나는 그 위태위태해 보이는 형수를 뒤따르면서도 이젠 그 모습에서 될수록 눈길을 비키려 하고 있었다. 좀 전에 짐을 들어 이어 주면서도 잠깐 눈에 스친 일이었지만, 반 넘어 걷어 올린 치마폭 아래로 얼핏얼핏 드러나는 형수의 깡마른 종아리께가 자꾸 또 마음을 건드리고 든 때문이었다. 그 형수의 아래 종아리께는 마치 나무젓가락 짝처럼 살집이라곤 찾아볼 수 없을 만큼 앙상하게 졸아붙어 버린 것이 영락없이 옛날 노인 한가지였다. "두고 보래라. 저는 늙을 날이 없을라더냐……" 하던 노인의 말 그대로 형수 자신이 이젠 쇠락한 기력 이상으로 무참하게 무너져 가는 노년의 모습을 하고 있었다. 분명 노인처럼 그 산밭 길을 오르내리면서였을 터였다. 나는 순간순간 다시 그 형수의 뒷모습에 옛날 노인을 보는 것처럼 마음이 안쓰럽고 측은해 왔다. 하지만 그건 물론 노인이 아니었다. 그것은 노인의 모습이 아닐뿐더러, 무엇보다 노인은 이미 말을 할 입이 없는 처지였다. 모든 것은 형수의 일방적인 넋두리 탓일 수 있었다. 말이 있을 수 없는 노인의 속내를 알기 전엔 노인을 위해서도 내가 섣불리 감상에 젖어 들 수 없었다. 나는 될수록 형수에게서 눈길을 외면하며 생각을 다잡아 나갔다.

그런데 한동안 발길을 살펴 나가는 데만 마음을 쓰는 듯싶던 형수가 뒤늦게 생각이 떠오른 듯 등 뒤로 불쑥 한마디 물어 왔다.

"그런디 참, 동서도 이참에 같이 왔을 것인디, 지금 집에서 혼자 기다리고 있지라이?"

"아마 저녁을 짓고 있을 거예요."

내 대답에 형수는 무슨 생각을 하는지 잠시 말을 끊고 있다가 혼잣소리처럼 다시 자탄기 섞인 소리를 흘렸다.

"내가 아무래도 늙질 말아야 할 것인디…… 엄니도 안 계신 집

이렇게 늘 잊지 않고 찾아 주는 사람들이 있는디, 나라도 이대로 더 늙어 가질 말아야 할 것인디…….”

한숨기 속에 말을 뜸뜸이 이어 가는 형수의 푸념 투는 듣다 보니 언젠가 노인에게서 들은 적이 있는 소리였다. 늦은 밤길을 돌아오는 며느리를 맞아 어둠 속을 앞장서 걸으며 당신 혼자 며느리 모르게 참아 삼키고 있었다는 그 소망의 다짐 소리, 그리고 형수가 노인의 심약해진 기미를 속상해할까 봐 내게도 모른 척 넘기라 당부를 잊지 않았던 노인의 소리였다. 아닌 게 아니라 노인의 생각처럼 형수도 그때 그 노인의 마음속 말을 듣고 있었던 것인가. 그래서 여태까지 그걸 마음속에 잊지 않고 지녀 온 것일까. 아니면 형수에게도 늙을 날이 없겠더냐던 또 다른 예언처럼 세월이나 늙음이 그것을 형수 스스로 깨우쳐 배우게 한 것인가. 어쨌거나 형수는 그 노인의 속말을 그대로 되풀이하고 있는 격이었다. 아니, 이제 그것은 내게 형수의 소리가 아니라 어느 저녁 어둠 속을 앞장서 가던 노인의 소리를 노인의 입으로 다시 듣고 있는 느낌이었다.

“한 해 두 해 나이 들어 갈수록 이렇게 부쩍 기력이 떨어지고 마음속까지 비어 가니 이 노릇을 어째야 할지…… 아재네가 이렇게 찾아와 하루라도 마음 놓고 쉬어 가게 할라먼 두고두고 내가 늙지 말고 이대로 집을 지키고 있어야 할 것인디…… 우리 집을 언제까지나 이대로 지키고 앉아 있어야 할 것인디…….”

하다 보니 나는 문득 노인을 오랜만에 다시 어둠 속에 앞장세우고 뒤따라가고 있는 기분이었다. 그리고 비로소 자신도 모르게 노인에게 말하듯 형수의 힘겨운 노구를 향해 불쑥 한마디 내던졌다.

"그러게 우리가 늘 뭐랬어요. 이젠 제발 들밭 일 그만두고, 마음 편히 집이나 좀 지키고 지내시라잖았어요."

형수라도 이젠 더 늙지 말라고 싶은 옛날 당신의 말은 목구멍 속에 그냥 꿀꺽 삼켜 둔 채였다.

들꽃 씨앗 하나

1

무서운 전란이 나라를 온통 가난과 굶주림에 떨게 만들어 버린 1950년대의 어느 해 봄. 먼 남녘 고을의 한 벽지 소년 진성은 제 병약한 홀어머니와 어린 누이동생으로부터 그 지긋지긋한 가난의 굴레를 벗겨 주려 결심하고, 초등학교를 졸업하자 그의 정든 식구들과 남루한 오막살이집을 떠나 맨손으로 3백여 리 상거의 K시로 올라갔다. 그는 그곳에서 어떤 어려움과 고생을 무릅쓰고서라도 3년 과정의 중학교를 졸업하고 돌아와 고향 초등학교의 선생님이나 면사무소 직원으로 취직해 떳떳하게 식구들을 보살필 작정이었다. 그것이 그가 고향 집을 떠나면서 홀어머니와 누이동생에게 남긴 굳은 약속이었다.

진성은 결심대로 그 3년 동안 줄곧 신문 배달이나 상점 심부름꾼 따위 일을 해가며, 또한 궁색한 자취방과 사설 학원 사이를 쉴 새 없이 오가며 자신이 소원하던 중학교 과정을 모두 공부할 수 있었다. 그리고 그 3년이 지나고 난 해 이른 봄엔 중학교 과정의 검정고시도 통과하고, 시 변두리의 한 신설 상업 고등학교 입학시험에도 합격해 그의 꿈을 절반쯤은 이룰 수 있었다.

하지만 그는 대신 처음의 결심이나 약속대로 곧 고향으론 돌아갈 수가 없었다. 중학 과정의 검정 시험 합격이나 고등학교 입학 자격 학력으론 아직 초등학교 선생님이나 면 직원이 될 수 없었기 때문이다. 다만 그에겐 그동안 바쁜 시간 때문에 한 번도 내려가 보지 못한 고향 집을 모처럼 만에 찾아갈 기회가 생긴 것뿐이었다.

"어떻게든지 고등학교까진 졸업을 해야 한다. 하지만 넌 그 많은 입학금을 한몫에 마련하기가 힘들지 않겠느냐. 내 다행히 그 고등학교 교감 선생님을 알고 있다. 입학 등록금 면제나 분납 혜택을 사정해 볼 테니 서둘러 시골집엘 한번 다녀오거라. 면사무소엘 가서 너의 집 재산세 증명서를 떼어 오면 아마 큰 도움이 될 수 있을 게다. 느네 집은 아마 재산세를 내지 않는 무과세 기록이 나올 테니까."

그의 어려운 사정을 알고 있던 학원의 담임선생님이 고맙게도 그의 일을 돕고 싶어 한 때문이었다.

"입학 등록 마감일이 내일모레 토요일 3시까지다. 오늘이 목요일이니 내일 아침 일찍 서둘러 갔다 와야겠다. 될 수 있으면 내일 오후 5시까지 해오구, 늦어도 모레 토요일 등록 마감 한 시간 전까지, 그러니까 2시까지는 여길 도착해야 한다. 내, 내일부턴 이 학원 사무실에서 널 기다릴 테니 바로 이리로 와야 한다."

선생님의 말씀은 아닌 게 아니라 등록 마감 날까지 목돈 마련이 어려워 고등학교 입학을 거의 단념하다시피 하고 있던 진성에게 하늘이 새로 열리는 것 같은 큰 힘이 되었다.

그래 이튿날 새벽 그는 아침도 먹지 못한 채 찬 바람 속을 서둘러 그의 시골 대흥면 면소 마을까지 가는 버스 차부로 달려가 첫 번 출발하는 차를 탔다. 그리고 버스가 아직도 부연 아침 어스름 속으로 서서히 K시를 벗어나기 시작하자 비로소 후우 안도의 한숨을 내쉬며 자리를 고쳐 앉았다.

'배가 좀 고프고 춥더라도 이대로 가만히 앉아 있다 보면 점심 때 조금 지나 면소까지 닿겠지. 지금부터 여섯 시간 아니면 일곱 시간? 3년 전에도 그쯤 걸렸으니 늦어도 면사무소 문을 닫기 전에는 닿을 수 있을 거야.'

그는 배고픔과 추위를 이기기 위해 눈을 감은 채 목줄기를 잔뜩 움츠리며 자신이 이날 해야 할 일과 아침부터 저녁까지의 시간을 재보았다.

'차를 내리면 바로 면사무소로 달려가 재산세 증명서를 떼고…… 오늘은 날이 너무 저물어 돌아올 차편이 없을 테니 어둠 속으로라도 밤사이에 잠깐 어머니를 찾아가 보고 내일 아침 일찍

면소 마을로 다시 나와 첫차를 타고 돌아오면 어떻게 등록 마감 시간까지는 대어 올 수 있겠지.'

진성은 한 번 더 가슴을 쓸어내리고 나서 모처럼 주위를 천천히 둘러보았다. 기름투성이 작업복 차림의 남자 조수가 아직 꾸벅꾸벅 졸고 앉아 있는 출입문 바로 뒤쪽, 그의 자리와 운전사의 뒤쪽 몇 좌석밖에 사람이 채워지지 않은 차 안은 여전히 썰렁해 보이기만 하였다. 두꺼운 점퍼 깃을 높이 세우고 앉아 구부정한 모습으로 묵묵히 핸들을 움직여 나가는 운전사의 뒷모습 역시 추워 보이기는 마찬가지였다. 진성은 몇 사람 되지 않는 승객들을 위해 커다란 버스를 몰고 있는 운전사의 수고가 마치 자신의 일 때문인 것처럼 고맙고 미안했다. 한편으론 그만큼 미더운 생각도 들었다.

'어쨌든 저 아저씨가 오늘 나를 우리 면소 동네까지 데려다 줄 테니까.'

그러자 차츰 몸속의 추운 기운이 가시며 마음이 조금씩 훈훈해져 오는 느낌이었다. 그리고 모처럼 차분하고 아늑한 기분 속에서 한동안 잊고 지내 온 시골집 어머니와 누이동생 금숙을 생각하기 시작했다.

'어머니는 그새 또 몸이 크게 아프지나 않으셨는지…….'

'금숙이는 학교에 무사히 잘 다니는지…….'

그동안 바쁘고 힘든 일 때문에 그는 한 번도 고향 집까지 식구들을 찾아갈 수가 없었고, 편지 소식조차 자주 전하지 못해 온 처

지였다. 하지만 일이 잘되면 이날 저녁쯤엔 오랜만에 집으로 달려
가 어머니와 누이를 반갑게 만날 수 있었다. 진성은 어느새 식구
들을 만날 생각으로 가슴이 뛰기까지 하였다.

하지만 그 어머니와 어린 누이에 대한 생각은 그다지 행복하고
즐거운 것만은 아니었다. 동네 한약방 의원 어른 말처럼 기력이
부족해선지 어째선지 늘 알 수 없는 신열에 시달리던 어머니 연
동댁의 부석부석한 얼굴이 크게 떠오르는가 하면, 이내 또 초등
학교 5학년엘 다니고 있을 금숙의 일이 지레 걱정스러워지기도
하였다.

그는 될수록 어두운 생각들을 접고 즐겁고 반가운 일들을 떠올
리려 하였다. 시골 동네에는 두 사람 일을 돌봐 줄 친척도 몇 사람
살고 있었고, 그동안 금숙의 편지에도 항상 집에는 별일 없으니
다른 마음 쓰지 말고 오빠만 건강하게 열심히 공부하여 꼭 '성공'
하고 돌아오라는 당부뿐 나쁜 이야기는 한 마디도 없었으니까.

'금숙이나 어머니가 나를 보면 얼마나 기쁘고 대견해할까. 뭐니
뭐니 해도 오늘 재산세 증명서만 떼어 가면 난 이제 어엿한 고등
학생이 될 테니까……'

그런저런 생각에 젖다 보니 버스는 한 시간여 만에 어느새 나주
와 영산포를 지나 영암읍을 향해 맑은 아침 햇살 속을 신명 나게
달리고 있었다. 면소나 읍내 같은 큰 동네를 지날 때마다 버스는
새 손님을 태우기 위해 자주 정류소에 들르곤 했지만, 이런 식으

로만 달린다면 대홍까진 어쩌면 해 지기 훨씬 전에 도착할 수 있을 것 같았다. 그는 이제 그것이 외려 달갑잖아질 지경이었다. 기왕 이번 길에 식구들을 만나 보기로 마음을 정한 마당에, 차가 너무 일찍 도착하면 그걸 단념하고 서둘러 면사무소에서 세금 증명서를 떼는 대로, 그리고 다음 차편이 닿는 대로 곧장 다시 K시의 학원으로 돌아가는 게 옳은 일이기 때문이었다. 그럴 수만 있다면 어머니나 누이를 못 만나 보더라도 그러는 게 당연했으니까.

하지만 그건 진성이 너무 찻길의 앞일을 예상하지 못한 맘 편한 생각이었다.

버스가 기세 좋게 영암 정류소까지 거치고 바야흐로 장흥 쪽으로 넘어가는 돈밧재 고갯길로 들어섰을 때였다. 이때까지와는 달리 굽이굽이 힘든 고갯길에 속력을 잔뜩 낮추어 산모퉁이 중턱을 기어오르던 버스가 느닷없이 크렁크렁 밭은기침 소리를 내더니 그만 길 한가운데에서 덜컹 멈춰 서고 말았다.

진성은 처음 그것을 크게 걱정하지 않았다.

"내다 버린 군용 헌 트럭 엔진을 주워다 철판만 새로 뒤집어씌운 조작 차가 돼 놓으니 말썽이 안 날 리 없지!"

나주를 지날 때 옆 자리를 채워 앉은 검은색 두루마기 차림의 중년 남자 어른이 불평을 늘어놓았지만, 그쯤은 으레 있어 온 대수롭잖은 일이라는 듯 "한번 내려가 봐라" 문 앞쪽 조수 청년에게 가볍게 이르고, 자신은 그냥 태평스레 운전대에 턱을 괴고 앉아 기다리는 운전사나, "알았어요, 별일 아닐 테니 잠깐만 기다려 주세요, 소변보실 분들 내려서 소변도 보시구요" 승객들에게 가볍게 당부를 남기고 차를 내려가는 조수 청년의 행작이 퍽 여유가 있어 보인 때문이었다. 그리고 덜커덩 보닛을 열고 이리저리 고장 난 곳을 살피던 조수 청년이 차 안의 운전사를 향해 "연료 파이프가 터져 새는데요" 가볍게 말하고는, 바로 그 처방도 안다는 듯 운전석 옆 구석에서 기다란 고무호스를 꺼내 갔을 때도 그 운전사나 조수 청년의 태도가 미덥기만 하였다.

하지만 조수 청년이 차 아래쪽 연료통에 고무호스를 꽂아 입으로 붉은색 휘발유를 빨아올려 그것을 양철 탄피 통에 받아다 엔진 쪽(그게 실상은 죽은 엔진 대신 보조 엔진을 살리려는 거라고, 그런 기계 속을 좀 만져 봤다는 좀 전의 검정 두루마기 어른이 아는 척을 했지만, 어쨌거나 그게 그것처럼 보였다)에 직접 부어 넣는 것을 보고는 진성도 차츰 마음이 조급해지기 시작했다. 더욱이 그런 조수의 응급조치 끝에 용케 다시 시동이 걸리고 바퀴가 움직이기 시작해 그럭저럭 한동안 산길을 기어 올라가던 버스가 산굽이를 하나 돌아서자마자 다시 맥없이 멈춰 서버리고 말았을 때는 제풀에 몸이 부르르 떨리며 뒤늦게 새삼 오줌까지 마려운 것 같았다.

하지만 진성은 아직도 모든 걸 나쁘게만 생각하려지 않았다. 버스는 이후에도 가다가 멈춰 서고 다시 멈추고 했지만, 조수 청년은 그때마다 가벼운 투덜거림 속에도 그걸 오히려 기다렸다는 듯 재빨리 차에서 뛰어 내려갔고, 예의 그 고무호스로 기름을 빨아 옮겨다 계속 다시 엔진을 살려 내어 얼마큼씩 차를 움직여 갔기 때문이다. 그리고 시간이 훨씬 길게 걸리기는 했지만, 어렵사리 버스가 돈밧재 고갯길을 올라선 다음 운전사와 조수 청년이 함께 차를 내려 차 속을 정성 들여 손질하고 나서는 그럭저럭 탈 없이 계속 남은 길을 달릴 수 있었기 때문이다. 하는 일 없이 그저 기다 리고 앉아 있기만 한 자신에 비하면 진성은 그 추위 속의 조수 청 년과 운전사의 거듭된 수고에 오히려 마음이 송구스러울 정도였 다. 그리고 두 사람이 그렇게 애를 써 준 덕에 그가 이날 안으로 일 을 무사히 치를 수 있게 된 것이 고마울 뿐이었다. 고장 사고 바람 에 처음 예정보다 두 시간 가까이나 늦어져 이날 안으로 길을 되 돌아오기는 어려울 것 같았지만, 그로 하여 이제는 어머니와 누이 를 만나게 될 일이 확실해진 터이고 보니 그것도 차라리 잘된 일 일 수 있었다.

문제는 정작 버스가 남쪽 해변 고을 대흥면을 아직 7,80리쯤 남 겨 둔 장흥읍에 도착하고부터였다. 버스가 그럭저럭 장흥읍 정류 소에 들어선 것이 K시를 출발한 지 일곱 시간 만인 오후 1시쯤이 었으니, 거기서 더 이상 다른 변통만 생기지 않고 남은 길을 달려 준다면 공무원 퇴근 시각인 5시 이전에 대흥면 사무소에 도착하 여 증명서 일을 보는 데는 아직 충분한 시간이 남아 있을 터였다.

그런데 버스가 정류소로 들어서자 운전사가 손님들을 모두 차에서 내리게 하였다.

"오면서 다들 보셨겠지만 이 차, 정비소로 가지고 가서 고장을 마저 손보고 가야겠어요. 시간이 그리 오래 걸리지 않을 테니 그동안 손님들께선 천천히 용변도 보시고 요기도 좀 하시면서 이 근방에서 기다려 주세요."

차장 대신 운전사가 모처럼 뒤쪽 승객들에게 직접 건네 온 당부였다. 그러니 승객들이 모두 내린 다음 운전사와 조수 청년이 어디론지 버스를 끌고 사라져 갔을 때도 진성은 아직 마음이 차분했다.

'어련히 차를 잘 고쳐 가지고 오려고. 남은 거리를 탈 없이 가려면 지금 시간이 좀 지체되더라도 그편이 나을 테니까.'

게다가 이제는 더 견딜 수 없을 만큼 배가 고팠고, 오줌도 마려웠다. 운전사 말마따나 이날은 마침 읍내 오일장이 서고 있어 정류소 주변 길가에 오종종 늘어앉은 아주머니들의 장 광주리에서 찐빵도 하나 사 먹고 용변 길도 다녀올 여가가 생겨 진성은 차라리 일이 무방하게 되었다 싶기까지 하였다.

하지만 한번 사라져 간 버스는 진성이 그 자잘한 용건을 다 마치고 다시 정류소 입구를 지키기 시작한 지 한 식경이 지나도 좀체 모습을 나타내지 않았다. 버스가 다시 돌아온 것은 좋이 한 시간도 더 지난 2시 30분쯤이었다. 그것도 정비소에서 차를 고치는 동안 자기들끼리 어디서 차분히 점심을 먹고 온 듯 운전사는 아직도 이쑤시개를 입에 문 채 눈자위가 제법 불그스레 취한 얼굴이었다. 하긴 두 사람의 기분이 그렇듯 느긋해 보이는 것도 앞길을 위해 그다지 나쁠 일만은 아니었다. 그런 넉넉한 기분 속에 이제라도 차를 잘 달려 준다면 아직 시간은 넉넉했다.

그런데 그 운전사나 조수는 기다리던 승객들이 서둘러 차에 오르고 나서도 좀체 출발을 서두르는 기색이 없었다. 이날이 하필 그 읍내 장날인 데다 바야흐로 파장이 가까워진 때문이었다. 장꾼들은 버스가 언제쯤 떠나리라는 것을 미리 알고 있는 듯 처음에는 별반 관심도 두지 않는 기색이더니, 운전사가 뿡뿡 한두 번 경적을 울리고 나서부터 장 보퉁이를 이고 끌고 차 문 앞으로 줄을 이어 대기 시작했다. 하지만 버스는 첫 파수 손님들을 거의 다 거둬 싣고 나서도 움직일 생각을 안 했다. 하나 둘 장꾼들이 계속 손짓을 쳐 가며 뒤를 이어 댔기 때문이다. 하긴 읍내 아래쪽 동네로는 하루 몇 번씩밖에 버스가 드나들지 않는 사정이라 시간이 좀 들더라도 운전사는 그 사람들을 그냥 뒤에 내팽개치고 떠날 수가 없는 처지였다. 그래 그런지 운전사도 손님들도 별로 서두르는 기색이 없이 마냥 늑장을 피우는 식이었다. 차 안은 이제 손님들과 장바구니들로 발 디딜 틈 없이 빼곡 들어차고 말았지만, 시골 장꾼들은 몸을 비비적대며 장바구니(그 장바구니에는 별의별 것들, 심지어 비린내가 진동하는 생선이나 꽥꽥거리는 돼지 새끼까지 담겨 있었다)를 챙기는 데만 정신이 팔려 있을 뿐, 남은 뒷사람을 생각해

선지 그 비좁은 차 속 사정이나 늑장기에 대해선 별다른 불평이
없었다.

"어이, 이게 사람 타는 찬지, 짐짝 찬지! 거, 운전사 양반, 이제
그만 출발하는 게 어떻소?"

푸른 군복을 입은 휴가병 청년 하나가 앞사람의 장 보따리를 피
해 고개를 뒤로 잔뜩 치켜 젖힌 채 불평 섞인 소리를 내지른 게 고
작이었다.

시간은 그새 오후 3시에 가까워지고 있었다. 이날로 면소 일을
보고 다시 길을 돌아가기는 이미 물 건너간 일이 되고 말았지만,
이대로 곧장 차가 출발한다 해도 이제는 증명서를 뗄 시간을 대어
가는 것조차 빠듯한 상황이었다. 한데 갈수록 태산 격으로 차 안
에선 거기서도 한참이나 더 출발을 지체할 수밖에 없는 소동이 벌
어졌다.

"워메, 내 돈! 어이고, 내 해우* 판 돈!"

통로 입구 한쪽에 간신히 몸을 껴 붙어 서 있던 한 중년 아주머
니가 느닷없이 얼굴빛이 하얗게 변하며 다급한 목소리로 외쳐 댔
다. 그러곤 금세 넋이 다 빠져나간 듯 자기 저고리 앞섶을 들추며
두리번두리번 주위를 향해 미친 사람처럼 울부짖었다.

"내 돈, 못 입고 못 먹고 애면글면 새끼들하고 피땀 흘려 번 내
돈! 오늘 장에서 해우 두 통 팔아 받은 목숨 같은 내 돈, 금방까지
*해우: 김.

여기 있었는디 어느 놈이 가져갔어! 어느 벼락을 맞을 놈이!"

어느 사이 차 안으로 소매치기가 섞여 들어온 모양이었다. 지난 날 진성이 처음 집을 떠나 K시로 갈 때도 작은 돈을 팬티 속에 꿰매어 갔을 만큼 붐비는 차 속 소매치기는 이미 소문이 나 있는 일이었다. 미리 조심을 하지 않은 게 탈이었지만, 그렇다고 그 운 나쁜 아주머니만 몰인정하게 나무랄 수는 없었다.

"쯧쯧, 어떤 인간이 그래 해 먹고 살 짓이 없어 해필 우리 겉은 촌구석 무지랭이 쌈짓돈을 다 털어 가나!"

차 안 사람들도 자신들 갈 길보다 아주머니의 처지를 더 걱정해 주었다.

"거 운전사 양반, 위인이 아직 이 차 안에 있을지 모르니, 작자가 빠져나가지 못하게 출입문 단속하고 경찰서로 끌고 갑시다."

하지만 소매치기가 그때까지 아직 차 안에 남아 있을 리 없었다.

"돈이 없어졌으면 위인은 벌써 10리 저쪽 사람이오. 치고 튀는 게 녀석들 기술인데 여태까지 나 잡아갑쇼 하고 차 속에 남아 있겠소? 아주머니헌티는 안된 소리지만, 일이 생긴 게 이 차 속에선지 밖에선지도 확실찮고, 그새 차 문을 들고 난 사람이 몇인디……."

운전사를 대신해 조수 청년이 시큰둥한 소리로 그걸 부질없어 하였다. 아닌 게 아니라 요즘 세상에 그만 일로 손님을 가득 실은 노선버스를 경찰서까지 끌고 갈 수는 없는 노릇이었다. 경찰서까지 끌고 가 봐야 범인을 잡아낸다는 보장도 없는 일이었다. 하지만 아주머니는 이제 완전히 제정신이 아니었다. 그사이 그녀는 바득바득 사람들 사이를 비집고 차 문을 빠져나가 밖에서 안을 향해 악을 써 대었다.

"다들 내려! 내가 녀석을 찾아낼 테니께 다들 차에서 좀 내려 보란 말여. 오늘 내 아까운 돈 못 찾으면 이 차 해가 져도 못 떠날 테니께. 그래 금방까지 이 치맛말 밑에 얌전히 들어 있던 돈다발이 차 속이 아니면 어디서 없어졌길래. 작자가 분명 아직 차 안에 있을 테니 어서들!"

이번에는 치맛말까지 들추고 젖가슴을 온통 드러낸 채 파랗게 게거품을 물고 나서는 바람에 차 안 사람들도 어쩔 수 없이 차례차례 내릴 수밖에 없었다. 한다고 조수 총각 말마따나 소매치기가 아직 거기 섞여 남아 있을 턱이 없었다. 아주머니는 바투 차 문 앞에 지켜 서서 한 사람 한 사람 차에서 내리는 사람들의 행색과 얼굴 표정을 유심히 살폈지만, 차 안이 텅 빌 때까지도 어느 한 사람도 자신 있게 지목을 하고 나서질 못했다. 그러다 마침내 희망이 없음을 알아차린 아주머닌 그 자리에 펄썩 주저앉아 버리며 다리를 뻗고 통곡을 터뜨리기 시작했다.

"아이고아이고, 이 일을 어쩔 거나. 이 꼴을 당하고 어떻게 집구석을 찾아 들어가며, 불쌍한 우리 새끼들 얼굴은 또 어찌 볼 거나…… 아이고…… ."

그런데 그게 그냥 억울한 푸념 넋두리가 아니었다.

"아주머니, 일은 안됐지만 이제 어떻게 하겠어요. 우리가 경찰에 신고는 해 놓을 테니 오늘은 이만 이 차 타고 집으로 돌아가셔야지요. 다른 손님들도 많이 기다리셨고."

"이 차 회사에 단단히 부탁하고 그렇게 합시다, 아주머니."

보다 못한 운전사와 몇몇 손님들이 달래 보려 했지만, 아주머니는 그럴수록 새삼 더 엉뚱한 결의를 다지고 나섰다.

"아니, 나 이대로는 못 가요. 놈을 못 찾으면 한 달이고 두 달이고 여기서 이대로 기다릴라요. 기다려도 못 찾으면 지옥까지라도 쫓아가 기어코 놈을 찾아 끌고 올라요, 아이고!"

그러니 이젠 어쩔 수가 없는 일이었다. 한두 차례 더 같은 소리를 되풀이하던 운전사와 조수도 그녀를 더 기다릴 수가 없는 듯 정류소 사무실로 데리고 가 그곳 사람들에게 맡겼다. 그러곤 차 안 손님들에 대한 간단한 사과 말과 함께 비로소 늦어진 찻길을 서두르기 시작했다.

생각잖은 소동으로 다시 반 시간여를 허비한 3시 30분 가까운 시각이었다. 그러니 이날 안으로 면소 일을 보려면 잘해야 시간 반 남짓밖에 남지 않은 아슬아슬한 시각이었다.

2

지체한 시간을 벌충하려는 듯 이후부터 버스는 한적한 남녘 들길을 부지런히 달렸다. 하지만 중간 동네 곳곳에서 내릴 사람이 나서는 데다, 울퉁불퉁 자갈이 많은 시골 길이 되다 보니 한껏 속도를 내어 달렸는데도 때가 이미 늦고 있었다. 뒷자리의 나이 먹은 아저씨에게 알아보니 버스가 종착지 대흥 면소 동네에 닿은 것은 관공서 근무 시간을 훌쩍 넘긴 오후 5시 20분쯤이었다.

그러거나 말거나 진성은 차에서 내리는 길로 곧장 전부터 알고 있던 파출소 건물 옆 면사무소로 달려갔다. 그리고 지금 막 서쪽 산봉우리 뒤로 가라앉아 들어가는 황혼 녘 잔광을 부옇게 되비추어 내고 있는 면소 건물 밀창문을 황급히 열고 들어가며 마음속으로 간절히 빌었다.

'제발 아직 퇴근하지 않고 남아 있는 사람이 있었으면! 하다못해 야간 숙직을 하는 사람이라도 있다면 그 사람한테 사정을 해 보면 되련만!'

다행히 그 진성의 소망은 이루어진 셈이었다.

사무실은 이미 책상마다 주인들이 모두 퇴근을 하고 썰렁하게 비어 있었다. 하지만 빈 사무실 중앙 쪽에 놓인 난롯가에 아직 두 사람이 손을 비비 대며 마주 앉아 있었다.

"안녕하세요."

진성은 반가운 김에 큰 소리로 인사를 하고 곧장 그 두 사람 곁으로 가까이 다가갔다.

"무슨 일이냐?"

두 사람 중 개털 깃 점퍼 차림에 나이가 좀 많아 보이는 중년 티 어른이 그를 바라보며 느린 목소리로 물었다.

"예, 저의 집 재산세 증명서를 좀 떼러 왔는데요."

진성은 급한 김에 냉큼 찾아온 용건부터 말했다.

하지만 개털 깃 점퍼 어른은 왠지 좀 장난스러운 웃음기를 흘리며 가볍게 그를 나무랐다.

"무어, 재산세 증명서? 그런 일 보러 온 녀석이 지금이 몇 시라고 사람들 다 퇴근하고 없는 빈 사무실엘 찾아와?"

"지금이라도 아저씨들은 남아 계시지 않아요. 버스가 하루 종일 늑장을 부려서 시간이 늦어졌지만, 아저씨들이 그 증명서를 떼어 주시면 되지 않아요. 그렇게 좀 해 주세요. 전 사정이 급하단 말씀이에요."

진성은 왠지 가슴이 답답한 느낌 속에 시간이 늦어진 사연과 함께 간곡히 사정을 하고 들었다.

하지만 난롯가 어른들은 좀체 그의 말귀를 알아듣지 못했다.

"그래, 증명서는 아무나 떼어 주는 줄 아냐? 재산세 일은 재무계 담당 직원이 보는데, 여긴 지금 재무계 일을 볼 사람이 없단 말이다."

이번에는 개털 깃 점퍼 대신 검누런 금니를 박은 옆 사람이 말을 가로맡고 나섰다.

"봐라, 저 책상. 재무계 담당잔 벌써 퇴근을 하고 자리가 비어 있지 않으냐. 그런데 우리가 어떻게 남의 일을 대신한단 말이냐. 그게 정 급하게 필요하다면 내일 아침 일찍 다시 오는 수밖에 없는 일이다."

듣고 보니 그도 그렇겠다 싶었다. 하지만 그런 사정을 알고 나니 진성은 가슴이 더욱 막막해 왔다. 그래 더 이상 말을 못하고 망연해 있으려니 그 난감한 모습이 딱했던지 이번에는 개털 깃 점퍼 쪽이 쯧쯧 혀를 차며 다시 물었다.

"그런데 넌 대체 어느 동네 누구냐? 네 아버지가 누구시냐? 그리고 재산세 증명서는 어디에 쓰려는데 아버지가 오시잖구 어린 네가?"

"그건 저…… 저는 저 참나뭇골 사는 배진성인데요……."

진성은 더욱 기가 죽을 수밖에 없었다. 그는 갈수록 막막한 심사 속에도 행여나 하는 마음에 그 검정고시 과정을 거쳐 얻은 고등학교 진학 입학금 문제와 재산세 증명서의 용도를 더듬더듬 설명했다. 그리고 어른들의 연이은 물음에 5, 6년 전 난리 통에 국민방위군인가 뭔가 하는 델 끌려갔다 소식이 끊어져 버린 아버지의 일과, 이런저런 그의 사정을 알지 못하는 어머니의 처지를 조심스럽게 털어놓고, 자신이 직접 증명서를 떼어 가지 않으면 안 되는 다급한 사정을 호소했다.

"그러니까 전 지금 증명서를 떼어 놨다가 내일 아침 일찍 첫차로 올라가서 학교에 내야 해요. 그래야 입학금을 면제받거나 연기

받고 고등학생이 될 수 있단 말씀이에요.”

말을 다 끝내고 나서 진성은 다시 한 번 희망을 가지고 이것저것 썩 관심을 가지고 물어 준 어른들의 표정을 살폈다.

“그래, 아버지 도움도 없이 너 혼자 고학을 해서 고등학교 입학 자격까지 땄단 말이지? 사정을 들어 보니 일이 참 급하게 되긴 했구나.”

“참나뭇골에 방위군 나갔다 돌아오지 못한 사람이 누군지 이름을 들어도 모르겠다만, 어쨌거나 아들아이 하나는 퍽 똑똑한 녀석을 남겼구나.”

그의 사정을 듣고 난 어른들도 우선은 그를 썩 대견해하며 그의 일을 되도록이면 돕고 싶어진 눈치였다. 하지만 그건 어디까지나 그 어른들 마음뿐이었다. 그들에게도 뾰족한 방법이 없었다.

“하지만 어쩐다? 사정을 듣고 보니 네 처지가 더욱 딱하기는 하다만, 그렇다고 우리가 함부로 남의 책상을 뒤져 서류를 대신 만들어 줄 수도 없는 일이고…… 보아라, 저 재무계 책상 서랍에 자물쇠 채우고 간 거. 저 안에 그 사람 인장을 간수해 두고 갔는데, 널 도와주고 싶어도 주인이 없는 책상 서랍을 부술 순 없는 일 아니냐.”

“그러니 오늘은 참나뭇골 집으로 들어가 어머니랑 함께 지내고 내일 아침 일찍 다시 오거라. 여기 업무 시간이 아침 9시부터니까 그 사람 출근 시각에 맞춰서. 그러면 우리가 부탁해서 첫 번째로

네 서류부터 만들어 달래마."

"그래라. 이젠 그밖에 다른 길이 없구나. 참나뭇골까지는 10리
가 넘는 산길인데, 우선 여기 난롯불에 몸을 좀 녹이고."

어른들은 서로 얼굴을 건너다보며 번갈아 걱정을 했지만, 그것
은 아무래도 말이 안 되었다. 아침 9시에 증명서를 만든다면 그길
로 바로 차부를 나서는 버스를 탄대도 K시까지는 죽어도 때를 맞
출 수가 없었다. 내려오던 길 사정을 생각하면 아침 6시나 7시쯤
첫차를 탄대도 마음을 놓을 수 없는 판에 9시라면 희망이 전혀 없
었다. 어른들은 도대체 그런 사정을 알지 못했다. 그렇다고 그걸
함부로 허물고 들 처지도 못 되었다. 어떻게든지 이날 안으로
증명서부터 떼어 놓아야 했다. 하지만 진성은 이제 그 답답하고
안타까운 사정을 호소할 곳조차 없었다. 난롯가 어른들은 사정을
알고도 그를 도울 길이 없었다. 마음속 한구석엔 그 어른들이 어
딘지 자신이 알지 못하는 방법을 숨겨 둔 듯 원망스러운 느낌이
들기도 했지만, 자신이 생각해도 그것은 아니었다. 무엇보다 이
일은 자신의 일이었고, 오늘 그 일이 이렇게 된 것도 다른 누가 아
닌 자신의 나쁜 찻길 운수 때문이 아닌가. 하고 보니 이제 마지막
남은 길은 담당 직원이 사는 집을 찾아가 직접 한번 사정을 해 보
는 수밖에 없었다.

"아저씨, 그럼 그 재무계님 사시는 동네가 어디예요? 제가 지금
그 집을 찾아가 사정을 해 보겠어요."

진성은 다부지게 결심하고 개털 깃 점퍼 어른에게 물었다. 그런데 그것이 진성이 미처 알지 못하고 있던 결정적인 실수를 일깨워 주는 계기가 되었다.

"허, 그렇게 일러 줘도 그 녀석 고집하곤 참! 재무계 동네야 여기서 두어 마장쯤밖에 되지 않는 저 산정 저수지께다만, 그래 네가 지금 찾아간들 한번 퇴근해 집에 돌아가 발 씻고 들어앉은 사람이 다 늦은 이 저녁 찬 바람 속에 네 일 봐주자고 다시 옷 걸쳐 입고 나오려 하겠느냐. 아서라, 아서!"

나이가 아래뻘인 금니 쪽이 짐짓 그의 고집통을 나무라고 드는 것을 만류하고 나서며 개털 깃 점퍼 아저씨가 뒤미처 생각난 듯 진성에게 물어 왔다.

"가만! 그보다 네가 아까 차를 내려서 바로 우리 사무실로 왔다면 너희 집 호주의 도장도 없을 거 아니냐. 네가 재무계를 찾아가더라도 호주 도장이 없으면 증명서를 떼어 줄 수가 없을 테니 말이다. 그래 지금 너 호주 도장은 가져왔냐?"

그러니 그것으로 모든 게 헛수고일 뿐이었다. 그는 물론 얼굴도 알 수 없는 아버지의 인장을 지녀 왔을 리 없었고, 증명서를 떼는 데 그것이 그토록 중요한 절차라면 무엇보다 우선 참나뭇골 집으로 달려가 그 도장부터 가져오는 일이 급선무였다. 애초부터 길이 틀린 일을 두고 더 이상 애꿎은 어른들을 상대로 시간을 허비할 수가 없었다.

진성은 마침내 이날 안으론 모든 걸 단념하고 참나뭇골 집으로 어머니부터 찾아가기로 작정했다. 집에서 어머니와 하룻밤을 지내고 다음 날 아침 일찍 도장을 가지고 나와 면사무소로 오든지, 그 저수지께 동네로 재무계 사람부터 먼저 찾아가든지 할 생각이었다. 일이 좀 일찍 되든지 늦어지든지, 증명서고 차 시간이고 이제는 모든 걸 하늘의 뜻에 맡기고 일 되어 가는 대로 따를 뿐 다른 선택의 여지가 없었다. 앞뒤 순서를 알지 못한 자신의 실수로 공연히 어른들에게 긴 시간 헛수고를 시킨 것이 부끄럽고 미안할뿐더러, 뒤늦게나마 그 실수를 일깨워 준 어른들의 걱정을 덜어 주기 위해서라도 이제는 더 시간을 지체할 수가 없었다. 일을 그렇게 정하고 나니 차라리 마음이 조금 편해지기도 하였다.

그래 진성은 난로 앞 어른들에게 내일 아침 일찍 도장을 가지고 다시 오겠노라, 꾸벅 자신에 대한 다짐 겸 당부의 인사를 남기고 서둘러 면소 문을 나섰다.

"애, 오늘은 기왕 일이 늦어졌으니 추운 밤길 여기 이 난롯불에 몸이나 더 녹이고 가거라."

나이 든 개털 깃 점퍼가 새삼스럽게 권했지만, 이제는 이미 바깥이 어둑어둑해져 오기 시작하여 그럴 여유가 없었다.

면소 동네 장터거리에서 참나뭇골까지 10여 리 길은 잠시 뒤 버스 길이 갈라지는 데서부터 오르락내리락 좁은 산길이 대부분이었다. 그것도 길목 굽이마다 마을 사람들이 늦은 밤길을 드나들며 산짐승이나 도깨비 따위를 만나 큰 곤욕을 치렀다는 곳이 허다했다. 무엇보다 옛날부터 인근 동네에서 어린 갓난쟁이가 죽었을 때 그 시신을 땅에 묻지 않고 짚 오장치 속에 담아 높은 나뭇가지에 걸어 썩어 가게 했다는 애기봉께의 검은 소나무 숲 아랫길을 혼자 지날 때면 대낮에도 으슬으슬 오금이 저려 오곤 했다.

하지만 진성은 그 어두운 밤 산길을 가지 않을 수 없었다. 그는 면소 문을 나서자 곧장 신작로를 내달려 산길로 들어섰다. 그리고 쌩쌩 추운 산 바람기를 가르며 내처 발걸음을 재촉해 갔다. 사방은 어둠이 점점 더 짙어 갔고, 숲 속에선 솨솨 차가운 솔바람 소리만 음산했다. 몰려드는 허기와 매운 바람기 때문에 두 뺨이 얼얼해지고 찔끔찔끔 눈앞이 흐려 오기도 했지만, 그는 잠시도 발걸음을 멈춰 쉴 수가 없었다. 긴장되고 다급한 마음에 실상은 배고픔이나 두려움조차 느낄 틈도 없었다. 검은 숲 그림자에 이따금 저도 모르게 소스라쳐 놀라게 될 때도 있었지만, 그때마다 그는 초등학교 적 어머니와 함께 장거리를 오가며 익혀 둔 그 길의 기억을 떠올리며 자신의 두려움을 달랬다. 그는 초등학교를 면소 동네가 아닌 바닷가 회진 포구 쪽으로 다녔기 때문에 자주 오가지는 못했지만, 5일에 한 번씩 열리는 이쪽 대흥 장날이면 어머니의 갯거리나 봄동 따위 광주리를 나눠 지고 이 길을 오간 일이 많았기 때문이다. 그 어머니와 함께 오가던 길을 떠올릴 때는 어머니와의 이런저런 추억도 떠올렸고, 잠시 뒤면 만나게 될 식구들의 반가움이나 놀라움도 함께 떠올렸다. 그리고 그런저런 상상과 서두름 끝에 그는 어느새 산길을 모두 지나 드디어 그의 고향 동네 참나뭇골 초입께까지 이르렀다.

진성은 산길 아래로 마을이 시작되는 그 초입 집 사립 앞에서 비로소 걸음을 멈춰 섰다. 그리고 잠시 가쁜 숨결을 가라앉히며 희미한 불빛이 새어 나오는 그 집 안방 장지문을 넘겨다보았다. 힘든 산길을 벗어나 낯익은 마을 길로 들어서고 보니 그새 몸을 조여 오던 긴장기가 풀리며 피로감이 몰려들 뿐 아니라, 그 집 장지문 불빛이 유달리 반가웠기 때문이다.

종배 아재, 권종배 아재……. 젊은 시절 무논 쟁기질을 하다가 보습 날에 발을 찍혀 늘 걸음을 절뚝이고 다니던 종배 아재는 원래 어머니가 진성네 가문이라서 집안이 그리 벌족하지 못한 진성네에게는 성씨가 다른 척간치고 퍽 마음에 가까운 어른이었다. 그 집이 바로 그 종배 아재네 집이었다. 게다가 진성이 3년 전 어머니와 K행 차를 타러 아침 일찍 그 집 앞 길목을 지나갈 때, 그 종배 아재가 어느새 기척을 알아채고 불편한 몸에 절뚝절뚝 사립 밖으로 쫓아 나와 예상찮은 노잣돈까지 쥐여 주던 고마운 기억이 남아 있었다.

"이거 몇 푼 안 된다마는 큰돈으로 알고 차비에 보태거라. 그리고 기왕에 작정을 하고 나서는 길, 고생이 되더라도 열심히 공부

해라. 그러다 보면 언젠가는 다시 네 어머니랑 금숙이랑 오순도순 함께 살게 될 날이 올 게다."

진성은 아직도 호롱불 빛이 물든 장지문 안에서 종배 아재의 따스한 목소리가 들려 나오는 것만 같았다. 게다가 종배 아재는 늘 불편스러운 걸음걸이 때문에 바깥나들이가 많은 농사일 대신 집 안에 들어앉아 이런저런 손재간질을 많이 익혀, 평소엔 마을 사람들 이발사 노릇을 해 오면서도 더러는 급한 사람 도장 새겨 주는 일까지 대신해 왔던 게 생각났다. 그러고 보니 어머니가 어디 쓸 일이 있어 여태 그 종무소식이 된 아버지의 도장을 온전히 간수해 왔는지 알 수 없었다. 집 안에서 만약 그걸 쉽게 찾아낼 수 없다면, 그 역시 종배 아재의 신세를 져야 할 일이었다. 그래 진성은 누이 금숙의 편지를 받고서도 늘 미심쩍게 여겨지던 어머니나 집안 사정도 미리 알아 갈 겸, 사립문을 밀고 그 아재네 집부터 인사를 여쭈러 들어갔다.

그런데 그쯤에서 진성이 종배 아재의 일을 떠올리고 집을 찾아 들어간 것은 어려운 여정 중에 생각보다 잘한 일이었다.

"아니, 너 우리 진성이 아니냐? 네가 웬일이냐. 이 어두운 밤중에!"

진성의 바깥 기척에 방문을 열고 나온 종배 아재는 예상치 못한 그의 출현에 무척 놀라면서도 그를 반갑게 맞아 주었다. 하지만 진성을 방 안으로 데리고 들어가 따뜻한 아랫목에 자리를 잡아 앉히고 나서 그간의 자초지종을 듣고 난 아재는 차츰 얼굴빛이 흐려지기 시작했다.

"허, 그 참 장하고 고마운 일이구나. 그건 그렇고. 그런디 이 일을 어쩐다? 네 식구들이 지금 아무도 집에 없을 테니 말이다."

그 아재가 마른 입술을 빨아 가며 일러 준 사연인즉, 금숙은 진작 학교를 그만두고 장터거리 음식 가게에서 먹고 자며 심부름 일을 하고 있고, 어머니는 지난해 겨울께부터 동네 여자들과 완도 쪽 섬 마을로 들어가 여태껏 굴 까는 일에 매달려 지내고 있다는 것이었다.

"살림들이 워낙 쪼들리는 형편이다 보니 어른이고 아이들이고 제집 일거리 없다고 그냥 손발 개고 앉아만 있을 수 없어 온 동네가 다 그 모양이구나. 네 누이 금숙이 일은 그나마 마른자리 일이라 견딜 만한가 보더라만, 네 어머니뿐 아니라 이 동네 여자들 그 매운 해변 바람 추위 속에 무슨 고생들이냐. 봐라, 나도 지금 네 아짐을 딸려 보내고 혼자서 이리 생홀아비 꼴로 지내고 있구나."

탄식기 섞인 말투 속에서도 아재는 어딘지 그를 안심시키고 싶은 듯 당신 자신의 궁색한 형편을 포함해 온 동네 사정을 싸잡아 털어놨다. 그러곤 진성이 채 부탁을 꺼내기도 전에 자신이 먼저 도장 일을 맡고 나서 주었다.

"그러니 네가 곧장 집으로 가지 않고 우리 집엘 들어온 것은 그나마 다행 아니냐. 문고리만 잠겨 있을 빈집 찾아 들어가 봐야 식구들도 만날 수 없고 도장도 찾을 수 없을 테고. 그러니 오늘 밤엔 여기서 나하고 함께 지내고 내일 아침 일찍 길을 되짚어 나서도록 하거라. 내 걸음걸이가 불편하지 않으면 널 데려다 주면 좋으련만, 이 몸으론 너를 쫓아가기도 힘들어 그리는 할 수 없고. 내 그 대신 오늘 밤 안으로 네 아버지 인장은 새겨 놓을 게니 그 일은 안심하고."

진성은 고맙고 다행스럽지 않을 수 없었다. 사정이 그리된 판에 어머니나 금숙을 만날 수 없는 서운함 따위는 문제가 아니었다. 그 무엇보다 도장 일이 우선 급했다. 다른 일은 도장 일과 재산세 증명서 일이 제대로 처리되고 나서 틈이 좀 생기거나 다른 기회에 생각해도 될 것이었다. 당신 말마따나 종배 아재를 먼저 찾은 것이 천만다행이었다. 그런 사정을 모르고 아무도 없는 빈집을 찾아들었다 얼마나 혼자 놀라고 앞일이 난감했을 것인가…….

"그런디 너 아직 어디서 저녁도 못 얻어먹었겠구나."

말을 하지 않아도 종배 아재는 미리 알아서 진성에게 손수 간단한 저녁 요기까지 시켜 주었다.

그리고 진성이 굴을 넣은 더운 매생이 국 한 사발에 식은 고구마 밥덩이를 맛있게 먹는 동안 자신은 조그만 탁자 서랍에서 헌 도장을 찾아내어 원래의 이름을 깎아 내고 당신이 알고 있는 아버지의 새 이름을 새겨 넣기 시작했다.

"밥상은 그냥 거기 윗목에 밀쳐 두고 그냥 좀 누워 쉬거라. 내가 이따가 알아서 치우마.”

저녁을 먹고 나선 아재의 당부대로 방 한쪽 구석에다 상을 밀쳐 둔 채 아랫목 이불자락 밑으로 발을 밀어 넣고 드러누웠다. 그러곤 희미한 호롱불 아래 새 도장을 새기고 있는 종배 아재를 바라 보며 혼자 생각에 잠겼다.

‘이 동네 사람들은 마음들만 착했지 어째 이렇게 가난하고 못 사는가. K시 같은 도회지 사람들은 저렇게 아등바등 기를 쓰지 않 아도 잘 먹고 잘 입고 큰소리치며 사는데. 그럴수록 나는 어서 고 등학교라도 나와서 우리 식구들을 도와야 하는데…… 우리 식구 만이 아니라 저 인자스러운 종배 아재, 이 추운 날씨에 어머니랑 함께 섬 마을까지 굴을 까러 간 아짐이랑 동네 여자들 모두를 위 해…….’

문득 이제라도 아랫동네께 그의 집을 한번 둘러보고 올까 싶은 생각이 들기도 했다. 하지만 어머니도 금숙도 없는 썰렁한 빈집 꼴을 떠올리곤 이내 그것을 단념하고 말았다. 자신이 무슨 부끄러 운 허물을 지고 들어온 듯 어두운 골목길을 오가다 행여 동네 아 는 사람이라도 마주치게 될 일이 공연히 마음을 무겁게 하기도 하 였다. 하지만 뭐니 뭐니 해도 우선 도장 일에 마음을 놓게 된 데다 늦은 저녁 요기 끝이라 노곤한 식곤증까지 몰려들어 새삼 몸을 움 직이고 나설 엄두가 안 났다.

‘내일 새벽부터 서둘러야 하니까 오늘 밤은 그냥 눈을 붙여 두

는 게 좋겠지⋯⋯.'

그런 생각조차 채 끝나기 전에 그는 어느 결엔지 까마득한 잠 속으로 파묻히고 만 것이었다.

3

이튿날 새벽, 진성은 어둠 속에서 제풀에 깜짝 놀라 일찍 잠이 깨었다. 잠을 깨고서도 곤히 잠들어 있는 종배 아재가 어려워 한 동안 그대로 날이 밝기만 기다렸다. 종배 아재네도 시계가 없으니 지금이 몇 시쯤 되었는지 시간을 알아볼 수도 없었다. 그런데 어 느 결에 알았던지 종배 아재도 곧 잠이 깨어 누운 채로 알은척을 해 왔다.

"곤할 텐디 좀 더 자지 않고 그러냐. 내 날이 새면 늦지 않게 깨 워 줄 건데."

하지만 기왕 잠이 달아나 버린 진성은 무작정 그러고 날이 밝기 를 기다리고 있을 수가 없었다.

"아니에요. 이젠 됐어요."

그는 아예 자리에서 벌떡 일어나 어둠 속으로 종배 아재를 살 폈다.

"지금 몇 시쯤 됐을까요. 곧 날이 샐 것 같으면 지금 일어나 갔 으면 좋겠어요. 면사무소 문 열리기를 기다리려면 차 시간이 너무 늦어질 테니, 방죽께 동네로 재무계님을 직접 찾아가 보게요."

"아니, 아침 요기도 좀 하지 않고 이 어둠 속을 빈속으로 말이냐? 새벽닭이 이미 두 파수나 울었으니 조금만 기다리면 곧 날이 샐 텐데."

진성의 결심을 알아차린 종배 아재도 이젠 그대로 자리에서 일어나 앉으며 부스럭부스럭 호롱불을 찾아 밝혔다. 그러곤 이른 요깃거리라도 덥혀 들여오려는 듯 방문을 열고 나서려는 그를 진성이 다시 불러 세웠다.

"아재, 도장은 다 만들어 두셨어요? 그것만 주시면 전 지금 그냥……."

반 애원에 가까운 그의 목소리에 종배 아재는 다시 문을 닫고 들어와 탁자 서랍에서 새로 새긴 도장을 꺼내 건네주었다.

"여기 있다. 잘 새기진 못했다만, 언제 또 소용될지 모르니 오늘 쓰고 그냥 네가 간직하고 가거라. 하지만 이 어둠 속을 어떻게 어린것이 혼자 나선다고……."

도장을 건네주고 나서도 아재는 제물에 난감해져 입술을 빨고 있었다.

"괜찮아요. 어젯밤에도 저 혼자 들어온 길인걸요. 그리고 오늘은 조금만 가다 보면 날이 샐 거구요."

"그래, 알았다. 네 각오가 정 그렇다면 내 이 뒷산 고갯길까지만 함께 따라가 주마. 아마 거기쯤 가다 보면 날도 제법 밝기 시작할 테니까."

그러면서 이번에는 아재 자신이 먼저 이것저것 옷가지들을 챙겨 입기 시작했다.

"괜찮아요, 아재. 저 혼자 갈 테니 아재는 다리도 불편하신데 그냥 집에 계셔요."

다행히 도장을 일찍 얻어 지니고 가는 판에 더 바랄 게 없는 진성은 진심으로 사양했지만, 아재도 이번엔 물러서려질 않았다.

"괜찮다. 이런 네 어려운 사정을 알면서도 노자 한 푼 보탤 수 없는 처지가 이렇게 가슴이 쓰린데 그마저 못해서야 내가 어디 사람……."

말끝도 미처 맺지 못한 채 기어코 길을 함께 따라나설 기세였다.

진성도 이젠 더 어쩔 수가 없었다. 그는 간밤 자리에 들면서 머리맡에 벗어 놓은 저고리를 챙겨 입고 간단히 방문을 앞장서 나섰다. 그리고 "하늘에 구름이 짙게 끼었다만 그런대로 오늘 아침엔 날씨라도 좀 포근해 다행이구나" 혼잣소리를 흘리며 무심스레 방문을 따라나서는 아재를 향해 불쑥 작별 인사를 건넸다.

"아재, 그럼 안녕히 계셔요. 이제 제 일은 걱정하지 마시구요."

"아니, 그럼 너……!"

불의에 아재가 놀라는 소리와 함께 그를 향해 황급히 손을 휘저어 대는 것 같았지만, 진성은 그쯤 뒤도 돌아보지 않고 재빨리 사립을 빠져나와 집 뒤쪽 고갯길을 향해 어둠 속으로 감감 모습을 감춰 들어가 버렸다. 그리고 아재가 더 이상 따라올 엄두가 나지 않을 만큼 산길을 한참이나 달려 올라가고 나서야 진성은 아직도 사립 앞에 몸을 돌이키지 못하고 서 있음에 분명한 종배 아재의 먼 목소리를 들었다.

"그래, 진성아, 그럼 부디 어두운 산길 조심해라. 그리고 장터에서 일 잘 보고 가거라. 이제 곧 날이 밝을 게다."

어둠 녘 새벽부터 일을 서두른 탓에 장터거리 면소에서는 다행히 예상보다 일이 일찍 끝난 편이었다.

장터거리까지 나가는 산길 중간쯤에선 깊은 구름장 속으로나마 날이 밝기 시작했고, 아닌 게 아니라 간밤과는 딴판으로 제법 남녘 고을 날씨답게 찬 바람기가 가신 길을 거기서부터는 거의 내달리다시피 하여 단숨에 면소까지 당도했다. 처음에는 바로 저수지께 동네로 재무계 직원을 찾아갈 요량이었지만, 전날 저녁 미처 그의 이름을 알아 두지 못한 데다 그 방죽께 동넨 어차피 장터거리를 지나 있어 우선 면소 사무실부터 들른 것이었다. 그 면소에 도착해 보니 사무실 벽시계가 아직 아침 7시 전이었다.

한데다 이날은 그 면소에서도 일이 썩 잘 풀려 나갔다.

"아따, 그 모진 녀석, 너 정말 간밤에 그 먼 산길을 혼자 다녀온 게냐?"

행여나 하는 생각으로 면소 사무실의 잠긴 문짝을 두드리자 안에서는 다행히 전날의 개털 깃 점퍼 아저씨가 숙직으로 남아 있다, 아직 속셔츠 차림으로 뒤쪽에 붙은 좁은 샛문을 열어 주며 몹시 놀라워했다. 그리고 어김없이 새 도장을 파 가지고 온 진성이 대견스럽고 안됐던지 속셔츠 차림 그대로 사무실로 들어가 청하지도 않은 쪽지 한 장을 써 주며 뜻밖의 선심을 베풀었다.

"자, 지금 바로 이걸 가지고 저수지 동네로 달려가 김승수 재무계님을 찾아 보여 드려라. 네 급한 사정을 들어 내가 특별히 부탁을 드렸으니 그 사람 좀 일찍 나와 주실 게다. 그래도 냉큼 네 부탁을 안 들어주시거든 어제처럼 네 지독한 고집통을 한번 들이대 보구."

재무계 아저씨를 데리고 나올 요령까지 일러 주는 격려에 더욱 힘을 얻은 진성은 쪽지를 받아 쥐고 쏜살같이 방죽께 마을로 달려갔다. 그런데 그 쪽지에 무슨 말이 씌어 있었던지 어렵잖게 찾아 만난 재무계 아저씨도 처음엔 이른 아침 느닷없이 들이닥친 그를 보고 잠시 눈살을 찌푸리는 눈치더니 이내 쪽지의 글을 읽고 나선, "거 사람하곤, 자기 숙직 일이나 얌전히 끝낼 일이지 이른 아침부터 웬……" 하고 혼잣소리처럼 투덜대면서도 천천히 방 안으로 들어가 무엇인가를 찾아 들고 나와 그에게 건네주며 은근한 생색과 함께 당부 소리를 일러 왔다.

"자, 이거 내 책상 서랍 열쇠다. 나는 아직 잠도 다 깨지 못했으니 이걸 그 아저씨한테 갖다 주고 대신 증명서를 떼어 달래라. 서랍 속에 서류 양식이랑 직인이 들어 있으니 그 사람더러 알아서 찾아 해 달라고. 규정대로라면 아침부터 이런 경우에 없는 노릇 생각도 못할 일이다만, 그 아저씨 부탁도 있고 해서 이건 특별히 네 급한 사정을 도우려는 것이니, 면소까지 가는 길에 이 열쇠 단단히 간수해 가고."

그가 직접 나서 주지 않고 서랍 열쇠만 내주는 걸 보고 진성은 처음 그러다 어디서 또 일이 잘못되면 어쩌나 걱정스럽기도 했지만, 어찌 생각하면 아저씨 처지에선 그만만 해도 천만다행 고마운 배려가 아닐 수 없었다. 그가 규정대로 면소 문이 열릴 시각까지 자기 출근을 기다리라면 어쩔 뻔했는가. 아슬아슬한 일이 아닐 수 없었다. 게다가 아저씨가 직접 출근을 앞당겨 길을 함께 나서 준대도 진성 혼자서 뛰어가는 것보단 시간이 훨씬 늦어질 게 뻔했다. 다른 일만 생기지 않는다면 그에겐 무엇보다 조금이라도 시간을 덜 먹는 쪽이 나았다. 그리 생각하니 아닌 게 아니라 아저씨가 사무실 규칙까지 어겨 가며 어린 진성을 위해 서랍 열쇠를 내주고, 숙직 직원에게서 서류를 대신 만들어 가게 한 것은 참으로 잘된 일이 아닐 수 없었다.

진성은 새삼 고맙고 다행스러운 마음에 그 재무계 아저씨에 대한 인사를 끝내자마자 벅차오르는 숨결을 참으며 한달음에 면소까지 다시 뛰어갔다. 그리고 그를 기다리던 개털 깃 점퍼 아저씨로부터 싱거울 정도로 간단히 증명서(그것은 담임선생님의 예상대로 '재산세 증명서'가 아닌 '재산세 무과세 증명서'였다)를 떼어 받았다.

재산세 무과세 증명서.

1953년부터 1955년까지 3년간 재산세 과세 및 납부 실적 없음.

개털 깃 점퍼 아저씨가 이것저것 서류를 뒤져 보고 진성에게 대신 만들어 준 서류에는 그런 내용 아래 다시 이렇게 적혀 있었다.

재산세 부가 기준액 미달 가구.

하고 보니 진성은 이날 일이 어쩌면 생각보다 훨씬 잘 풀려 나갈 것도 같았다. 지내는 곳을 알 수 없는 누이 금숙을 찾아볼 틈이 없는 것이 아쉽기는 했지만, 그보단 모든 일을 한 시간 정도 만에 끝내고 8시에 출발하는 버스를 탈 수 있게 된 것도 그랬고, 아심찮이* 제법 포근한 날씨에 전날과는 달리 버스가 장흥 읍내까지 백 리 가까운 아침 길을 단숨에 잘 달려 준 것도 그랬다. 차가 장흥 읍 정류소에 들어선 것이 10시쯤이었으니 앞으로 남은 K시까지는 2백여 리 거리에 다섯 시간 정도의 시간 여유가 있었다. 남은 찻길에 또 어제 같은 탈만 생기지 않고 계속 내달려 준다면, 입학 등록 사무를 마감한다는 이날 오후 3시까진 어쩌면 무사히 서류를 가져다 낼 수 있을 것 같았다.

* 아심찮이 : 기다리던 현상이 우연히 발생하여 도움이 되는.

86

그런데 끝내는 원망스러운 것이 날씨였다. 밤사이에 갑자기 포근해진 날씨가 실은 화근이었다. 아니, 말썽의 단초는 차가 장흥 읍내에 가까워질 무렵부터 이미 조짐을 드러내기 시작한 셈이었다. 구름 덮인 하늘에 날씨가 썩 포근한 것이 눈이 내릴 징조였던 모양으로, 언제부턴지 차창 밖으로 희끗희끗 눈발이 스치기 시작했다. 그러다 차가 읍 성내로 들어서면서부터는 길거리까지 하얗게 뒤덮여 가고 있었다.

하지만 진성은 그걸 보면서도 별다른 걱정을 하지 않았다. 차가 정류소로 들어서 정지해 섰을 때도 전날 오후 가슴에 숨긴 돈주머니를 털린 아주머니가 아직도 소매치기를 찾고 있는지 창밖으로 눈을 두리번거리고만 있었다. 그리고 아주머니는 눈에 띄지 않는 대신 새로 차에 오를 사람들이 다투어 문 앞으로 몰려드는 것을 내다보고 앉아 그중에 혹시 전날의 소매치기가 섞여 있지 않나 싶어 주머니 속의 무과세 증명서를 한 번 더 단단히 단속했을 뿐이었다.

그런데 바로 거기서부터 사단이 터지고 말았다. 그때 정류소 사무실로부터 젊은 청년 하나가 문 앞에 몰려든 사람들 사이를 뚫고 급히 버스로 오르더니 운전사나 조수를 제치고 거두절미 일방적으로 통보했다.

"여기, 제 말씀 좀 들어 주시오 이. 다름 아니라, 이 차 당분간 출발을 못하게 됐구먼이라이. 지금 보시다시피 우리 장흥 쪽엔 눈이 그다지 심하지 않지만, 영암 월출산 쪽은 새벽에 내린 눈으로 찻길이 다 막혀 버려, 우리 차도 돈밧재 고갯길을 넘어갈 수가 없게 되었으니께요. 그러니 그리들 아시고 갈 길이 바쁜 손님은 여기서 차를 내려 다른 방도를 알아보시고, 길이 뚫리기를 기다릴 분들은 그쪽 날씨가 갤 때까지 여기서 볼일들 보시면서 천천히 기다려 주셔야겠구먼이라. 다들 아셨지라우?"

예상치 못한 간밤의 눈사태에다 이날도 그 돈밧재 고갯길이 또 말썽이었다. 이른 아침 찻길을 나섰다면 다른 사람들도 대개 마찬가지였겠지만, 진성에겐 정말 청천벽력 같은 소리였다. 아니, 정류소 청년의 갑작스러운 통보엔 진성이나 다른 승객들뿐 아니라 핸들을 안고 앉아 느긋이 창밖의 새 손님들이 차에 오르기를 기다리던 운전사까지도 전혀 뜻밖으로 믿을 수가 없는 모양이었다.

"아니, 뭐! 눈이 얼마나 내려 쌓였길래 찻길이 아예 다 막혀 버렸단 말여?"

웅성웅성, 졸지에 난감한 처지를 당한 손님들의 떠들썩한 목소리 사이로 운전사가 앞장서 큰 소리로 물었지만, 정류소 청년은 그저, "우리가 알아요? 우리야 어떻게든 차를 내보내고 싶지만, 아까 한 시간쯤 전부터 경찰 통제가 시작되어 이럴 수밖에 없어 그러지라. 보시라고요. 지금 다른 차들도 다 같은 사정이라니께요. 그러니 기사님도 차 한쪽으로 대놓고 차분히 날씨가 좀 들어 경찰 통제가 풀리길 기다리시오 이" 하고 몇 마디를 남기곤 휑하니 먼저 차를 내려가 버렸다.

그러고 보니 과연 정류소 광장엔 다른 버스들도 손님을 다 내려 버린 채 눈발 속에 그대로 발이 묶여 서 있었다. 사람들은 아직도 그 빈 차 주위를 행여나 하고 기웃거리며 우왕좌왕하고 있었다. 그런 광경을 보니 진성은 이제 아예 할 말이 없었다.

'이젠 다 틀린 일이구나……. 이대로 곧 탈 없이 K시까지 달려가 준대도 시간이 될까 말까 하는 판에.'

지금까지의 모든 일이 결국 헛수고로 끝난다고 생각하니 진성은 새삼 눈앞이 깜깜해 오며 더 이상 아무 생각도 할 수가 없었다.

'혹시 다른 차라도 가는 편이 없을꼬?'

운전사도 조수 청년도 이미 자리를 비우고 내려가 버린 터에 다른 길이 없어진 손님들도 서둘러 차를 내려 정류소 사무실로 사정을 알아보려 달려가고들 있었지만, 진성은 그도 저도 엄두를 못 낸 채 한동안 그 자리에 넋을 놓고 앉아 있기만 하였다. 갈수록 기세를 더해 가는 창밖의 눈보라 따윈 이제 아랑곳도 하고 싶지 않은 막막한 심사 속에.

그런데 그렇게 얼마쯤 시간이 지났을까. 이제 학원 사무실로 담임선생님을 만나러 가기는 이미 틀려 버린 시각이었다. 하지만 다시 생각해 보니, 이제라도 치가 좀 일찍만 떠나 준다면, 그리고 거기서나마 운이 좀 따라 준다면, 굳이 담임선생님을 만나러 학원에 들르지 말고 차를 내리는 길로 바로 학교로 달려간다면 어찌어찌 간신히 시간을 대어 갈 수도 있을 것 같았다. 차가 언제 다시 떠날지는 알 수 없었지만, 이제는 거기밖에 희망을 걸 수가 없었다. 시간이 정 늦어지더라도 그 학교 사람들에게 그가 직접 무슨 사정(시간이 되어도 진성이 나타나지 않으면 담임선생님이 그쪽에 미리 그런 전화를 해 놓을 수도 있었다)을 해 보자면 지금이라도 차가 될수록 일찍 떠나 줘야 했다. 그렇듯 진성이 이제라도 다시 길이 풀려 차가 조금이라도 일찍 떠나 주기만을 간절히 빌고 있을 때였다.

"넌 이 차 내리지 않는 거냐?"

문득 그를 일깨우는 소리에 정신을 차리고 보니, 차 안은 이미 텅 비어 있는데, 차에서 내려갔던 운전사 아저씨가 옷깃의 눈을 털며 차 문을 들어서다가 그를 발견하고 묻고 있었다.

"이 차 다시 가는 거예요?"

진성은 반가운 김에 대답 대신 그것부터 물었다. 운전사 아저씨는 여태도 차를 내리지 않고 기다리던 진성의 조급스러운 물음에 그의 딱한 사정을 짐작한 듯 자기 대답부터 하였다.

"아니다. 눈이 너무 쌓이지 않게 다른 차부 안으로 옮겨다 놓으려는 거다. 그런데 넌 어린 게 어디 몹시 급한 일이 있는 게로구나. 차도 내리지 않고 계속 버티고 앉아 있는 걸 보니. 어디냐, 가는 곳이? K시까지냐?"

대답 끝에 이쪽 사정과 가는 길까지 물어 주었다.

그 목소리에 어딘지 어른다운 인정기가 묻어 있었기 때문일까.

차가 다시 떠날 가능성은 그것으로 더욱 멀어진 셈이었지만, 진성은 왠지 그 아저씨에게서 문득 어떤 어슴푸레한 한줄기 희망의 빛이 보이는 것 같았다.

"예, K시까지예요. 오늘 낮 2시까진 꼭 K시까지 가야 해요. 오늘 3시까진 무슨 일이 있어도 제 고등학교 입학 서류를 내야 하니까요."

진성은 어딘지 미더운 느낌이 드는 운전사 앞에 황급히 자신의 사정을 털어놓았다. 생각 같아선 그의 팔을 붙잡고 한사코 애원을 하고 싶기도 했지만, 날씨가 날씨인 만큼 그쯤에서 부질없이 조급한 마음을 꾹 눌러 참아 둔 채였다.

그런데 그때, 운전사가 그런 진성의 속마음까지 읽어 낸 듯 비로소 차에서 내리려 일어서려는 그에게 뜻밖의 소리를 해 왔다.

"K시에 2시까지라…… 차가 지금 바로 출발한대도 그건 어렵겠는데…… 하지만 혹시 모르니 이 차 내리지 말고 좀 기다려 보거라."

애매한 혼잣말 끝에 진성에게 일러 온 어조가 분명 새로운 희망을 가져 볼 만한 소리였다.

게다가 아저씨는 그대로 진성을 태운 채 어느 함석지붕 건물 안으로 차를 몰고 가 세우고는 진성에게 다시 한 번 가슴을 뛰게 하는 당부를 남기고 돌아갔다.

"어디 멀리 가지 말고 이 근방에서 기다리다가 혹시 차가 다시 떠날 기미가 보이면 너도 빨리 올라타도록 해라. 누구 덕인지 모르겠다만, 이런 날씨에 넌 그래도 재수가 있는 쪽에 들지 모르니 다른 사람들 눈치 채지 못하게. 어디 따로 갈 데 없으면…….”

운전사 아저씨의 말처럼 진성은 차에서 내려 어디서 다른 방도를 알아보거나 찾아갈 데도 없었다. 확실한 데는 없었지만, 다른 사람들 눈치를 경계하는 아저씨의 아리송한 말투에 오히려 인정 어린 믿음이 느껴져 계속 그 창고 속처럼 어두컴컴한 차 칸을 지키고 앉아 있었다.

그런데 겨우 오줌만 한차례 누고 와서 반 시간가량 혼자 떨고 앉았다 보니, 어느 때부턴지 한 사람 한 사람 눈을 털며 창고 안으로 차를 찾아 들어오는 사람들이 있었다.

“허, 그 녀석! 너도 참 눈치 한번 빠르구나. 넌 어디서 이 차가 간다는 소식을 알았냐?”

맨 먼저 차로 오르는 사람이 그를 보고 감탄하는 소리를 들으니, 아닌 게 아니라 그의 희망은 헛되지 않아 차가 다시 길을 나서기는 할 것 같았다. 그리고 그새 어디선지 기미를 알아챈 사람들이 줄을 이어 계속 창고를 찾아들었다. 오가는 소리를 들으니, 더러는 좀 전 차에서 내렸다가 눈치껏 다시 찾아온 사람도 있었고, 더러는 다른 차에서 내렸거나 새로 길을 나선 사람이 운전사 아저씨나 정류소 사무실에서 특별히 은밀한 귀띔을 받고 오기도 했다.

그런 사람들이 갈수록 늘다 보니 차 안은 어느새 만원을 이루기 시작했고, 그런 가운데에 어떤 사람들은 어렵사리 차를 얻어 타게 된 행운과 고마움을 실없는 농담 속에 주고받기도 하였다.

"이 차 운전사, 오늘 혹시 지 마누라 K 시내에 해산 날 잡아 놓은 거 아녀? 이런 험한 날씨에 자기 혼자 아심찮이 차를 몰아 주겠다니 말이여."

"아니면 어디 시앗 약속이 있거나 조상 제삿날쯤 되든지, 허허!"

그리고 그쯤에선 운전사 아저씨와 조수 청년까지 돌아와 정말로 다시 길을 나설 채비를 시작했다.

그런데 운전사는 왠지 그러고도 한참이나 차를 움직일 생각을 하지 않고 운전대에 턱을 괴고 앉아 있었다.

"운전사 양반, 이제 자리도 다 찼는데 차를 출발하지 왜 그러고 있어요?"

누군지 운전사에게 재촉을 했지만 그는 여전히 한가한 소리였다.

"조금만 더 기다리세요. 진짜 와야 할 사람이 아직 안 와서 그러니께요."

그가 눈짓으로 가리키는 곳을 보니 사람들이 붐비는 통에 진성은 여태 모르고 있었지만, 언제부턴지 운전사 뒤쪽으로 자리를 옮겨 와 있는 그의 건너편, 조수 청년이 지켜 선 출입구에서 두 번째 '비상구'라는 붉은 글씨가 씌어 있는 유리창 아래 두 자리가 나란히 비어 있었다. 그러고 보니 운전사나 조수 청년은 차 중에서 제일 안전하고 편한 그 자리를 미리 잡아 두고 누군가를 기다린 모양이었다.

"그 사람이 누군디 이렇게 차를 잡아 놓고 사람들을 기다리게 만드는 거요? 이렇게 늑장을 부리는 걸 보니 길이 급한 사람도 아닌 모양인디 우리끼리 그냥 가 버리면 안 되겠소?"

잠시 뒤 진성보다도 더 마음이 조급한 사람이었던지 기다리다 못해 불평 섞어 다시 재촉을 했지만, 운전사는 오히려 그러는 그를 나무라는 어조였다.

"그 양반이 안 오시면 이 차가 떠나질 못합니다. 그 어른이 누군데 그러시오. 이 눈길에 이 차가 누구 덕에 떠나게끔 되었는데요. 이게 다 그 어른이 막중한 회의 일로 K시엘 가시게 된 덕분인 줄이나 아시고 감사한 마음으로 조금만 더 기다리시오들. 모르면 몰라도 그 어른도 갈 길이 못지않게 급하실 테니 말이오."

그가 누군지는 말하지 않았지만 연방 그 어른, 그 양반 소리를 들먹여 대는 운전사의 말을 들어 보니 고을에서 여간 지위가 높고 힘이 있는 사람이 아닌 것 같았다.

진성은 어쨌거나 그 사람이 고맙지 않을 수 없었다. 그래 누구보다 조급한 마음을 꾹 눌러 참고 기다리고 앉아 있으려니, 거기서도 10여 분이나 시간이 더 지난 다음에야 검은 지프 한 대가 차고 앞에 멈춰 섰다. 그리고 점잖은 중절모에 말끔한 양복 차림을 한 어른과 서류 가방을 들고 뒤따르는 비서인 듯한 젊은이가 차를 내려 바로 버스로 옮겨 올라왔다.

"군수 영감님이시구먼. 허긴 군수나 되니께 이런 차편을 낼 수 있었겠제."

"그래, 덕분에 우리도 차를 탈 수 있게 됐지만, 이 눈 속에 무슨 중차대한 회의가 있길래 군수 영감님이 K시꺼지 이 어려운 길을 나서시는고?"

그를 보고 차 안 사람들이 수군거리는 소리에 진성도 비로소 그가 누구인지 알았다. 그리고 그동안 시간을 많이 허비했지만, 그 군수님이 중요한 회의를 위해 일부러 버스까지 내게 했다는 데에 얼마쯤은 마음이 놓이기도 하였다. 그렇듯 중요한 회의를 위해 일부러 차를 내었다면, 운전사 말마따나 군수님도 그만큼 시간이 바쁠 게 분명했고, 찻길도 이젠 더 늑장을 부리지 못할 터이기 때문이었다.

그런데 그건 실상 진성이 너무 쉽게 마음을 놓은 셈이었다.

알고 보니 앞길은 갈수록 첩첩 태산이었다.

버스로 올라온 군수 일행이 그 출입문 뒤쪽 둘째 번 '비상구' 창문 아래로 나란히 자리를 잡고 앉자 버스는 과연 더 지체 없이 금방 출발했다. 그리고 그로부터 한동안 계속되는 눈발 속에서도 제법 속력을 다해 달렸다. 이미 때가 많이 늦어지기는 했어도, 운전사 머리 앞쪽 차 시계가 아직 11시를 20여 분쯤 남겨 놓고 있어,

그런 식으로 계속 탈 없이 달려 준다면 이제라도 K시까진 늦지 않고 간신히 시각을 대어 갈 수도 있을 것 같았다. 군수가 뒤늦게 나타나 차가 출발할 때까지도 별 가망을 느끼지 못했던 진성에겐 그래 다시 한줄기 희망이 고개를 들기 시작했다.

그런데 그 차가 병영을 지나고 20분쯤 뒤 뽀얀 눈발 속으로 월출산 봉우리를 건너다보며 영암 쪽으로 넘어가는 전날의 애물 고개 돈밧재를 다시 앞에 하고서였다.

부르릉 덜커덕 텅―. 아닌 게 아니라 무릎을 덮을 만큼 많은 눈이 쌓인 산길을 조심조심 얼마 동안 힘겹게 올라가던 차를 끝내는 발동까지 꺼 세우고 나서 운전사가 조수 청년과 뒤쪽 손님들을 돌아보며 차례로 말했다.

"아무래도 안 되겠다. 길이 너무 위험해서."

"미안하지만 여기서부터는 모두들 차에서 내려 걸어서 고개를 넘어가 주셔야겠구먼요. 보시다시피 눈발이 너무 쏟아져 앞길이 잘 안 보이는 데다 속에 묻힌 길바닥도 어디가 어딘지 분간이 안 가서 미끄러지기 쉽고요. 위험해서 그러니 차중도 좀 줄여 줄 겸 여기 군수님하고 몸이 많이 불편하신 손님 계시면 그분들은 부득불 그냥 자리에 앉아 계시고, 다른 분들은 자신의 안전을 생각해서 가급적 그렇게 해 주시오 예!"

그 운전사의 말은 거의 명령에 가까웠다. 추운 날씨에 눈보라 속을 걸어 고개를 넘기는 보통 힘든 일이 아니었지만, 누구도 그의 말을 따르지 않을 수 없었다.

"자, 어차피 걸어서 넘어야 할 양이면 어서들 내립시다."

운전사의 말대로 군수님 일행 두 사람과 나이가 많은 노인 몇 사람을 제외하곤 대부분의 승객들이 그럴수록 더 마음이 급해져 서둘러 차를 내렸다. 진성도 어른들을 앞서 일찌감치 차를 내렸음은 물론이었다.

"넌 그냥 앉아 있어도 된다."

진성이 차를 타고 있는지 어쩐지, 읍내에서 다시 차로 돌아와서부턴 거의 알은체 한번 건네지 않던 운전사 아저씨가 차를 내리려는 그를 보고 비로소 뜻밖의 말을 해 왔지만, 진성은 어른들도 다 내리는 판에 나 어린 자신이 그러긴 염치가 없었기 때문이다.

하여 사람들을 거의 다 내려놓은 버스는 군수님(차를 내게 한 군수님은 당연히 그럴 권리가 있었다) 일행과 노인 몇 사람만 덩그러니 태운 채 그런대로 조심조심 산길을 제법 가볍게 앞장서 올라가기 시작했고, 목을 잔뜩 움츠린 사람들은 조수 청년을 선두로 세찬 눈바람을 피해 버스 뒤쪽으로 바짝 줄을 지어 붙어 깊숙이 새로 난 두 줄기 바퀴 자국을 쫓아갔다. 그리고 일행이 이윽고 고개를 넘어서면서부터는 차가 조금씩 속력을 내기 시작하여 사람들은 자주 미끄러지고 넘어지면서도 모두가 안간힘을 다한 끝에 무사히 고갯길을 넘을 수 있었다. 2킬로미터 가까운 오르내림 눈길에 시간도 처음 예상보다 덜 먹은 반 시간 남짓 만이었다.

하지만 산길을 내려와 앞에서 기다리고 있는 버스로 오르려다 보니 진성의 몰골은 말이 아니었다. 바짓가랑이와 겉옷이 거의 다 젖어 들어 속살까지 선뜩선뜩 차가운 냉기가 느껴질 뿐 아니라, 물기가 스며든 헌 운동화짝은 너덜너덜 흰색이라곤 찾아볼 수 없는 걸레 꼴이 되어 있었다. 한데다 옷과 신발을 털고 차로 올라가 보니, 운전사 뒤쪽 그의 자리에는 이미 다른 아주머니가 먼저 올라와 앉아 있었다. 뿐인가. 아주머니는 읍내에서부터 내내 통로에 서서 왔던지 자기 앞에 머물러 서며 "여긴 제 자린데요" 주뼛주뼛 말하는 진성을 오히려 무참하게 나무랐다.

"넌 이 자릴 전세 내서 타고 댕기냐. 이런 버스에 니 자리 내 자리가 어딨냐. 오늘 같은 날은 먼첨 앉은 사람이 임자제. 넌 한참 다릿심도 좋을 어린 녀석이 여태 편안히 앉아 왔으니, 이젠 내가 좀 앉아 가자."

"거 아주머니 말씀이 옳소. 서서 온 사람하고 앉아 온 사람이 먼 길에 서로 조금씩 자리를 교대해 가야 옳지러."

자리가 없이 통로에 계속 서 가게 된 어른들까지 진성을 나무라듯 아주머니를 거들고 들었다.

그러고 보니 진성도 부끄럽고 미안했다. 시간 걱정 때문에 미처 생각지 못했던 일이지만, 그걸 알았다면 벌써 자리를 양보했어야 할 일이었다. 진성은 그러지 못한 자신이 민망하고 부끄러워 사과라도 하고 싶은 심정이었지만, 아주머니는 이미 창문 밖으로 눈길을 돌리고 앉아 있어 그럴 수도 없었다.

하지만 서서 가든 앉아 가든 이제 어쨌든 그런 건 도대체 문제
도 아니었다. 중요한 것은 시간을 대어 가느냐 못 가느냐였다. 사
람들이 다 올라타고 나서 버스는 이내 출발을 했지만, 잿길을 걸
어 넘은 시간 때문에 운전사 앞쪽 시계가 이미 12시에 가까워져
있었다. 전날 K시에서 영암 근처까지 내려올 때 걸린 시간이 거의
세 시간 가까이였던 걸 생각하면, K시까지는 시간이 아무래도 빠
듯했다. 담임선생님이 기다리겠다던 학원 사무실까지라면 몰라
도, 학원을 거쳐 등록 장소까지 마감 시각 오후 3시를 대어 가기
는 한참이나 틀려 버린 일이었다. 3시까지는 담임선생님을 만나
기에도 운이 퍽 좋아야 할 만큼 시간이 너무 모자랐다.

하지만 진성은 아직도 포기할 수 없었다. 시간이 늦으면 오늘
안으로 담임선생님이라도 만나야 했다. 그의 찻길이 여의치 않은
것을 알고 선생님이 미리 전화로 부탁하여 시간을 늦춰 놓았을 수
도 있었고, 그런 단속이 없었다면 그가 사무실에 도착해서라도 그
걸 서둘러야 했다. 그간 담임선생님의 생각이나 말투로 미루어 그
학교 사람들과의 사이가 이날 늦게라도 증명서를 떼어 왔으니 진
성이 달려갈 때까지만 시간을 기다려 달라면 안 들어줄 일이 없을
것도 같았다. 아니 이제는 그 모든 일이 모두 늦어 버렸다 하더라
도 진성으로선 최선을 다해야 하였다. 끝까지 실망을 하지 말아야
하였다. 그것이 지금까지 그의 일을 보살펴 오고 이런 기회를 마

련해 준 선생님에 대한 자신의 도리요 책임일 것 같았다. 그것은 이때까지 곁에서 그의 일을 도와준 사람들, 밤을 새워 도장을 새겨 준 종배 아재나 아침 일찍 규칙을 어겨 가며 증명서를 떼어 준 면사무소 아저씨들, 그리고 이 눈길의 위험을 무릅쓰고 열심히 차를 몰아 준 운전사 아저씨와 심지어 어려운 차편을 내준 군수 어른들에 대해서도 마찬가지였다. 무엇보다 담임선생님은 지금 토요일도 잊고 내내 나를 기다리고 계실 것이 아닌가……. 진성은 끝끝내 희망을 버리지 말고 최선을 다해야 했다.

그런저런 우여곡절 끝에 버스가 종착지 K 시내의 본사 차부에 도착한 것은 결국 2시나 3시를 모두 지난 오후 3시 30분쯤이었다. 그나마도 월출산 근방을 벗어나면서부터는 눈발이 차츰 가늘어지고 길에도 쌓이지 않아 차가 속력껏 달려 준 덕이었다. 하지만 그건 물론 학원 선생님과의 약속이나 학교 등록 마감까지 모두 지나 버린 시각이었다.

진성은 차를 내려 이제라도 바로 학교 쪽으로 달려가 볼까 잠시 망설이다 이내 단념하고 학원 쪽으로 내달렸다. 학원 선생님이 그를 위해 특별한 부탁이라도 해 두지 않았다면 학교 쪽은 이미 사무 마감 시각이 너무 지나 버린 터였다. 그럴 바에야 학원 쪽 선생님부터 만나 그걸 먼저 알아봐야 하였다. 이젠 그 선생님 외에는 다른 희망이 없었다. 일이 어떻게 되어 있는지도 모르면서 더 이상 선생님을 기다리게 해서도 안 되었다.

하지만 숨을 헐떡이며 학원까지 달려가 보니 그의 생각과는 달리 선생님은 그를 기다리고 있지 않았다.

"응, 너 이제야 오는구나. 아까 12시쯤 선생님이 널 기다리시다 이 쪽지를 놓고 집으로 들어가셨다. 자, 이거 읽어 봐라."

토요일 오후라 다른 선생님들까지 모두 퇴근해 버린 학원엔 수위 아저씨 혼자 사무실을 지키고 앉아 있다가 진성이 들어오는 것을 보고 쪽지를 건네주었다.

그 쪽지엔 눈에 익은 선생님의 글씨체로 이렇게 적혀 있었다.

나 집안에 좀 급한 일이 생겨 더 기다리지 못하고 들어간다. 네 등록금 면제나 연기 납부에 대한 일은 그 학교 교감 선생님께 한 번 더 전화로 부탁을 해 두었으니, 재산세 증명서 해 오면 곧바로 가지고 가서 그 학교 서무과에 물어 결과를 알아보고 절차를 밟도록 하여라. 등록 사무가 마감되는 3시까지는 꼭 가야 한다. 부디 네 일이 잘되기 바란다…….

쪽지를 읽고 난 진성은 한순간 온몸에서 힘이 죽 빠져나가는 느낌이었다.

선생님이 쪽지를 써 놓고 사무실을 나간 것이 12시쯤이었다면, 선생님은 아직 진성이 버스 길이 늦어져 일이 이렇게 될 줄 몰랐을 시각이었다. 그리고 집안에 무슨 급한 일이 생겨 먼저 집으로 들어갔는지 알 수 없었지만, 진성이 그렇듯 마감 시각에 늦을 경우에 대비해 학교 쪽에 다른 부탁을 해 놓지 않은 게 분명했다. 이젠 모든 일이 끝장나고 만 것이었다.

하지만 진성은 아직도 거기 그냥 그러고 서 있을 수가 없었다. 시간이 다 늦어 버린 지금이라도 그 학교까진 가 봐야 했다. 일이 되건 안 되건 그게 자신에 대한 선생님의 기대와 믿음, 여기까지 그의 일을 격려하고 보살펴 준 선생님에 대한 마땅한 도리였다. 그게 그 선생님뿐만 아니라 지금까지 직접 간접으로 그의 일을 도와 온 모든 사람들 앞에 자신이 조금이나마 떳떳해지는 길인 듯싶기도 했다. 무엇보다 그게 그가 끝까지 선생님 앞에 보여 드려야 할 자신의 일이었다. 한데다 어쩌면 선생님이 이 모든 사정을 미리 짐작하고 그 전화 부탁 가운데에서 미리 어떤 단속 말을 건네 두었는지도 모른다는 가느다란 희망이 되살아났다.

하지만 시간이 늦은 터에 진성은 별로 서두를 일이 없었다.

"안녕히 계셔요. 시간이 늦었지만 전 지금이라도 학교엘 가 봐야 할까 봐요."

진성은 수위 아저씨에게 인사를 남기고 사무실을 나와 시 동쪽 변두리께의 상업학교 쪽으로 터덜터덜 걷기 시작했다. 심한 배고픔이 머릿속까지 하얗게 비워 버린 것 같아 이제는 뛰거나 빨리 걸을 수도 없었다. 어디서 잠시 군것질 요기라도 하면서 다리를 좀 쉬어 가고 싶기도 했지만, 그럴 시간도 없거니와 피곤하고 배가 고픈 간에 반해 입에선 전혀 식욕이 일지 않았다. 그는 내처 사람들이 붐비는 시내 거리를 지나쳐 나갔다. 그리고 다시 반 시간쯤 지나서 그 변두리 신축 상업학교 교문 앞까지 이르렀다.

예상대로 학교는 이미 사람들이 모두 돌아가고 교문까지 잠겨 있었다. 하지만 진성은 아직도 걸쇠가 열려 있는 야간 전용 옆문을 통해 무작정 학교 안으로 들어섰다. 그리고 전날 밤 내린 눈이 녹아 질척거리는 빈 운동장을 건너 맞은편 본관 건물 앞까지 들어갔다.

"무슨 일이냐? 오늘 입학 등록 사무는 벌써 다 끝나고 돌아들 갔는데, 이리 다 늦게."

현관 앞께를 치우던 학교 수위 아저씨가 진성을 이상한 듯 멀뚱하니 쳐다보다 그가 묻기도 전에 먼저 말해 왔다.

그런데 참 알 수 없는 일이었다. 진성은 마치 거기까지 그 소리를 들으러 쫓아온 듯 마음이 차분하고 편해졌다. 그리고 이제 겨우 그가 할 일을 다한 듯 기분이 홀가분했다.

진성은 그 수위 아저씨의 말에 아무 대꾸도 하지 않았다. 그리고 그것으로 볼일을 다 보고 난 사람처럼 그대로 몸을 돌이켜 세웠다. 이제는 어느새 배 속을 얼리는 듯싶던 히기마저 사라진 채 정신이 더욱 말짱하게 맑아져 오고 있었다.

무언지 조금은 억울하고 원망스러운 느낌이 들기도 하였다. 무엇보다 이제는 선생님이나 이런저런 신세만 져 온 세상 사람들 앞에 자신의 일이 보람되지 못하게 된 것이 그랬다.

'이렇게 애를 쓰고 곁엣사람들도 모두 도와주려 했는데, 일이 끝내 어째 이렇게 되고 만 거야……!'

하지만 그것도 따지고 보면 다른 누구를 원망하거나 억울해할 일이 아니었다. 다른 사람들은 경우껏 그를 도운 셈인데, 일을 결국 그렇게 만들고 만 것은 시간을 제대로 맞추지 못한 자신의 허물 때문인 것 같았다. 그는 차라리 자신이 미안하고 부끄러웠다. 선생님에게도 미안하고 종배 아재에게도 미안하고, 면사무소 아저씨들이나 버스 운전사 아저씨, 심지어는 이 학교 수위 아저씨에게까지 미안하고 부끄러웠다. 그리고 무엇보다 그의 성공과 금의환향을 목이 빠지게 기다릴 어머니와 금숙, 이제는 아무 쓸모없게 되고 만 안주머니 속의 재산세 증명서까지도 제풀에 미안하고 부끄러웠다.

'재산세 부가 기준액 미달 가옥…… 그래, 지금 내 처지가 바로…….'

하지만 그는 이제 그 부끄러움이나 미안한 마음조차 더 이어 갈 수가 없었다. 질척질척한 운동장의 진흙탕 물이 그의 헌 운동화짝과 젖은 바짓가랑이 자락을 너무 흉하게 만들고 있었기 때문이다. 하릴없이 주머니 속의 재산세 증명서 조각을 매만지며 터덜터덜 젖은 운동장을 되돌아 나오던 진성은 문득 그 더러운 바짓가랑이

를 보자 비로소 까닭을 알 수 없는 눈물을 참을 수 없어지고 만 것
이다. 그리고 그 눈물을 참아 보려 고개를 뒤로 꺾어 먼 허공을 쳐
다보려니 웬일인지 그 차갑고 파란 하늘이 서서히 까만 암흑으로
변해 가고 있었다.

살아 있는 늪

1

새벽 4시 차는 정시보다 10분쯤 늦어서 눈에 불을 켜 단 밤 맹수처럼 빗속을 덜컹덜컹 산굽이를 돌아왔다.

길갓집이 되어 비를 맞으며 차를 기다리지 않은 것만도 다행이라면 다행이었다.

"차가 오는군요. 어서 겉옷 좀 내주세요."

칙간을 다녀오다 내가 재촉하는 소리에 그때까지도 설마 하던 노인이 후닥닥 방문을 열고 뛰쳐나왔다.

"비도 오고 어두운디 정 그렇게 가야만 하겠냐?"

"차 타고 가는데 비가 상관있어요. 가겠어요."

고집스럽게 말하며 빼앗듯 겉옷을 건네받고 돌아서는 나를 노인네가 마당을 가로질러 황급히 뒤따라 나오고 있었다.

"그럼 진작 밥이라도 한술 끓여다가 속을 좀 다스리고 나설 것을. 빈속으로 새벽길을 어떻게…… 쯧!"

노인의 푸념 소리가 채 끝나기도 전에 차가 이내 두 사람 앞으로 다가와 멎어섰다.

"들어가세요."

부르릉거리는 차 소리 속에 나는 간단히 하직 인사를 고했다. 그러고는 곧 노인을 혼자 어둠 속에 남기고 열리는 차문 안으로 몸을 실어 버렸다.

차는 다시 덜컹덜컹 어두운 빗속을 달리기 시작했다.

이제 가는구나.

나는 비로소 가슴이 조금 트여 오는 기분이었다. 차 속은 예상대로 나 이외의 다른 승객이 한 사람도 없었다. 운전석 기사와 출입문 앞자리의 차장 아가씨 한 사람뿐 차 안은 여태 텅텅 빈 채로였다. 덜컹거리는 차 소리가 그래 더욱 소란을 떨어 댔다.

차장 아가씨는 내 행선지조차 묻지 않은 채 그냥 옷 보퉁이처럼 출입구 앞자리에 웅크리고 앉아 졸고 있었다.

나는 그 차장 아가씨와 한 칸 건너 뒤쪽에다 자리를 잡고 앉았다.

이제 가는 거여!

자리를 잡아 앉자, 나는 다시 한 번 속으로 되뇌며 그동안 까닭 없이 찜찜해 있던 기분을 털어 버리기라도 하듯 가슴을 쭉 펴 올렸다. 그러고는 버릇처럼 겉옷 주머니에서 담배를 찾았다.

순간, 아차 싶은 생각이 머리를 스쳤다. 주머니 속에 담배가 없

108

었다. 서둘러 차를 쫓아 나온 바람에 방바닥에 꺼내 놓은 담배를
미처 챙겨 넣지 못한 것이었다.

이런 빌어먹을…….

나는 갑자기 다시 기분이 언짢아지고 말았다. 그건 그저 예사롭
게 넘어가질 낭패가 아니었다.

언젠가도 한 번 그런 일이 있었다. 그때도 오늘처럼 새벽차를
타러 서두르다가 담배를 빠뜨리고 나오게 되었다. 그래 담배 없는
새벽 찻길의 말할 수 없는 곤욕을 배웠었다.

손님이 뜸한 새벽 차 속에선 어떻게 담배를 구해 낼 방도가 없
었다. 그렇다고 어디 정류소 같은 데서 차를 내려가 사 올 수도 없
었다. 차가 읍내를 넘어설 때까지도 바깥은 여전히 어둠뿐이었다.
문을 연 가게가 있을 리 없었다. 경험이 있는 사람은 알고 있을 일
이지만, 속이 비고 날씨가 차가운 새벽녘 찻길에서처럼 담배가 자
주 소용되는 때는 드물다. 더욱이 그것이 자기 수중에 없는 물건
이고 보면 그 아쉬움은 말할 수 없을 정도다.

이날도 사정이 다를 게 없었다. 네 시간 가까운 새벽 찻길을 꼼
짝없이 빈 입으로 견뎌야 할 판이었다.

나는 갈수록 기분이 찜찜해 왔다. 예감이 영 좋질 않았다.

담배 한 대를 피워 물어야 나는 비로소 온전히 길을 떠난 기분
이 될 수 있었다. 그리고 그 시골 오두막에서의 구질구질하고 번
잡스러운 일들을 뇌리에서 깨끗이 지워 버릴 수 있었다. 그걸 그

러지 못하는 한엔 나는 여전히 그 난처한 일들에서 마음이 벗어져 날 수 없었다.

하지만 이젠 어쩔 수 없었다.

허물은 굳이 새벽차를 고집하고 나선 내게 있었다. 그것도 또한 어쩔 수가 없었다. 새벽차를 즐겨 타는 게 허물이 되었다면 그 역시 나로선 어찌할 수 없는 허물이었다. 늙고 가난한 노인네 때문에 어쩌다 한 번씩 있어 온 이 20년 동안의 어쭙잖은 고향 나들이 길을 나는 언제나 저녁 어둠과 새벽녘 미명만을 이용해 왔으니까.

무슨 원죄 의식 같은 거였다고 할까. 도대체 마을 사람들을 만나기 싫었다. 구질구질한 세간 나부랭일 이끌고 노인이 그 마을 길갓집으로 거처를 옮겨 간 지도 어언 20년. 그사이 마을 사람들은 이야기를 듣거나 먼 눈여김으로 나를 거의 다 알아보고 있었다. 하지만 노인네의 어려운 형편은 까닭 없이 내게 마을 사람 만나는 걸 거북하게 만들었다.

나는 20년이 지나서도 마을 사람들의 얼굴을 분간하지 못했다. 마을 사람들을 마주치는 게 싫었다. 사람을 만나는 일 자체가 싫었다. 사람들이 내왕하는 밝은 날이 싫었다. 나는 어둠을 타고 집을 들어섰고 어둠 속으로 집을 나섰다.

차에서조차도 사람들이 싫었다.

새벽차를 타는 건 어쩔 수 없는 노릇이었다. 뿐만 아니라 새벽차들은 그 텅 빈 공간에 유독 어둠 속을 달리는 속도감이 커서 좋았다. 새벽차들의 빠른 속도감은 거기에 정비례해서 시골 오두막에 대한 찜찜한 기분들을 재빨리 씻어 갔다. 어둠 속을 달려 나와 3백 리 밖 밝음 속에서 차를 내리면 시골 오두막이나 그쪽 사람들의 기억은 그 어둠의 두께만큼이나 아득히 먼 곳으로 물러나 버렸고, 나는 그 어둠을 뚫고 밝은 날 가운데로 새로 태어난 사람처럼 하루를 맞곤 했다.

그에 비해 낮차들은 아는 얼굴을 만날 위험성이 많았고, 게다가 달리는 속도가 너무들 느렸다.

낮차가 속도감이 없는 것은 원래 운전사란 작자들의 무신경한 늑장 탓도 있었지만, 그것은 또 들끓는 손님이나 지루하고 답답한 창밖 풍경들 때문이기도 했다. 장날 거리라도 만나면 낮차들의 늑장은 말로 이루 다 형언할 수가 없었다. 운전사는 무한정 손님을 기다렸고 차 속은 아예 통로까지 막혀 버린 장물 거리와 아낙들의 아우성으로 난장판을 이루었다. 양보도 없었고 이해도 없었다. 사람들이 그토록 악착스러울 수 없었다. 그렇게 사람을 피곤하게 만들 수가 없었다.

낮차들은 번번이 그 시골 길갓집의 찜찜한 기분을 서울까지 고스란히 지녀 가게 만들었다.

새벽차는 그 점에서도 훨씬 위험이 덜했다. 거기다 오늘은 늦가을 비까지 줄줄 내리는 형편이었다. 한 가지 염려는 이런 빗속에서 차가 하필 고장을 일으키게 될지도 모른다는 점이다.

낮차나 밤차나 이 시골길을 다니는 차들은 두 번에 한 번 꼴로 고장을 만나곤 했다. 타이어가 터지거나 주유관이 새거나 어디 무슨 엔진의 한 부분이 연기를 내뿜고 타오르거나…… 차가 산길이나 들판 가운데서 발이 묶여 서 버릴 때가 허다했다. 그것은 이 20년 동안 이쪽의 거친 도로 사정이나 그 길을 들고나는 차들의 설비가 거의 나아진 것이 없는 것과 함께 줄기차게 변화를 모르는 일들 중 하나였다. 차가 고장을 일으켜 서고 말면 승객들은 수리가 끝날 때까지 한 시간이고 두 시간이고 지루한 시간을 참아 내거나, 다음 차가 지나갈 때를 기다리는 수밖에 다른 도리가 없었다. 그러나 그런 자동차 고장은 늘 운전사나 차장들로서도 어찌할 수 없는 불가항력적인 일로 말해지곤 하였다. 그래 운전사나 차장은 굳이 손님들 앞에 차의 고장을 미안해할 필요가 없었다.

"이놈의 차가 심통을 부리는 걸 우린들 무슨 용빼는 재주가 있겠소."

운전사나 차장은 오히려 답답한 승객들에게 불평을 퍼붓듯 말하곤 하였다. 새벽차를 탔다가 고장을 만나면 그 어둠 속에서의 답답함과 곤욕스러움은 낮차의 그것에 비할 바가 아니었다.

하지만 나는 그런 새벽차의 고장에 대한 염려에도 불구하고 역시 그 편을 이용하곤 하였다. 늦은 낮차를 탔다가 시간을 끌게 되면 서울까지의 하룻길이 자칫 이틀 길이 되어 버리는 수도 있었기 때문이다. 새벽차를 타고 나서면 그저, 이놈의 차야 오늘만이라도 제발 고장 없이 가다오, 요행을 빌어 맡기는 수밖에 다른 도리가 없었다.

2

차는 깜깜한 어둠 속을 무료하도록 일정한 속도로 달리고 있었다.

창문 밖은 까만 어둠의 적막에 뒤덮여 내다보이는 것이 아무것도 없었다. 빗방울이 얼룩져 내린 창문 유리는 바깥을 전혀 내다볼 수 없는 대신, 거꾸로 무한정 제자리 떨림만 계속하고 있는 듯한 텅 빈 차 속을 삭막하게 비춰 냈다. 졸린 듯 어두컴컴한 헤드라이트 안으로 구불구불 끌려드는 자갈길과 언뜻언뜻 뒤켠으로 흘러가는 소나무 숲 그림자들만이 그런대로 일정하게 차의 진행을 느끼게 하였다. 운전사나 차장 아가씨는 여전히 서로 말들이 없었다. 차는 마치 운전사와 차장 아가씨(둘은 아직도 새벽 졸음에 빠져 있는 모습들이었다)를 내버려 둔 채 저 혼자 터덜터덜 갈 길을 가고 있는 형국이었다.

그런 운전사와 차장의 몰골을 바라보노라니 나는 문득 옛날 생각 한 가지가 머리에 떠올랐다.

어느 해 가을이던가. 비슷한 새벽차를 탄 일이 있었다. 그때도 아마 비슷한 시각의 차를 탔던 듯싶은데, 역시 손님이 나 한 사람뿐이었다.

하지만 그날은 오늘과는 달리 날씨가 맑았고 새벽달도 있었다. 창밖 풍경이 꽤나 인상적이었다. 아침잠에 젖어 있는 창밖 풍경이 하얀 새벽 달빛 아래서 유난히 차갑고 고즈넉해 보였다. 그것은 마치 눈발이 날리는 해변 길과도 같은 착각이 들게 했다. 운전사와 차장 아가씨 그리고 단 한 사람의 승객인 나까지 모두 세 사람을 태운 채 덩치 큰 버스는 별반 미련도 없이 덜커덩덜커덩 달빛 속을 무심히 달리고 있었다. 아무리 달려도 차를 세우러 나타나는 사람이 없었다. 날이 밝아 오는 기미도 없었다. 아니 날은 아예 밝을 일조차 없는 것 같았고, 차는 그렇게 무한정 달빛 속을 달릴 것 같았다.

그러자 나는 문득 내가 왜 그 차를 타고 있는지가 의아스러워지기 시작했다. 이 차는 도대체 어디서 와서 어디로 가고 있는 건가, 내가 혹 차를 잘못 탄 건 아닌가.

하지만 나는 이미 기분이 훨씬 은밀스러워져 가고 있었다. 그리고 비로소 그 운전사와 차장 아가씨 사이에 어떤 비밀스런 음모의 기미를 느끼며 엉뚱한 상상에 젖어 들기 시작했다.

……저 운전사 놈과 차장 년은 도대체 어떤 사이들인가, 그래 저들은 날마다 이런 식으로 단둘이 차에서 밤을 지내 온 게 아닐까. 내가 이 차를 오르기 전에 저들은 어디서 무얼 하고 온 건가. 인가도 없는 후미진 산길에서, 이렇게 새벽 달빛이 하얗게 내리깔린 고즈넉한 들판 길에서…… 그렇담 나는 지금 무슨 틈입자의

꼴이 되고 있는 건가. 그래 연놈들은 끝끝내 이런 식으로 날 모른 척해 버릴 참인가······.

나는 어느새 자신도 그 연놈들의 음모에 함께 끼어들고 싶은 충동을 느끼고 있었다.

덩치 큰 차 안에 사람이 단 셋뿐이란 사실이 내 기분을 그토록 은밀스럽게 하였다. 뿐더러 그 차갑고 흰 새벽 달빛이, 날이 영영 밝아 오지 않을 것 같은 느낌이, 그리고 그 적막한 길목 한가운데에서 나만 다시 혼자가 된 느낌이 나를 얼마든지 음흉스럽게 만들었다.

······그래, 시치밀 떼고 앉아 있는 연놈을 보라니까. 하지만 뭐 그럴 필요는 없어. 안심해도 괜찮아. 난 다 알고 있다니까. 그게 오히려 자연스런 노릇이지. 그 대신 이건 알아야 해. 내가 너희들을 이렇게 부러 모른 척해 주고 있다는 걸 말이다. 그걸 하나도 우습게 여기지 않고 있는 내 은밀스런 진실을 말이다······ 그리고······.

그런데 그때······.

내 상념에 감응이라도 해 오듯 운전사가 느닷없이 차를 세웠다. 그러고는 라이트를 죽이고 운전석 옆문으로 차를 내려갔다. 차에 고장이 생길 때면 으레 보는 일이었다.

하지만 웬일인지 나는 그때 그런 걱정을 하지 않았다. 순간적으로 그저 옳거니 하는 생각이 들었을 뿐이다.

운전사 녀석은 문을 내려가 어성어정 차 앞으로 몇 발짝 걸어가다 바짓가랑이 사이를 들춰냈다. 이쪽 눈길은 전혀 아랑곳을 안했다. 아랑곳을 않는다기보다 오히려 여봐란듯 의젓한 자세였다. 그러고는 마치 눈발이 쏟아져 내리는 하늘을 향해 하품이라도 하듯 하고 서서 오줌 줄기를 유유히 뽑아 댔다. 아아 눈이 오는군, 그의 입에서 그런 탄성이 터져 나오고 있는 것 같았다.

오줌 줄기가 그치고 나서도 작자는 한동안 그대로 멍청한 자세를 취하고 있더니 이윽고 한 손을 자신의 배꼽 아래서 털털 흔들어 털어 댔다.

조는 듯 가만히 자리에 웅크려 앉아 있던 차장 년 쪽에서 쿡 하는 웃음소리가 들려왔다.

나는 비로소 정신이 들기 시작했다. 나는 연놈에게 완전히 무시를 당한 느낌이었다. 그건 필시 연놈들끼리만 통하는 어떤 음모의 신호일시 분명했다. 하지만 나는 연놈들의 음모엔 끼어들 수가 없었다. 운전사 녀석이 유유히 바지 앞 단추를 채우고 나서 어정어정 차 속으로 기어 올라와, 자 이제 가 볼까, 하고 라이트를 넣으며 혼잣말처럼 지껄인 말투 속에도 내 존재 같은 건 전혀 염두에 없었다.

하지만 그건 어쨌거나 싫지 않은 기억이었다. 때도 없이 엉뚱한 눈발을 상상했을 정도로 차창 밖을 하얗게 내리덮은 그 새벽 달빛 때문이었는지 모른다. 내 존재를 깡그리 무시해 버린 운전사 녀석의 늑장이 나는 조금도 싫질 않았다. 그래 그런지 나는 그날 아침 어떻게 날이 새고 어떻게 차에서 내렸는지 다른 일들은 거의 기억에 남아 있는 것이 없다. 내가 아직도 기억해 낼 수 있는 것은 그 눈처럼 내리깔린 창밖의 달빛과 연놈들의 기이한 음모의 신호처럼 보이던 운전사 녀석의 행작들뿐이다. 그리고 다시 한동안 셋이서 말없이 달빛 속을 달리던 은밀스런 새벽길의 기억들뿐이다.

그것은 참으로 운이 좋은 새벽 여행길이었다. 이날 새벽과 다른 게 있다면 그날은 날이 하얗게 맑았다는 점뿐이었다.

'오늘도 이렇게 셋이서만 계속 달렸으면 좋으련만. 고장도 나지 않고 손님도 타지 말고…….'

나는 문득 속으로 중얼대며 버릇처럼 주머니 속을 더듬었다.

그러나 나는 이내 다시 실망했다. 아깟번에 없었던 담배가 이번에라고 손에 잡혀 들 리 없었다.

예감이 아무래도 좋질 못했다. 담배 때문에 톡톡히 곤욕을 치를 것 같았다. 유리창을 때리는 빗줄기가 갈수록 드세어지는 것도 기분을 자꾸 암담하게 했다.

시계를 보니 차는 여태 30분 남짓밖에 달리고 있지 못했다. 날이 새려면 아직도 까마득한 시각이었다. 드문드문 지나가는 길 옆집 그림자들엔 불이 밝혀진 곳이 한 집도 없었다.

뭐 그까짓 담배쯤 가지고…….

나는 짐짓 고개를 가로저었다. 그러고 아직 다른 손님이 한 사람도 차를 세우러 나타나지 않는 것으로 마음을 스스로 달래려 했다.

차만 이대로 계속 고장 없이 달려 준다면야…… 빗속을 나서기가 역시 잘한 거지. 담배쯤이야 뭐…….

나는 그저 차나 고장 없이 달려 주기를 바랐다. 그리고 차를 세우러 나서는 사람이 없이 계속 셋이서만 달리기를 바랐다.

하지만 실제로 그런 내 소망은 오래갈 수가 없었다.

차가 한 5, 6분쯤 더 달려가 작은 마을 하나를 지나칠 때였다. 내 다음으로는 마침내 첫 번 손님이 차를 세웠다.

차가 멎어서자 나는 우선 가슴부터 철렁 내려앉았다. 길가 돌담집 처마 아래서 비를 피하고 서 있던 아낙 하나가 허둥지둥 차 문으로 뛰어들었다. 아낙은 예감대로 사람 몸집보다도 더 큰 마대가마니를 다섯 개나 계속 끌어올리고 있었다. 그만한 짐이면 이른 새벽차가 아니면 얻어 싣기가 좀처럼 어려울 법하였다. 그래 장사꾼들은 대개 새벽차를 노렸다. 아낙도 그래 비를 오히려 다행으로 여겼을지 몰랐다.

짐을 싣느라 한동안 시간을 지체하고 난 차가 다시 어둠 속을 굴러 나가기 시작했다.

"짐을 뒤로 보내요. 사람들 길목 막아 놓지 말고."

아낙과 함께 물기가 후줄근한 마대들을 억척스레 뒤쪽으로 끌어다 놓은 차장 아가씨가 비로소 졸음기가 가신 듯 주머니 속에서 차표 용지를 꺼내며 아낙에게 물었다.

"저 짐들 모두 영산포까지 가지라우?"

"그런디, 이 차 타면 영산포에서 8시 기차에 늦지 않겄제?"

아낙은 대답 대신 차 시간 다짐부터 하고 들었다.

"염려 말고 차비나 내시요."

차장 아가씨는 건성 대꾸를 하고 나서 제멋대로 차비를 계산해 내었다.

"짐 다섯 개 운임하고 사람 합해서 2천 원 내시요."

"무신? 이까짓 돌이끼 다섯 푸대에 운임을 2천 원이나?"

아낙은 자리도 잡아 앉지 않고 놀란 얼굴로 사정을 하고 나섰다.

"그러지 말고 1,500원만 합시다. 이건 참말로 이문이 없는 장산께…… 그래 저까짓 돌옷 다섯 푸대에다 차비를 2천 원씩이나 물려서 쓰겄소?"

하지만 차장 아가씨의 태도는 그럴수록 단호하고 위압적이 되어 갔다.

"사람은 어따 두고 짐값만 2천 원이라요? 잔말 말고 빨랑 내요. 사람 차비 천 원하고 짐값 하나에 2백 원씩, 2천 원…… 우린 뭐 찬 맹물 마시고 댕기는 줄 알아요. 빨랑 안 내면 짐들을 모두 내려 버리고 말 텡께……."

매정스럽게 잘라 말하고는 비로소 내게도 행선지를 물었다. 아낙에겐 더 타협의 여지를 주지 않으려는 행티였다.

"광주."

나는 군말 없이 광주 차표를 샀다. 아낙은 짐 때문에 영산포에서 열차를 타야 하지만 나는 광주의 고속버스 편이 낫기 때문이었다.

"아니, 차장 아가씨 여기 좀 보아요. 내 이 돌옷 벳겨 모은 걸 가지고 서울까장 갈 것이요. 그런디 이까짓 돌옷을 차비 내고 뭣 내고 서울까장 가고 나먼 남은 이문이 뭐가 있겄어. 귀 비고 좆 비고 베낼 것 죄다 베내 뿔고 나먼 남은 둥치는 머겄냔 말이여."

내게 일을 끝내고 난 차장 아가씨를 향해 아낙이 다시 통사정을 늘어놓기 시작했다.

"이문이라면 그저 몽땅 길바닥에다 차비로 뿌리고 다니는 처지가 아니냔 말이여. 그러니 아가씨 사정 좀 봐줘요. 아가씨가 그런 사정 몰라주면 우리는 대체 무얼 얻어먹고 살겄어…… 자 이것만 받어요…… 아따 나는 전에도 늘상 그렇게 댕겼구만 아가씨가 오늘은 별나게 그래 쌌네…… 얼굴은 저렇게 이쁘고 복스럽게 생긴 색시가……."

하대를 해도 상관없을 계집아이에게 당치 않은 존대와 공치사까지 덧붙이고 나섰으나, 차장 아가씨는 그녀가 내미는 찻삯을 보는 척도 않고 말없이 제자리로 돌아가 버렸다. 지금 당장은 그러더라도 차비쯤 어련히 받아 낼 방도가 없을까 보냐는 시위였다. 아낙이 혼자 그러다 지쳐서 제풀에 찻삯을 다 내게 되기를 기다리겠다는 심보였다.

아낙은 그럴수록 조바심을 쳐 댔다.

"어이 색시, 차장 색시 여기 좀 보드라고……."

틈만 있으면 차장을 향해 말을 붙이려 들곤 했다.

하지만 차장 아가씨는 짐짓 못 들은 척 그때마다 아낙에게 애를 먹이고 있었다. 그러다가 아낙은 그도 저도 아주 때를 놓쳐 가는 것 같았다. 아침이 가까워지고 있었기 때문일까. 그때부턴 차츰 차를 세우고 나서는 손님이 늘어 갔다.

아낙과 차장 아가씨 사이의 찻삯 시비가 아직도 매듭이 지어지지 않은 채 차가 어디선가 다시 속도를 줄여 섰다. 이번에는 예비군 복장을 한 청년들 둘이 비에 젖은 몸들을 후닥닥 차 속으로 던져 들어왔다.

차가 다시 움직이기 시작했고, 청년들은 곧 자리를 잡아 앉고 나서 차비들을 치렀다.

오래지 않아 차는 다시 한차례 길가로 멈춰 섰고, 이번에는 각기 보자기에 싼 함지를 하나씩 안아 든 아낙들이 셋이나 한꺼번에 차 문을 올라왔다. 차표를 살 때 차장 아가씨와의 사이에 오가는 소리를 들으니 읍내 장거리로 갯엿을 팔러 다니는 엿장수 아낙들이었다. 늘상 대하는 얼굴들이라 그까짓 엿 함지쯤 그냥 눈을 감아 준 것일까. 이번 여자들은 별 말썽 없이 자신들이 알아서 찻삯을 치렀다.

먼젓번 아낙도 이젠 그저 될 대로 되라는 듯 더 이상 말이 없이 잠잠해져 있었다. 차장 아가씨 역시 그쪽으로는 끝끝내 눈길 한

번 제대로 안 주는 기미었다.

차는 계속 빗속을 달리면서 손님들을 주워 올렸다.

빗속에서도 새벽차를 기다리는 사람들이 의외로 많았다. 새벽부터 무슨 한복 바지저고리를 얌전히 차려입은 노인네도 있었고, 비린내 나는 갯것 광주리를 이고 올라서는 여자들도 있었다.

차는 갈수록 속도를 줄이고 멎어서는 일이 잦았다.

까닭 없이 나는 다시 담배 생각이 간절했다. 담배 생각이 간절할수록 불안스런 예감이 머리를 쳐들었다. 차가 한 번씩 멎어설 때마다 가슴이 철렁철렁 내려앉곤 하였다.

글쎄, 광주까지는 제발 고장 없이 가 줘야 할 텐데…….

차 안이 점점 소란스러워지고 축축한 기운이 심해진 탓일까. 나는 갈수록 자신이 어떤 깊은 늪 속으로 빠져 들고 있는 듯한 답답한 기분이 되어 갔다. 나는 그 찜찜스럽던 오두막의 분위기를 벗어나기는커녕 아직도 그 부근 어디에서 마냥 사지를 허우적대고 있는 것 같았다.

3

예감이 너무 방정맞았는지 모른다.

차가 내산(內山)이라는 곳엘 들어섰을 때 결국 일이 벌어지고 말았다.

내산을 들어서서 그곳 손님들을 모두 태우고 나서도 30대의 젊은 운전사는 어찌된 일인지 차를 얼핏 움직이지 않았다.

우르륵, 우르륵, 덜커덩—.

엔진 움직이는 소리가 어딘지 시원칠 못했다.

나는 벌써부터 가슴이 크게 내려앉고 있었다.

우르륵, 덜커덩, 우르륵……

운전사는 엔진 뚜껑까지 열어 놓고 한동안 듣기 싫은 소리만 뽑아 대고 있었다. 고무 타는 냄새가 차 안으로 가득 차올랐다.

"이 차 못 가겠다."

이윽고 그가 엔진 뚜껑을 덮어 버리며 차장 아가씨를 돌아보고 단정적으로 말했다.

"이놈의 차 아까부터 시동이 시원칠 않더니……"

그는 아예 엔진을 꺼 버리고 자리에서 일어나 출입구로 나왔다.

"아주 갈 수가 없어요?"

차장 아가씨가 좀 어이가 없다는 듯 싱겁게 물었다.

"어디가 고장인디요. 손을 좀 보고 가면 안 되겠어요?"

하지만 운전사는 어디가 어떻게 고장이 났는지 자세한 설명을 해 주지 않았다. 고장에 대한 설명 대신 느닷없이 날씨 불평만 늘어놓고 있었다.

"빌어먹을! 웬 날씬 이렇게 밤새도록 구질구질 비만 내리나."

그러고는 출입문을 활짝 열어젖히고 어디론지 어둠 속으로 빗속을 추적추적 뛰어가 버렸다.

나는 한동안 멍청스럽게 앉아 있기만 했다. 다른 사람들도 마찬가지였겠지만, 앞뒤 사정을 아무것도 가려잡아 나갈 수가 없었다. 운전사나 차장은 손님들 쪽엔 아무것도 말을 해 준 것이 없었다. 차의 고장을 설명해 주지도 않았고, 고장을 어떻게 할 것인지 앞으로의 방도도 일러 주질 않았다.

그야 손님들도 그간 운전사와 차장 사이에 오간 소리를 들어 사정을 대강은 알고들 있었다. 하지만 아직은 아무도 그것을 실감할 수가 없는 것 같았다.

실감이 가지 않은 것은 나 역시 마찬가지였다. 사고가 너무 갑작스러웠을 뿐 아니라, 운전사나 차장의 행동거지가 그것을 너무 대수롭잖은 일처럼 여기고 있었기 때문이다. 설마 하면 이런 식으로 차가 정말 운행을 정지하고 말까. 행여나 하는 바람이 아직도 마음 한구석에 도사리고 있었다.

하지만 차장 아가씨는 마침내 그런 조그만 바람마저도 무참스럽게 꺾고 말았다. 운전사가 사라져 간 어둠 속을 부질없이 몇 차례 두리번거리던 아가씨가 비로소 만사를 단념한 듯 손님들에게 말했다.

"할 수 없네요. 대홍에서 다섯 시에 나오는 차가 있응께 그 차를 기다렸다가 옮겨 타도록들 하시요잉."

이쪽 차 사정은 그새 형편들을 보고 들었으니 설명을 덧붙일 게 없다는 식이었다.

나는 비로소 정신이 들기 시작했다. 결국은 와야 할 일이 오고

만 격이었다. 시계를 보니 이제 겨우 4시 40분. 5시 차가 대흥을

출발해서 여기까지 오자면 앞으로 거의 두 시간 가까이를 기다려

야 할 판이었다. 나는 비 뿌리는 어둠 속보다도 가슴속이 더욱 답

답하고 황량스러웠다.

그때 누군가가 뒤에서 지레 사정을 동정하듯 조심스런 어조로

차장에게 물었다.

"그래 이 찬 정 못 갈 것 같으냐?"

한복 바지저고리를 얌전히 차려입은 노인네였다.

"안 되겠는가 봐요."

차장 아가씨는 남의 말하듯 간단히 대꾸했다. 그러나 노인 쪽은

이제 좀 핀잔기가 어린 소리로 차장 아가씨에게 나무라고 들었다.

"차 형편이 정 그러허다면 다음 차라도 좀 일찍 출발시키도록

조철 서둘러야지 무작정 이러고 기다리고만 있을 게냐."

그러나 차장 아가씨는 아직도 미안해하는 기색이 없었다.

"모르는 소린 하들 말아요. 그쪽 차도 출발 시간이 정해 있는디

우리 사정만 생각하고 그걸 어떻게 재촉할 수 있다요?"

되려 이쪽을 나무라는 투였다. 자연히 차장 아가씨와 손님들 사

이에 싫은 소리들이 오가기 시작했다.

"그렇다고 그냥 이렇게 가만히만 있어!"

이번에는 예비군복의 청년들이 번갈아 가며 노인을 거들었다.

"출발 시간은 앞당기지 못해도 차를 좀 빨리 달려오게 할 수는 있을 거 아냐, 전화나 좀 걸어 볼 생각은 않고 되려……."

"이 어두운 빗속에서 전화는 어디 가서 건다요."

"너네 운전사 양반은 어딜 갔길래? 차를 손보지 않을 테건 그런 일이나 좀 서둘러 보지 않고…… 그래, 너네 운전사는 지금 어딜 갔어!"

"그걸 지가 어떻게 알아요."

"저것 좀 보라니, 손님들을 멀쩡하게 길 가운데 세워 두고 뭘 잘했다고 되려 큰소리는…… 그래 그게 지금 니가 할 경우냐, 이 경우가?"

청년들 쪽의 언성이 점점 더 높아지고 있었다. 그러자 차장 아가씨는 이제 숫제 말상대를 하기조차 귀찮다는 태도였다.

"글쎄, 지가 뭐랬어요. 다음 차 오면 옮겨 태워 드린다고 가만히 앉아들 기시라지 않어요…… 이보시라구요. 진짜 답답한 건 손님들보다도 차를 세우고 만 우리들 속이라구요. 가만히 앉아들 있으면 어련히 알아서 보내 드릴라구 공연히 남의 일에 감 놔라, 배 놔라……."

예비군복의 청년들도 거기선 차라리 어이가 없어진 듯 입을 다물고 말았다. 그러자 이번에는 청년들이 항의를 대신해 주는 동안 가만히 입을 다물고 있던 노인이 다시 나섰다.

"남의 일에 감 놔라, 배 놔라? 그래 이게 어째서 남의 일이냐 남의 일이……?"

차장 아가씨를 나무라고 들던 노인이 끝내는 이도 저도 부질없
다는 생각에선 듯 자리를 불쑥 박차고 일어섰다.

"다 소용없다. 소용없으니 차비나 물러내 놔. 네가 차 안 바꿔
태워 줘도 내가 알아서 타고 갈 테니!"

그는 꽤나 서슬이 시퍼래서 차장 앞까지 다가가 찻삯 환불을 재
촉했다. 차장 아가씨도 거기선 더 할 말을 잃은 채 노인의 깐깐한
서슬에 눌려 어물어물 찻삯을 되돌려 주었다.

노인은 찻삯을 되돌려 받고 나자 어두운 빗속으로 차를 내려갔
다. 그리고 그 노인의 거동에서 다른 손님들도 비로소 자기 할 일
들을 생각해 낸 듯 차표 환불을 서두르고 나섰다.

"그러면 우리도 차표를 물러야지…… 이보라고 색시!"

차 안에 남은 손님들 중에서 제일 먼저 차표를 무르러 나선 것
은 갯엿 함지를 싣고 올라온 엿장수 아낙들 중 하나였다.

"우리한테도 찻삯 물러 줘야제. 그래야 뒤차가 오면 바꿔 탈 거
아니여."

"그래야제 참! 이 차가 어차피 못 가게 된다면 차표라도 일찍
물러 줘야 할 것이 아닌가 말이여."

다른 손님들도 이내 아낙의 요구에 합세를 하고 나섰다.

하지만 차장의 대꾸는 의외로 완강했다.

"차표는 물러서 뭣들 하게요? 뒤차가 오면 지가 어차피 한꺼번

에 손님을 인계해 드릴 텐디요.”

차표를 물러 주지 않을 심산임이 분명했다.

시골 차를 탔다가 도중 고장을 만날 때면 으레 당하는 일이었다. 차장들은 그런 때 이런저런 구실로 차표 물리는 것을 피하려 들었다. 그럴 만한 이유가 있는 게 분명했다. 차장 년들은 그래 차가 고장 나 운행이 아주 불가능해질 때마저도 그걸 절대로 단념치 않았다. 게다가 년들은 그런 때도 언제나 손님 쪽의 편의를 내세우기 일쑤였다.

이번 아가씨도 예외가 아니었다.

차장이 다시 일방적인 어조로 손님들을 타일렀다.

“염려들 놓고 그냥 자리에들 앉아 기세요. 뒤차가 오면 어련히 잘 인계를 해 드릴라구요.”

손님들은 그러나 그런 차장의 설득에도 쉽사리 안심이 안 되는 표정들. 그야 차장 아가씨는 절대로 이쪽 불편이 없게 한다고 장담이지만, 그런 식으로 차장의 말만 곧이듣고 앉았다간 엉뚱한 낭패를 당하기 일쑤였다. 그런 경우 차장들은 대개 자기 회사 차 시간만을 손님들에게 알렸다. 그리고 그렇게 손님을 붙들고 있다가 자기 회사 차에만 손님을 인계했다. 차표를 미리 물러 놓지 않으면 다른 회사 차가 먼저 지나가게 되더라도 그쪽 차로 갈아탈 수가 없었다.

차장들은 대개 손님 쪽의 시간이나 급한 용무는 아랑곳을 안

했다.

"색시도 참 답답하구만, 우리도 어채피 다음 차를 탈 텐디 뭣땜시 한사코 차표를 안 물러 줄라고 그래! 왜 우리가 다른 차를 탈까 봐서? 뒤차를 타도 우리가 타고, 차비를 내도 우리 손으로 낼 텐디?"

아낙들은 계속 차장을 졸라 댔다.

그때 마침 어디론가 종적을 감춰 갔던 운전사가 비를 맞으며 돌아왔다. 작자는 그새 어디 화장실에라도 다녀온 듯 느긋한 거동새로 창문을 반쯤 들어서던 참이었다. 그러다 그는 거기 차장과 손님들 사이에 시비가 붙은 것을 보고는 기분이 몹시 상한 모양이었다.

"이보라구요!"

위인은 마치 남의 일이라도 구경하듯 창문을 반쯤 열고 서서 볼멘소리로 손님들에게 말했다.

"그앨 그렇게 들볶아 댄다구 무슨 소용이 있을 것 같아요? 그애도 한번 끊어 준 차표는 제 맘대로 다시 물릴 수가 없어요. 가만히 기다리고 앉아들 있으면 어련히 알아서 인계해 드릴라구…… 너무들 그렇게 못살게 굴지들 말아요. 차를 한두 번 타 본 사람들도 아니고……."

칼자루를 쥔 사람답게 몹시 위압적인 어조로 내뱉고 나서 그는 어디 한번 알아서 해 보라는 듯 창문을 쾅 닫아 버리고 다시 어디론가 사라져 버렸다. 마치도 자기 말귀를 못 알아듣는 손님들이

화가 나 견딜 수 없다는 듯, 또는 차표고 뭐고 자기는 다음 차조차도 책임져야 할 사람이 아니라는 듯.

손님들은 다시 말을 잃고 말았다. 입장이 정반대로 뒤바뀐 꼴이었다. 고분고분 사정을 말하고 양해를 구해야 할 사람들이 오히려 호통을 쳐 대듯 서슬이 시퍼랬다. 불평을 들이대고 큰소리를 쳐야 할 사람들은 주눅이 들어 고분고분해져 있었다. 손님들 쪽이 오히려 사정을 하고 양해를 구하는 식이었다. 한데도 운전사나 차장년은 전혀 이쪽 사정을 돌보려 하지 않았다.

나는 마침내 더 이상 가만히 앉아 있을 수가 없었다. 목구멍에서 무엇인가 뜨거운 것이 후끈후끈 치받쳐 올라왔다. 경우가 도대체 이럴 수가 있는가. 손님들을 너무 물로 아는 것 같았다. 물이 아니라는 걸 보여 주고 싶었다.

하지만 나는 다시 자신을 좋이 달래는 수밖에 없었다. 때가 너무 늦어 버리고 있었다. 불평의 표적이 이미 사라지고 없었다. 운전사 녀석의 마지막 말은 그 손님들에게서 불평의 표적마저 빼앗아 가 버린 격이었다. 뿐더러 작자 자신이 차장을 대신하여 불평의 표적으로 남아 주지도 않았다.

따지고 대들고 할 상대가 없었다.

다른 손님들도 이미 입을 다물고 만 터였다. 이제 나서 봐야 사또 뒤의 나팔 격이었다.

나는 다시 체념을 하고 앉아 있는 수밖에 없었다. 칼자루를 쥐고 있는 것은 어쨌거나 운전사와 차장 쪽이었다. 공연히 잘못 설치고 나서다간 오히려 더 낭패나 당하게 될지 몰랐다. 뒤차나 참고 기다릴 수밖에 없었다.

한데 그런 경우 사람의 지혜란 모두 비슷비슷해지는 모양이었다.

"그래, 다음 차에다 인계만 확실하게 해 준다면 차비야 뭐 그게 그거지, 별다른 수가 생길 게 있을라고……."

한동안 입을 다물고 있던 손님 가운데서 누군가 이제 자신을 스스로 위로하는 소리가 들려왔다.

"하기사 운전사 양반이나 차장들도 속은 속답게 상할 거구만요. 우린 그저 차나 바꿔 타 뿔먼 그걸로 그만이지만……."

이어 옆자리의 아낙 하나가 거기 맞장구를 치고 나서며, 오히려 제법 동정기까지 어린 어조로 운전사들의 심중을 헤아려 주고 있었다.

"그러니 가만히 앉아서들 기다리는 게 좋겠소. 저 사람들 심사 건드려 놓아야 우리한테 이로울 건 아무것도 없응께……."

이번엔 차의 뒤쪽에 앉아 있던 중년 남자의 신중한 충고였다.

모두들 이젠 마음들을 편안히 지어먹으려는 낌새였다. 그중에도 특히 누구보다 마음이 편해진 것은 돌옷 장수 아낙인 듯싶었다. 차장 아가씨와의 운임 시비로 끝내 차표를 사지 못한 그녀에겐 이제 그 덕에 차표 따위를 물러 받아야 할 일조차 없었다.

그녀는 마침내 작정이 선 듯 다섯 개의 돌옷 부대들을 다시 차

밖으로 하나하나 끌어내리기 시작했다. 뒤차가 오더라도 빗속에 짐을 옮겨 실을 일이 이만저만 난감한 일이 아니겠지만, 그쯤은 이제 불평을 할 건덕지도 못 되었다. 불평을 한대야 들어 먹힐 곳도 없었다.

"뒤차라도 빨리 와 줘야 할 텐디. 이러다가 영산포에서 기차 시간이나 안 놓치게 될지……."

건너편 쪽 길갓집 처마 밑 의자로 짐 꾸러미들을 끌어내 옮기면서 아낙은 그저 차 시간 걱정이 태산 같을 뿐이었다.

다른 사람들은 그런 걱정도 남의 일만 같았다. 여자 이외의 다른 손님들은 아예 눈을 감은 채 아침잠들을 청하고 있었다. 참을성이 모자란 예비군복 청년들만이 좀이 쑤신 듯 이따금 차 문을 나갔다간 다시 빗줄기에 쫓겨 되돌아오곤 하였다. 차표를 물러 받고 나간 첫 번 노인과 돌옷 장수 아낙은 건너편 길가 처마 밑 의자에서 빗줄기를 끈질기게 지키고 서 있었다. 한순간 어디선가 형광 불빛이 반짝 어둠을 밝혀 왔다. 나는 혹시 담배 가게가 아닌가 했지만 불빛이 켜진 곳은 저만치 길가의 이발소 안이었다. 새벽녘 어둠 속의 형광 불빛은 더없이 차갑고 황량했다. 불빛에 드러난 이발소 안의 풍경도 그랬다. 그 황량한 이발소 불빛마저 웬일인지 이내 꺼지고 말았다. 어둠이 다시 차 주위를 둘러쌌다. 빗소리가 한층 기승을 떨었다. 참으로 지랄같이도 끈질긴 비였다. 그리고 지랄같이도 지루한 새벽이었다. 시계를 보니 이제 겨우 5시. 담배가 그토록 아쉬울 수 없었다.

4

5시에 대흥을 출발한 차는 6시가 거의 되어 갈 때서야 덜커덩덜커덩 내산으로 들어섰다.

우리는 서둘러 차를 옮겨 탔다. 빗속에 결행을 하지 않고 그나마 뒤차가 나타나 준 것만도 천만다행이었다. 뿐더러 뒤차에도 손님이 그리 많지 않아 우리는 거의 다 자리를 잡아 앉을 수가 있었다. 돌옷 장수 아낙이 빗속에서 짐을 옮겨 싣느라 애를 좀 먹었지만, 그쯤은 그리 대수로운 문제가 아니었다. 차장 아가씨는 약속대로 환불이 끝난 그 노인을 제외한 앞차 손님들의 찻삯을 한꺼번에 모두 뒤차 안내원에게 계산해 넘겼다.

하지만 차는 거기서도 잠시 더 출발을 지체했다. 두 차 안내원 간에 찻삯 계산이 제대로 맞아떨어지지 않은 때문이었다. 차비를 한 몫에 모두 넘겨받은 뒤차 안내원이 새로 옮겨 탄 손님들의 수를 하나하나 볼펜 끝으로 헤아리고 나서 앞차 차장에게 따지고 들었다.

"니네 차 손님은 열여섯 명이야. 넌 열다섯 명에 8천 원밖에 안내 줬어."

앞차 차장은 태연스러웠다.

"8천 원이면 되았지 멀 그려."

그녀는 짐짓 대범한 척 말하고 나서, 그러나 자신도 미처 의식을 못한 듯 그녀가 굳이 손님을 한몫에 인계해 주고 싶어 한 이유가 거기 있었음 직한 소리를 흘렸다.

"남의 고장 차 손님 받으면 으레껏 2할 할인은 있는 법이다. 거기다가 우리 차로 여까장 온 거리가 있거들랑. 그래도 난 4천 원뿐이란 말이야."

뒤차 안내원은 그러나 아직도 잘 납득이 안 가는 대목이 있는 것 같았다.

"알았어. 그치만 잠깐만 기다려 봐. 사람 수가 잘 안 맞는단 말이야."

앞차 차장을 붙잡아 놓은 채 그녀는 옮겨 탄 손님들의 차표를 한 장 한 장 다시 자기 것으로 바꿔 주기 시작했다.

차는 그게 끝나야 떠나게 될 모양이었다. 그나마 시간이 좀 단축된 것은 그 돌옷 장수 아낙이 자리를 앞쪽에 잡아 앉은 덕이었다.

"아줌마, 저 차에서 이리로 옮겨 탔지요. 차표 좀 주세요."

두 번짼가 세 번째로 아가씨가 그녀에게 물었을 때 돌옷 장수 아낙은 자기가 차표를 샀는지 안 샀는지조차 기억에 없는지 사 지니지도 않은 차표를 찾느라 공연히 이곳저곳을 뒤지는 척 헛몸짓을 하였다.

"가만있거라 가만…… 내가 그걸 어따 뒀더라냐……."

차장 아가씨는 아낙보다 눈치가 한 발 앞섰다.

"이봐, 아줌마 차표 샀어?"

뒤차 아가씨가 앞차에게 물었다.

그러자 앞차도 비로소 생각이 떠오른 모양이었다.

"이 아주메가…… 어째 으멍하게 가만히 있었어요. 애, 이 아주멘 차표 안 샀으니 니가 가믄서 받아. 저기 커다란 짐들도 있응께……."

짐짝까지 일러바치며 한바탕 무안을 주고 나서 앞차 아가씨는 비로소 할 일을 다한 듯 그제서야 안심하고 차를 내려갔다. 뒤차 안내원도 그쯤 만족한 듯 더 이상 그녀를 붙들지 않았다.

"내가 언제 차표를 샀다고 했던가 원…… 표를 안 샀으니 차비를 내려는 사람을 보고는…… 응, 그래 내 지갑을 여그다 뒀구만. 옛다 여기, 차비……."

돌옷 아낙은 그제야 변명을 하듯 차 속 사람들이 모두 듣게끔 큰소리로 불평을 늘어놓았다. 그리고 자기는 절대로 차비 따월 넘보는 그런 경우 없는 짓을 할 사람이 아니라는 듯 간단히 차비를 세어 내줬다.

차 안 사람들은 들은 척을 않은 채 입들을 조용히 다물고 있었다. 다만 그 예비군복 청년 하나가 짓궂게 그 아낙을 두둔하는 척 부러 차장을 나무랐을 뿐이다.

"그래 너들은 차표 찾는 거하고 돈지갑 찾는 것도 분별을 못하냐? 나 차표요, 나 지갑이요, 차표면 차표, 지갑이면 지갑이 주머니 속에서 소리들을 할 텐디 말이다. 귀들이 그래 갖고 어떻게 차장질을 해 묵겄냐. 그라고 설령 아직 차표를 안 샀다고 어른한티 어디 그런 무안을 주는 법이 있다냐. 그래저래 한 푼이라도 아낄 수도 있는 것이제, 돌옷 팔아 차비 빼기는 그보다 어디가 쉬운 일이어서……?"

어쨌거나 그쯤에서 차는 간신히 다시 떠났다. 창 밖은 여전히 어둠이 짙었고, 빗줄기도 기세를 꺾을 줄 몰랐다.

그러나 차가 일단 움직이기 시작하고 보니 숨통이 약간은 트여 오는 것 같았다. 비가 오든지 하늘이 내려앉든지 이번 차나 고장 없이 달려가 주거라. 서너 시간만 이대로 무사히 지내 주면 우선의 곤욕은 끝나게 되리라.

"그런 차 두 번만 타고 다녔다간, 운전사가 대감보다 높은 거 배우겄네……."

"그래서 이런 찻길을 나설 땐 염통하고 쓸갠 다 빼놓고 나서야겄습디다. 그런 거 모르고 타고 나섰다간 복장 터져서 못 앉아 있어라우."

한 고비 곤욕을 넘기고 난 다음이라 다른 사람들도 우선은 좀 생기가 도는지 느슨한 농담들이 오가고 있었다.

하지만 그런 태평스런 시간은 너무도 짧았다. 내산을 떠난 지 10여 분 남짓 지나서였을까. 한참 고갯길을 올라가던 운전사가 웬일로 또 어둠 속에서 차를 슬금슬금 멈춰 세웠다. 어두운 고갯길에 차를 세울 사람이 있을 리 없었다.

"좀 내려가 보거라."

차를 세운 운전사가 고개 쪽 길목을 주시한 채 차장 아가씨에게 말했다. 소리를 좇아 헤드라이트 불빛이 뻗쳐 나간 고갯길목을 내다보다가 나는 다시 가슴이 내려앉았다.

고갯길은 한창 도로 확장 공사가 진행 중인 곳이었다. 길이 아무렇게나 파헤쳐진 채 고여 든 빗물로 엉망진창이 되어 있었다.

하지만 내가 가슴이 내려앉은 건 그런 험한 도로 사정 때문이 아니었다. 수렁 같은 길목 한가운데에 짐을 잔뜩 실은 삼륜차 한 대가 뒷바퀴를 파묻고 주저앉아 있었다.

사람이 서두르는 기미조차 없었다.

"고구말 싣고 폭삭 가라앉았어요."

빗속을 갔다 온 차장 아가씨가 손님들까지 들으라는 듯 큰소리로 고했다.

"기사 새끼는 어디 갔어?"

운전사가 다시 차장에게 물었다.

"기사는 자고 있어요. 날이 샐 때까진 어쩔 수가 없대요, 글쎄. 호호……."

차장 아가씨는 뭐가 우스운지 실없는 웃음을 키득거렸다.

"뭐가 어째? 새끼. 배짱 한번 편하구나."

운전사가 비로소 자리를 일어나 이번엔 자신이 직접 차를 내려갔다.

손님들은 이번에도 말들이 없었다. 사정을 이미 다 알고 있었기 때문이다.

"차 시간 대어 가긴 아예 글렀구만."

누군가가 거의 신음을 토하듯 중얼거렸을 뿐이다.

운전사는 제 차의 불빛에 의지하여 앞차까지의 길바닥 사정부터 조심조심 살펴 나갔다. 그러고는 삼륜차 운전사를 다시 문 밖으로 끌어내어 한동안 이야기를 주고받고 있었다.

"안 되겠어. 뒷바퀴가 몽땅 처박혀 버렸어. 날이나 좀 밝아 올 때까지 이러고 그냥 기다리는 수밖에……."

빗물을 뿌리며 돌아온 운전사가 차장에겐지 누구에겐지 혼잣말처럼 지껄였다.

"원 젠장 미련스럽게 짐을 싣기는……."

그러고 나서 그는 운전석으로 돌아가 아예 핸들에 이마를 기대고 편한 자세로 주저앉아 버렸다. 이젠 완전히 절망인 셈이었다. 손님들은 여전히 무거운 침묵뿐이었다.

그런데 그때, 운전사의 처분만 기다리던 손님 하나가 조심스럽게 입을 열었다.

"기사 양반! 이 차로 뒤를 좀 밀어 주면 어쩌겠소?"

아깟번 차에서 고집스럽게 찻삯을 환불받아 내려갔던 한복 차림 노인네였다. 노인도 이번에는 운전사의 비위를 건드리지 않으려는 듯 말씨가 여간 점잖지 않았다.

하지만 운전사는 그 소리에 뒤도 돌아보지 않은 채 핀잔만 주었다.

"그걸 누가 생각해 보지 못했겠소. 길바닥 형편이 말이 아니에요. 공연히 잘못 다가들어 갔다면 이 차까지 함께 수렁행이란 말예요."

"그럼 그냥 무작정 이러고 날이 밝기만 기다리라는 게요?"

노인이 다시 용기를 내어 추궁하고 들었다.

운전사는 그럴수록 어조가 유유해지고 있었다.

"그러니 내 미리 뭐라고 했어요. 날이나 좀 밝은 다음에 손을 써 보자고 말하지 않습디까. 날이 밝을 때까지 기다릴 수밖에 없어요."

"짐이 무거우면 짐을 좀 내리고 차를 움직여 보면 안 되겠소?"

노인네 입장이 안되어 보였던지 이번엔 예비군 복장의 젊은이 하나가 거들고 나섰다.

"손이 모자라면 우리라도 함께 거들 텡께 말이오."

하지만 운전사는 여전히 태평이었다.

"안 됩니다. 저 차 기사 양반이 그것도 싫대요. 이 빗속에 그 많은 고구말 어떻게 길바닥으로 내려놓느냐구요. ……자, 그러지들 말고 날이 밝을 때까지 맘들을 편히 잡숫고 기다리도록 하세요."

작자는 우선 그렇게 손님들을 얼러 대고 나서 다시 몇 마디 위협을 덧붙였다.

"하지만 날이 샐 땔 기다릴 수 없는 분이 있으면 걸어서라도 먼저 고갤 넘어가도록 하세요. 난 조금도 말릴 생각 없으니까……."

이번에도 역시 칼자루를 쥔 것은 운전사 쪽이었다. 그것은 그 칼자루를 쥔 자의 여유 있는 배짱이었다.

할 수가 없었다. 운전사에겐 더 이상 희망을 걸 수 없을 것 같았다.

손님들은 다시 입을 다물고 말았다.

이제는 아예 주눅이 든 듯 연락 차 시간을 걱정하는 사람조차 없었다.

하지만 손님들의 절망은 그 터무니없이 태평스런 운전사 녀석에 대해서뿐이었다. 운전사에 대한 기대가 끊어지자 손님들은 이제 스스로 지혜들을 짜내기 시작했다. 차 속의 침묵은 어쩌면 그 깊은 절망에서 새로운 돌파구를 찾아내기 위한 모색의 시간이었을 수도 있었다.

침묵은 그리 오래지 않았다.

"아, 이제사 생각이 나는디, 이 근처에 아마 공사장이 있을 거구만."

누군가가 다시 소릴 치고 나서는 사람이 있었다. 뒤차를 타고 나온 양복 차림의 중년 남자였다.

"저 고개 우에…… 거기 분명히 이 도로 확장 공사를 하는 인부들 숙소도 있고 작업차도 있어요."

남자는 마치 동조자를 구하듯 들뜬 목소리로 되풀이 말했다. 들고 보니 그건 확실히 희망을 걸어 볼 만한 반가운 소식이었다. 수렁 길 저쪽에 차가 있다면, 일이 충분히 풀릴 수 있었다.

"누가 한번 고개를 쫓아 올라가 보지 그래⋯⋯."

차 속은 아연 다시 생기가 살아나기 시작했다.

"차가 고개 쪽에 있다면 무작정 이렇게 날이 새기만 기다릴 게 아니라⋯⋯."

"이런 땐 누구 좀 나이 젊은 사람이 앞장을 서 줘야제⋯⋯."

운전사가 계속 나 몰라라 하고 앉아 있는 동안 손님들은 오래지 않아 저희끼리 그 빗속을 다녀올 사람을 정해 나갔다. 말할 것도 없이 예비군복의 젊은이들을 지목하고 하는 소리들이었다. 하지만 그게 되려 부질없는 수작이었다. 예비군복 젊은이들도 지레 다 각오들이 되어 있었다. 이 소리 저 소리 번지기 전에 자신들이 먼저 자리를 일어섰다. 그리고 아직 빗줄기가 요란한 어둠 속으로 순식간에 모습을 감춰 사라져 갔다.

한데 고개 너머에 작업차가 있으리라던 남자의 장담은 아닌 게 아니라 공연한 헛소리가 아닌 모양이었다. 예비군복의 젊은이들이 고개 쪽으로 빗줄기 속을 뚫고 사라진 지 10여 분쯤이나 지나서였을까, 삼륜차 건너편 고개 쪽 길목에서 영락없이 덤프트럭 한 대가 나타났다.

차 속 사람들은 그것으로 이미 길이 뚫리기라도 한 것처럼 안도의 한숨들을 내쉬었다. 운전사와 차장 아가씨도 그제야 차를

내려 추적추적 빗속으로 삼륜차까지 뛰어갔다. 그리고 삼륜차와
버스와 덤프트럭 운전사들이 예비군복 청년들과 힘을 합해 작업
을 서둘렀다. 트럭에서 밧줄을 내어 앞뒤차를 서로 단단히 묶어
연결하고, 운전사들은 각기 다시 자기 차로 올라갔다. 트럭 쪽이
먼저 발동을 걸고 두 차를 연결한 밧줄이 팽팽해질 때까지 후진
을 계속했다.

우르륵, 우르륵…….

그러나 그것도 뜻 같지 않았다. 트럭이 더 이상 줄을 끌어당기
지 못 했다. 삼륜차는 아직 움쩍도 않는데, 트럭은 제자리에서 헛
바퀴만 잔뜩 돌아가고 있었다. 이번에는 트럭과 삼륜차가 동시에
발동을 걸고 안간힘을 써 댔으나 두 차는 여전히 제자리걸음만 되
풀이할 뿐이었다. 수렁에 틀어박힌 삼륜차의 뒷바퀴에선 흙탕물
만 살대처럼 뿜어 댔다.

"트럭이 빈 차라서 저렇제 쯧쯧……."

숨을 죽인 채 빗속을 내다보던 손님 가운데서 누군가가 맥없이
중얼거렸다.

"이쪽 차는 저렇게 짐을 잔뜩 싣고 처박혀 있는디, 빈 차가 어뜨
케 그걸 끌어내? 트럭도 짐을 좀 싣고 와야제, 짐을 말이여……."

삼륜차와 트럭은 그사이에도 몇 차례 더 헛힘을 뽑고 나더니,
마침내 방법을 달리해 볼 수밖에 없었던지 예비군복 한 사람이 이
쪽으로 뛰어왔다.

"손님들 중에 남자분들 좀 내려와 주십시오."

수렁 물에 발을 적시며 첨벙첨벙 빗속을 뛰어온 예비군복 청년이 얼굴로 흘러내린 빗물을 훔치며 차 속을 들여다보고 황급히 말했다.

"삼륜차를 뒤에서 좀 밀어 줘야겠어요. 차가 영 움직이질 않아요."

차 속 사람들은 잠시 아무도 반응이 없었다. 이 빗속에 차를 밀라니? 차를 끌어도 안 되는 노릇이 그런다고 어디 가망이 있는 일인가…… 사람들은 지극히 난감한 표정들이었다. 빗속을 내려가 차를 밀어 주는 일에 믿음을 가질 수 없는 것이 사람들을 그렇게 만들고 있었다. 혹은 운전사나 차장들에게 너무 주눅이 들어 쉽사리 몸을 움직이고 나설 엄두가 나지 않는 것도 같았다.

하지만 그도 오래 버틸 수 있는 일은 아니었다.

"어서요. 우리 모두 갈 길이 바쁜 사람들인디, 우리가 나서서 도울 수밖에 없어요……."

예비군복 청년이 눈치를 알아차린 듯 설득을 계속했다.

"아까들 보셨지만 길이 바쁜 건 우리뿐이요. 운전사란 사람들은 가거나 못 가거나 큰 상관이 없는 사람들이란 말이오. 저 사람들이 움직여 줄 때 우리도 나서서 힘을 합해요, 자……."

청년의 말은 조리가 있고 열기가 넘쳤다. 차 속 사람들도 곧 청년의 설득에 마음들이 움직였다.

"밀어 줘야 간다면 밀어 주는 수밖에 도리가 없는 일이제. 아닌 게 아니라 정작으로 갈 길이 바쁜 건 운전사들보다 우리들 쪽인 께……."

마침내 출입구 앞에 앉아 있던 중년 사내 하나가 바짓가랑이를 걷어올리며 앞장서 나섰다. 그러고는 자신이 먼저 차를 내려가려 다 말고 차 속을 돌아보며 선동조로 말했다.

"자, 다들 나가 줍시다. 이 빗속에 몸이 젖는 건 너나없이들 싫은 일 아니오."

"그러시요들. 우리 여편네들이야 가보나마나지만 건장한 남정네들은 이런 때 한번 힘을 써 보시요들."

"진작에 좀 그래 봤으면 좋겠드니만……."

아낙들까지 여기저기서 거들고 나섰다. 설득은 그것으로 족했다.

남정네들이 하나하나 자리에서 일어나 차를 나갔다. 남정네들은 이제 그런 설득이 아니더라도 어련히 알아서 해야 할 일이라는 듯 묵묵히 빗속으로 걸어 나갔다. 한복 차림의 노인네마저도 뒤질세라 바짓가랑일 걷어올리고 있었다. 손님들의 기나 꺾을 줄 알았지 제 몫을 전혀 못 해 내고 있는 운전사들을 생각하면 이런 때 그냥 모른 척하고 애를 먹이고 싶어짐 직도 하건만, 남정들의 말없는 거동엔 그런 원망기조차 없었다. 어떻게 보면 너무 무력하고 자기 고집이 없는 사람들이었다. 자존심이나 이해 계산이 경멸스러울 만큼 모자란 사람들이었다. 그래 오히려 마음들이 쉽게 움직어 버린 것 같았다. 말이 많은 건 아낙들뿐이었다.

"그래, 우리 여편네들은 그냥 이러고 보고만 있겄소?"

"그라면 그냥 보고만 앉았제 무슨 노릇을 해 볼 수 있겄소."

차를 나가는 남정네들 뒤에서 갯것 장수 아낙들이 저희끼리 둘
러앉아 태평스럽게 킬킬대고 있었다.

"거기 마냥 가만히 앉아 있소. 이 빗속을 나가 돌아댕기다간 ×
알이나 젖제 이문 볼 일 있겄소?"

"같은 빗속을 나돌아 다니는디, 그러믄 남정네들 그것은 안 젖
어 든답디요, 히히……."

"어따, 이런 판국에 실없는 잡소리들은……."

나도 이제 더 이상은 혼자 버티고 앉아 있을 수가 없었다. 결국
은 나도 바짓가랑일 걷어올리고 자리를 일어섰다. 그리고 그 갯것
장수 아낙네들의 해괴한 농지거리를 뒤로 차를 내려가 앞장서 간
사람들의 뒤를 따랐다.

삼륜차는 그새 앞서간 사람들로 출상 준비가 끝난 상여처럼 주
위가 빙 둘러싸여 있었다.

나는 아직 빈틈이 좀 남아 있는 뒷바퀴 곁으로 몸을 끼워 넣었다.

"자, 그럼 다시 한 번 해 봅시다. 하나, 둘, 셋 하면 양쪽 다 발동
을 걸어요."

앞바퀴 쪽에 달라붙은 예비군복 청년이 급조 작업대를 지휘하
며 양쪽 차 운전사들에게 소리쳤다. 그러고는 곧 목청을 다하여

구령을 시작했다.

"하나, 둘, 셋, 으이샤! 하나, 둘, 셋 웃샤! 하나, 둘, 셋⋯⋯."

예비군복의 구령에 따라 사람들은 저마다의 위치에서 안간힘을 다해 삼륜차를 밀어붙였다. 하나, 둘, 셋— 하나, 둘, 셋— 하지만 이번에도 헛수고였다. 차들은 그저 우르륵, 우르륵, 헛바퀴를 돌리며 흙탕물만 튀길 뿐 앞으로는 한 발짝도 움직여 주지 않았다.

패여 들어간 바퀴 자국에 가마때기와 돌멩이를 채워 넣어 보았지만 결과는 역시 마찬가지였다. 쏟아지는 빗물과 튀어 오른 흙탕물로 사람들은 이미 신발이며 옷자락들이 엉망진창이 되어 있었다. 하지만 이제 아무도 그걸 괘념하는 사람은 없었다. 네 일이든 내 일이든 사람들은 어떻게든 차를 끌어내려는 집념과 열기로 제정신들을 잃고 있었다. 한복 차림의 노인네까지도 빗속에서 끝끝내 자리를 지켰다. 차를 수렁에서 끌어내지 못하면 꼭 무슨 다른 일통이라도 저지르고 나설 사람들 같았다. 삼륜차가 무거우니 고구마 길바닥으로 퍼 내리라고 했으면 사람들은 능히 그러고도 남을 듯싶었다. 하지만 고구마에 비를 맞힐 수 없다는 삼륜차 운전사의 주장이 그런대로 쉽게 수긍이 간 것일까. 사람들 가운데선 그래도 용케 고구마를 차에서 퍼 내리려는 사람은 없었다. 하지만 나는 빗속에 거의 이성을 잃고 있는 듯한 사람들의 그 일사불란하고도 저돌적인 행동에 오히려 어떤 두려움이 솟아올랐다. 그리고 그 이상스런 열기에 자신도 모를 소름이 끼쳐 왔다. 아직 제정신이 남은 건 운전사와 차장 아가씨뿐인 듯싶었다. 운전사와 차장 아가씨는 이번에도 차를 끌어내는 일엔 직접 손을 보태지 못하고 있었다. 운전사는 앞차와 뒤차 사이에 끼어 서서 양쪽 차에다 신호를 보내는 일이 있었고, 차장 아가씨는 차로 달라붙을 자리가 없었기 때문이다. 차장 아가씨는 얼굴로 흘러내리는 빗물만 연방 훔쳐 내리며 오도 가도 못한 채 엉거주춤, 수렁 한가운데에 붙잡혀 서 있었다. 그래도 그 운전사와 차장만은 제법 제정신이 남은 온전한 사람 같았다. 무작정 일을 서둘러 대려 하지 않는 것도 그랬고, 지독한 흙탕물 속에 아직 제 몰골을 지니고 있는 것 역시 그랬다.

하나, 둘, 셋— 읏샤!

하나, 둘, 셋— 읏샤!

작업대는 아직도 습관처럼 계속 안간힘을 써 댔다. 삼륜차는 역시 들썩도 하지 않았다.

그러자 형편을 따져 결단을 내린 것은 역시 그 운전사 쪽이었다.

"아무래도 안 되겠구만…… 그만둡시다."

양쪽 차에다 참을성 좋게 발동 신호를 보내고 있던 운전사가 드디어 이젠 더 어쩔 수가 없다는 듯 간단히 일을 단념하고 나섰다. 그러고는 아직도 그의 말은 들은 척 만 척 용을 쓰며 구호를 합창해 대는 사이로 트럭 쪽 운전사를 향해 큰 소리로 외쳤다.

"돌아가시요, 이젠. 아무래도 빈 차로는 일이 어렵겠소. 돌아가서 차에다 뭘 좀 싣고 와요. 바윗돌이든지 뭐든지, 차에 힘이 좀 태이게 말이요. 길을 이 지경으로 만들어 놓은 게 당신들이니 수고스럽긴 하겠지만 도리 없는 일이요."

5

사람들은 다시 버스로 돌아왔다.

운전사가 단념을 하고 난 뒤에도 사람들은, 웃샤 웃샤 몇 차례 더 고집스럽게 용을 써 댔으나, 발동을 끈 차체는 이미 물속에 잠긴 바윗덩이와 한가지였다. 게다가 나중엔 트럭까지 줄을 거둬 싣고 돌아간 뒤여서 승객들끼리는 달리 무슨 수를 내볼 수도 없었다.

할 수 없이 다시 버스로 돌아온 사람들은 고개 위로 넘어간 덤프트럭이 다시 짐을 싣고 돌아오기를 기다렸다. 짐을 싣고 다시 오라는 이쪽 운전사의 다짐이나 트럭 쪽 기사의 대답이 다 같이 그리 미덥지가 못했지만, 사람들은 어쨌든 그거라도 기다려 보는 수밖에 다른 도리가 없는 처지였다.

차 속은 눅눅한 습기와 비릿한 살 냄새로 숨을 쉬기조차 거북한 상태였다. 비에 젖은 옷을 벗어 버릴 수도 없었다. 섬뜩거리고 축축한 대로 그냥 웅크리고 앉아서 제물에 마르기를 기다리는 수밖에 없었다. 형편이 워낙 난감해 보이는지 아낙들조차도 끽소리가 없었다.

창밖은 이제 겨우 희끄무레하게 어둠이 걷히기 시작했다. 극성스럽던 빗발도 그럭저럭 실비로 바뀌어 갔다.

무게를 얹으러 고개를 올라간 트럭은 짐작대로 한식경이 지나도 돌아올 줄 몰랐다.

기다리는 트럭은 나타나지 않은 채 뒤쪽에서 먼저 차 한 대가 나타났다. 6시에 대흥을 출발해 나온 광주행 버스가 그새 또 우리 차를 뒤쫓아 나타난 것이었다.

하지만 앞차가 길을 막고 서 있는 데에야 뒤찬들 별 수가 있을 리 없었다.

뽕— 뽕—.

10여 미터 거리 뒤에서 뒤차는 경적을 두어 번 울리고 나서 차장 아가씨를 앞차로 보내왔다.

"어떻게 된 거예요?"

창문 유리를 열고 내다보니, 앞차 운전사에게 뒤차 차장이 따지듯 물었다. 그러자 그 뒤차 차장에게 앞차 운전사가 나무라듯 소리쳤다.

"보면 모르겠냐? 길이 저 모양이니 날이나 좀 밝아 와야겠다. 그러니 니네 차 손님들더러도 그때까지 맘 편히 잠이나 한잠씩 주무시고 계시래라."

더 이상 할 말도 들을 말도 없는 듯 뒤차 차장이 돌아가고, 이번에는 앞차와 비슷한 나이의 뒤차 운전사가 다시 차를 내려 뛰어왔다. 하지만 뒤차 운전사도 이미 사정을 짐작한 모양이었다.

"빌어먹을! 길가에다 아예 수렁창을 팠구만."

그는 저간의 사정을 묻지도 않은 채 앞차 운전사에게 간단히 한 마딜 건네고는 삼륜차가 물구덩이에 틀어박힌 데까지 길바닥 사정을 되살펴 나갔다. 그러고는 다시 자기 차 쪽으로 돌아가면서 앞차 운전사에게 똑같은 소견을 말했다.

"어떻게 날이라도 좀 밝은 다음이라야겠구만. 잘못했다간 너나 없이 모두 발목을 잡히겠어…… 그런데 저쪽에선 몇 시에 첫차가 들어올 건가?"

"글쎄, 나도 지금 그쪽 차를 기다리는 참인데…… 날이 밝더라도 저쪽 차가 와서 끌어 주기나 하면 모를까 원……."

앞차 운전사의 느긋한 대답. 듣고 보니 그도 이젠 트럭을 기다리지 않고 있는 모양이었다. 아니 뒤차 운전사에게 트럭 얘긴 꺼내지도 않는 걸 보면 그는 처음부터 그럴 줄 알고 트럭을 보내 버린 게 분명했다.

뒤차 운전사도 더 이상 할 말이 없는 모양. 그는 마치 물꼬를 둘러보러 나온 농사꾼처럼 어슬렁어슬렁 자기 차로 돌아갔다.

앞차 운전사는 다시 창문을 닫고 운전석 등받이에 등을 기댔다.

차 속은 이제 빈 동굴처럼 잠잠해져 있었다. 주위를 둘러보니 아닌 게 아니라 이젠 그 운전사 녀석의 충고처럼 아예 눈을 감은 채 잠을 청하는 사람도 있었다. 이젠 어떻게 차를 움직여 볼 엄두조차 나지 않는 것 같았다. 운전사를 채근하려 드는 사람도 없었고, 늦어진 차 시간 연락을 걱정하는 사람도 없었다. 모두들 그저 날이 새기나 기다리는 것 같았다. 어쩌다 천행으로 하행 버스가 고개 쪽에서 나타나 주기나 기다리는 것 같았다. 수렁 속에서 삼륜차를 뽑아내려 할 때의 그 저돌적인 열기들은 갑자기 어디로 가고 이젠 속들이 그처럼 느긋하고 편해 보일 수가 없었다.

나는 다시 담배 생각이 간절해지기 시작했다. 주위를 둘러보니 모두가 눈을 감고 있어서 담배 한 대를 얻을 곳도 없었다. 운전사 녀석까지 눈을 감고 자는지 머리통이 잔뜩 등받이 뒤로 젖혀져 있었다. 앞차고 뒤차고 별다른 기색들이 없는 걸로 보아 그쪽 차 운전사나 손님들도 모두 눈을 처감고 늘어진 모양이었다.

문득 나는 내 주위에서 어떤 거대한 늪 같은 것을 느끼기 시작했다. 바닥을 알 수 없는 깊고 거대한 늪이 나를 서서히 빨아들이고 있었다. 그 늪 속으로 몸뚱이가 끝없이 가라앉아 들어가는 듯한 숨 막히는 절망감이 답답하게 가슴으로 차올라 오고 있었다.

이건 참으로 무서운 참을성이다! 무서운 참을성의 달인들이다. 도대체 이 지경이 되어 가지고 어떻게 저토록 마음들이 편해질 수가 있단 말인가!

하지만 진짜로 견딜 수 없는 일은 오히려 이때부터 시작되었다.

"끙!"

눈을 감고 길게 뒤로 늘어져 있던 통로 건너편 갯것 장수 아낙 하나가 이윽고 부스럭부스럭 몸을 세워 앉으며 혼잣말처럼 시부

렁대었다.

"젠장맞을, 속을 비우고 나왔더니 허기가 져서 견딜 수가 있어
야제……."

그러고 나서 그녀는 이미 눈을 감고 결심을 한 일인 듯 의자 밑
에 넣어 둔 갯엿 함지를 통로 쪽으로 끄집어냈다.

딸깍…… 딸깍…….

한동안 아낙의 엿덩이 떨어내는 소리가 차 속을 울리더니 이윽
고 그녀가 깨어낸 엿 한 덩이를 옆 좌석 손님에게 권했다.

"아자씨, 이거 한 뎅이 입에 넣어 보시오. 새벽 빗속을 재촉해
나왔더니 속이 너무 허해서 원……."

"뭐 이런 것을…… 보아 허니 돈을 살 물건인 모양인디……."

사양하는 체하면서도 옆 자리의 사내는 이내 엿덩이를 받아 입
에 넣고 우물대기 시작했다.

"잡숴 두시오. 돈을 사든지 절구대를 사든지 이놈의 차부터 우
선 가 줘야 안 하겠소. 돈 살 자린 가 보기도 전에 사람이 먼저 허
기져 죽겠소."

푸념 끝에 아낙도 엿덩이 하나를 입으로 가져갔다. 한데 그
때…….

"거 나도 입 좀 다셔 봅시다."

눈을 감고 앉아 있던 이켠 쪽 사내 하나가 부스럭부스럭 상체를
일으켜 앉으며 천연스런 얼굴로 엿을 청했다.

"공엿을 달라고라우? 염치도 좋네. 내 엿은 뭐 맹물로 고아 내린 물건인 중 아시오. 이건 돈 사러 나가는 장거리 물건이요, 장거리 물건."

엿 함지를 다시 밀어 넣고 있던 아낙이 더 이상 헤픈 짓을 하기 싫었던지 얀정머리* 없이 사내에게 무안을 주었다. 그러자 사내는 무안만 당하고 물러날 수가 없었던지, 변명 섞인 어조로 되받아넘겼다.

"아따, 그 양반! 누가 장물 거린 중 몰라서 공엿을 달랩디껴? 나도 그렇게 경우가 없는 사람은 아니오. 돈을 드리면 될 것 아니오. 돈을!"

하고 나선 다시,

"좋시다. 아주머니만 엿이 있는 것도 아니고……."

작자의 말을 곧이들어야 할지 어떨지 몰라 아직도 엉거주춤 거동을 망설이고 있는 아낙을 젖혀 두고 다른 자리의 아낙에게 엿을 청했다.

"여보시오. 엿 안 팔겠소? 엿 좀 파시요. 내 그걸로라도 속을 좀 다스려 놔야 앉아 있겠소."

"그럽시다. 그럼…… 어쩌피 돈하고 바꿔야 할 물건 장소 가리고 엿 안 팔겠소."

이미 백동전 한 닢을 찾아 내미는 사내에게 다른 아낙이 기다렸

* 얀정머리 : '인정머리'를 낮잡아 이르는 말.

다는 듯 반기고 나섰다. 아낙은 먼저 사내에게서 백동전부터 받아 넣은 다음 이내 자기 엿판을 끌어내어 갯엿 한 덩이를 깨어 사내 에게 건넸다. 그러고는 아예 차 속에다 엿전을 벌일 요량으로 주위를 두리번두리번 다른 손님들의 낌새를 살폈다.

질근덕, 질근덕…….

엿 씹는 소리가 잠시 조용한 차 속을 낭자하게 번져 갔다. 그러자 여태껏 자는 척하고 눈을 감고 앉아 있던 다른 손님들까지 부스럭부스럭 기동을 시작했다.

"우리도 엿이나 한 졸금 먹어 볼까? 여기, 아주머니, 여기도 엿 좀 주시요."

먼저 예비군복 청년 하나가 두 번째 아낙 쪽을 건너다보며 주머니를 뒤적거리기 시작했다. 그리고 거기에 용기를 얻은 듯 다른 사람들도 모두 아낙의 엿판으로 눈길을 던져 오기 시작했다.

결국 엿장수 아낙들 세 사람이 모두 엿판을 열었다. 먼젓번 여자도 나중 여자도, 그리고 그저 아쉬운 눈초리로 차마 용기를 못 내고 히죽히죽 구경만 하고 앉아 있던 맨 나중의 여자까지도 끝내는 기회를 놓칠 수가 없어진 듯 내 먼저 네 먼저 엿들을 깨어 팔기 시작했다.

나중에는 차장 아가씨까지 기웃기웃 다가와서 저의 기사 아저씨를 위해 엿덩이를 사 갔다.

앞자리고 뒷자리고 사방에서 입 속에 엿 이기는 소리가 찐덕거리고 있었다. 나는 이제 차라리 눈을 감은 채 그 소리를 듣고 있었다. 소리를 듣고 있자니 공연히 내 입 속에서까지 찐덕찐덕 엿가락이 들어붙어 오는 것 같았다. 입천장과 이빨 사이로 녹은 엿줄기가 질기게 끼어들고 있는 것 같았다.

나는 갈수록 눅적지근하고 거북스러운 기분을 참을 수가 없었다.

나는 다시 사람들이 그 흙탕물 속에서 삼륜차를 끌어내려 할 때의 그 일사불란하고도 저돌적인 열의를 만났을 때처럼 두려운 생각이 솟아오르기 시작했다. 아니 그토록 천연스레 엿들을 먹고 있는 사람들의 여유와 참을성이 차라리 끔찍스러운 느낌마저 들었다. 감은 눈을 떠 보기조차 무서워지고 있었다.

사람들은 마치 그런 나를 비웃기라도 하듯 찔끈덕찔끈덕 열심히 엿들을 씹고 있었다.

그러자 문득 어떤 견딜 수 없는 수모감 같은 것이 온몸을 휩싸여 왔다. 나는 언제부턴가 거기 그 꼴로 참을 수 없는 모욕을 당하고 앉아 있는 것 같았다. 어디서부터 그런 수모가 행해져 오고, 누구로부터 그런 모욕을 당하고 있는지 상대를 정확히 집어낼 순 없었다. 그건 어쩌면 손님들 걱정은 처음부터 눈곱만큼도 하지 않는 운전사 녀석 그자 때문인 듯도 싶었고, 혹은 그토록 천연스럽게 엿이나 빨고 앉아 있는 자아망실증 인간들 때문인 것도 같았다. 그것은 어쩌면 운전사 녀석과 손님들이 함께 공모를 하고 있는 결과일 수도 있었다. 작자들의 공모엔 이미 나 자신 어떤 식으로든지 한 다릴 들여놓은 꼴이었다. 작자들의 공모에 그토록 쉽게 걸려들어 버린 것도 그랬고, 이것저것 참을 수 없는 일을 견디면서도 마지못해 손발을 끌려 다니기는 했을망정 끝끝내 싫은 소리 한마디 못 해 온 것도 그랬다. 수모와 모욕감을 느낀 것은 오히려 나 자신에 대해서부터일 수 있었다. 화가 난 것은 오히려 그런 나 자신에 대해서였다.

나는 더 이상 가만히 참고만 앉아 있을 수가 없었다. 어떻게든 이 무서운 음모를 깨부숴야 하였다. 무엇인가 내게 정해진 몫을 주장하고 나서야 하였다.

때마침 아낙 하나가 나의 그 마지막 인내의 벽을 허물어뜨리고 나섰다.

"보시오, 젊은 선상님도 그러고 앉아 있지만 말고 입다심을 좀 해 보시오."

그나마 아직 눈을 감고 있는데, 통로 맞은편 엿장수 아낙이 문득 내 팔 깃을 건드렸다. 눈을 떠 보니 어느새 아낙의 손이 내 가슴팍 앞까지 건너와 있었다. 아낙은 여인의 머리채처럼 길게 늘여 뽑은 갯엿 한 줄기를 손가락에 말아 들고 히실히실 실없이 웃고 있었다.

나는 금세 피가 거꾸로 치솟아 올랐다. 무슨 염치나 자존심은커녕 그건 아예 사람이 사람에게 할 수 있는 노릇이 아니었다. 나는 자신이 역겹고 저주스러웠다. 역겹고 무기력한 자기 수모감을 더 참아 넘길 수가 없었다. 목구멍에서 무언가 뜨거운 것이 마구 치솟아 올랐다.

"그만두시오. 이게 어디 사람의 꼴로 당할 일이오!"

내밀어 온 아낙의 손을 매몰차게 밀어젖히며 나는 불시에 제 분을 못 참은 어조로 아낙을 사정없이 힐책하고 들었다.

"그래 차가 이 지경이 되어 있는데, 그놈의 엿이 어느 구멍으로 들어가겠어요. 이거 참 가만히 보고 앉았자니 복장이 터져 참을 수가 없질 않소. 시간 정해 놓고 다니는 차가 요 모양 요 꼴로 주저앉아 있는데, 운전사는 운전사대로 손님들은 손님들대로 도대체 이게 무슨 꼴들이란 말요. 운전사 양반에게 어떻게 차를 좀 가게 해 볼 방도를 취하게 한다든지, 사람들이 무슨 제 값의 주장을 내세울 엄두라도 내볼 줄을 알아야지. 사람이 좀 사람값을 생각하긴커녕 그래 이런 때 얼씨구나 좋다, 엿전이나 벌여요? 이러니 저 운전사 양반까지 누구 한 사람 사람 취급을 해 주고 싶겠느냐 말이오."

나는 어느새 엿을 권해 온 아낙뿐 아니라 나 몰라라 하고 시치미 떼고 앉아 있는 운전사 녀석과 손님들을 한꺼번에 싸잡아 몰아세우고 있었다. 당한 줄도 모르고 당하는 그 자아망실증 위인들로선 차라리 그게 싸다는 생각도 들었다.

나의 소리가 워낙 크고 갑작스러웠던 탓인지 찔끈덕찔끈덕 엿을 빨고 앉아 있던 사람들은 운전사고 손님들이고 모두 무 캐 먹다 들킨 사람들처럼 표정이 어리벙벙해지고 있는 기미였다. 면전

에서 갑자기 무안을 당한 아낙은 떼어 쥔 엿덩이를 미처 어쩌지도
못한 채 엉거주춤 나를 건너다보고 있었다.

나는 이제 어차피 내친김이라는 생각이 들었다.

"아주머니도 이제 그만 그 엿판을 덮어 놓도록 하세요."

나는 숫제 명령이라도 하듯 엿장수 아낙을 윽박지르고 나서 공
박을 좀 더 계속해 나갔다.

"지렁이도 밟히면 꿈틀한다는데, 원 지금이 엿이나 팔고 앉아
있을 계제요? 그래 여기가 엿들이나 빨고 앉아 있을 자리냔 말이
오. 사람 몰골을 하고 태어났으면 시늉이라도 좀 사람값을 해 보
려 해야지, 그래 이게 어디 사람 몰골로 당하고 앉아 있기만 할 경
우들이냔 말이오."

나는 거기서도 아직 내 말이 충분한 설득력을 발휘하지 못하고
있는 느낌이었지만, 그쯤에서 그만 입을 다물었다. 하고 싶은 소리
를 그 정도만 뱉어 내고 나도 가슴속이 훨씬 트여 오는 것 같았다.

차 안 사람들에게선 짐작했던 대로 역시 아무 반응이 없었다.
모욕을 당한 줄을 아는지 모르는지 아무도 입을 열어 오는 사람이
없었다. 등받이에다 길게 머리를 기대고 앉은 운전사조차도 고갯
짓 한 번 돌리는 일이 없었다.

나의 공박이 끝나고 난 다음부터 차 속은 한동안 민망스럽도록
조용한 침묵만 흘렀다. 내 생각을 거들고 나서거나 그것에 호응을
해 올 기미 같은 건 더더구나 전혀 기대 밖의 일이었다.

하지만 나는 이제 상관하지 않았다. 나는 무엇인가 꼭 내가 하지 않으면 안 될 듯싶은 일을 방금 해치우고 난 듯한 후련함이, 혹은 그것으로 나는 최소한이나마 내가 지녀야 할 사람값을 치르고 난 듯한 홀가분한 기분이 은밀스럽게 가슴으로 스며 왔다. 그리고 그 후련하고 홀가분한 기분엔, 내겐 어쩌면 차가 가고 못 가고조차도 그리 큰 문제가 아닌 듯싶었다. 사람들이 내게 호응을 해 오거나 말거나 그걸 굳이 상관할 게 없었다. 나는 이제 그것으로 더이상 나서야 할 일도 없는 것 같았다.

나는 그만 팔짱을 끼고 눈을 감은 채 자리를 편하게 고쳐 앉았다.

그런데 그때였다.

나는 무언가 오해를 하고 있었던 것 같았다. 게다가 너무 일찍 마음이 편해지고 있었던 것 같았다.

"사람값이라, 사람값. 그게 참 좋은 말이제……."

조용하기만 하던 차 뒤켠에서 누군지 혼잣소리처럼 중얼거리는 소리가 들려왔다. 좀 전에 내가 아낙네에게 쏘아 댄 말을 두고 하는 소리가 분명했다. 그것도 그런 소리를 함부로 내쏟은 내 쪽을 은근히 이죽거리는 기미가 역력했다.

아니나 다를까, 그 소리에 용기를 얻은 듯 이번에는 바로 등 뒷자리의 여자가 노골적으로 나를 지목하고 나섰다.

"글씨 말이오. 우리도 다 제 돈 주고 탄 찬디, 누군 뭐 당한 줄 모르고 답답한 줄 몰라서 이러고들 앉았겠소. 차를 아주 안 타고 댕길라면 모를까, 이나마 차편까지 아주 끊어 놓고 말라고……."

그러자 그 소리에 뒤이어 다시 여기저기서 저희끼린 듯 듣기 거북한 말들을 보태 나갔다.

"젠장맞을! 우리 골 찻길 나쁜 게 국회의원 잘못 뽑은 허물인 중 알았는디, 인제서 진짜 국회의원감 한 사람 만났구만그려."

"허기사 우리 같은 시골 무지렝인 제 옷 꼴이 좇이 되는지 찬비를 맞는지도 모르는 놈들잉께……."

"지 몸에 해로울 것인디, 젊은 신사 양반 너무 혼자만 잘난 척 나서지 맙시다. 기분 난다고 무단한 소리 해서 운전사 양반 비위나 건드리리다. 그래 봐야 저 양반한테 혼자 차에서 내리란 소리나 들을 텐께……."

모두가 등 뒤쪽에서 들려오는 소리들이었다. 호응은커녕 비방과 빈정거리는 소리 일색이었다.

어쨌거나 그건 예상하지 못했던 뜻밖의 사태였다.

나는 금세 다시 목구멍 속에서 불덩이 같은 것이 치솟아 올랐다. 하지만 나는 이제 그 소리들 앞에 얼핏 눈을 뜨고 나설 수가 없었다. 눈을 뜨고 그 사람들과 맞서 나설 엄두가 나지 않았다. 눈을 꼭 감은 채 그냥 그대로 참아 넘기는 수밖에 도리가 없었다.

무슨 말로 맞서 봐야 먹혀들 사람들이 아닌 것 같았다. 아니 이제는 나 자신이 그 사람들 앞에 맞서고 나설 말이 없었다. 맞서고 나설 육신의 기력도 없었다. 내겐 이제 손가락 하나도 움직여 볼 기력이 남아 있질 않았다. 온몸이 그저 물먹은 솜처럼 무겁게 가라앉아 들어가고 있었다.

그렇게 그냥 눈을 감고 있자니 아깟번처럼 또 거대한 늪이 나를 깊이 감싸고 들기 시작했다. 그 늪은 갈수록 거대한 힘으로 나를 끝없이 빨아들이고 있었다. 사지를 버둥거릴수록 그 힘은 더욱더 깊은 늪 밑바닥으로 나를 무섭게 빨아들였다. 내 몸뚱이는 바야흐로 그 거대하게 살아 있는 수렁의 힘 속으로 흔적도 없이 녹아 들어가고 있었다.

"지금은 엿이나 먹고 앉아 있을 계제가 아니라…… 것도 참 말인즉 옳은 말이제. 하지만 지금 이렇게 바보처럼 엿이라도 뽑아묵고 앉아 있지 않으면 그래 이 차를 등에 짊어지고 고개를 넘어갈 재주라도 내놓으란 말인가……."

이윽고 다시 등 뒤쪽 남자가 나를 이죽거리는 소리가 들렸다. 그리고 그 엿장수 아낙이 아직 엿덩일 손에 들고 있는지, 자신이 엿을 사 주겠다는 듯 호기 있게 아낙을 불렀다.

"옛소 아주머니, 그 엿 내게 주시요."

돈까지 치러 건네려는 기미였다.

나는 계속 못 들은 척 눈을 감고 버티었다.

하지만 아낙은 아낙대로 또 내게 무슨 공박할 말이 남아 있었던 것일까. 아니면 자신의 헛친절이 발단이 되어 사람들로부터 내가 너무 당하고 있는 데 대한 민망스러움에서였을까. 그녀는 웬일인지 남자에게 엿을 팔 생각을 안 했다.

"가만계세요. 내가 언제 엿 팔아 달랩디껴? 이건 아까부터 이 젊은 선상님한테 드릴라고 한 것인디……."

그녀는 되려 엿을 사고 싶어 하는 남자를 나무라고 나서 내 쪽을 향해 추근추근 다시 말하기 시작했다.

"여보시오 젊은 양반. 나 좀 보시드라고요. 나 선상님헌테 할 말이 좀 있구만요. 그러니께 이 엿이나 드시면서 내 얘기 좀 들어 보시드라고요."

무슨 수작인지 알 수가 없었다. 그녀는 이번에도 또 내게 엿을 권해 오고 있었다. 눈을 감은 짐작에도 그녀는 다시 내 앞에 엿을 내밀고 있음이 분명했다.

어이가 없기도 하고 난감하기도 하였다. 하지만 나는 역시 못 들은 척하였다. 그러거나 말거나 아낙은 이미 작심한 바가 있는 듯 말을 계속해 나갔다.

"보아 하니 선상님은 아매 이런 길이 첨인 것 같아서 따로 허물은 말 않겠소. 하기사 이런 일 많이 안 당해 본 사람은 이런 때 성질이 안 끓어오를 수도 없을 텐께요. 첨엔 우리도 다 그랬답니다. 하지만 하루 한 번씩 이런 길을 댕기면서 이꼴 저꼴 참아 넘기고 사는 사람도 있다요. 여비만 좀 모자라도 차를 내려라 마라, 삐슥한 불평 한마디만 말해도 노선을 죽인다 살린다…… 차를 아주 안 타고 살라먼 몰라도 그런 일 저런 일에 어떻게 다 아는 척을 하고 살겠소……."

아낙이 말을 도맡은 동안 차 안에선 그녀를 방해하고 나서는 사람이 아무도 없었다. 시비가 어떻게 되어 나가는지 모두들 조용히 둘 사이의 동정만 지켜보는 기미였다. 나는 갈수록 눈을 뜨기가 난처해지고 있었다.

나는 계속 눈을 감고 버티는 수밖에 없었다.

하지만 아낙의 푸념은 그럴수록 더 깊고 거대한 늪 속으로 나를 힘차게 옥죄어 들고 있었다.

나는 이제 그 늪의 숨결과 인력에 빨려 들어 자신의 형체조차 느낄 수가 없었다.

그러다 어느 순간, 나는 자신이 끝없이 분해되어 가는 듯한 허망한 무력감 속에서 문득 그 살아 있는 늪의 마지막 밑바닥이 발밑에 닿아 옴을 느꼈다.

그리고 그 늪의 깊고도 견고한 밑바닥에서 나는 마침내 죽음처럼 무겁게 가라앉아 들어간 수많은 사람들의 질기디질긴 삶의 숨결과 그 삶들의 따스한 온기가 조용히 파도쳐 오르고 있음을 느꼈다.

"그렇게 선상님도 오늘 일은 다 그런 사람들 처지에 얹어 비기고 이거나 한입 빨아 잡숴 보시오."

아낙이 아직도 말을 계속하고 있었다.

그러면서 마치 어린앨 어르듯 팔소매를 툭툭 건드리고 있었다.

"자요, 그만…… 이거라도 좀 입을 다시고 나면 속이 행결 주저앉을 것잉께요…… 참말로 사람의 성의가 이만큼 했으면 돈을 내고 사 달래도 몇 번은 사 줬겠소. 자 그러니 이 여편네 손이라도 좀 그만 부끄럽게 어서……."

잔인한 도시

1

날씨가 제법 싸늘해지기 시작한 어느 가을날 해질녘 그 사내가 문득 교도소 길목을 조그맣게 걸어 나왔다.

그것은 좀 희한한 일이 아니었다. 근래엔 좀처럼 볼 수 없던 일이었다.

교도소는 도시의 서북쪽 일각, 벚나무와 오리나무들이 무질서하게 조림된 공원 숲의 아래쪽에 있었다. 그리고 그 무질서한 인조림이 끝나고 있는 공원 입구께에서 2백 미터 남짓한 교도소 길목이 꺾여 들고 있었다. 공원 입구에선 교도소 길목과 높고 음침스런 소내 건물들을 제 손바닥 들여다보듯 한눈에 모두 내려다볼 수 있었다. 교도소 길목을 오르내리는 것이면 강아지 한 마리도 움직임이 빤했다.

하지만 그 길목은 언제부턴가 사람의 눈길을 끌 만한 움직임이 끊어진 지 오래였다. 교도소와 관련하여 길목을 오르내리는 사람의 모습을 거의 볼 수 없었다. 그것도 교도소를 새로 들어가는 쪽보다는 몸이 풀려 나오는 쪽이 더욱 그랬다. 교도소를 새로 들어가는 쪽까지 끊겨 사라졌을 리가 없었지만, 그쪽은 언제나 철망을 친 차편을 이용하는 터여서 그것마저 낌새가 늘 분명칠 못했다. 그야 교도소 직원들이나 인근 주민들이 이따금 그 길목을 지나다니는 건 눈에 띄었다. 하지만 그건 물론 이 길목에서 특별히 사람의 눈길을 끌 만한 움직임이 못 되었다. 이 길목에서 사람의 주의를 끌 움직임이란 역시 형기를 끝냈거나 당국의 사면으로 몸이 풀려 나오는 출소자들의 그것일 수밖에 없었다.

한데 어찌 된 영문인지 이 몇 해 동안 교도소 수감자들 가운데서 몸이 풀려나 그 길을 걸어 나온 사람이 없었다. 출감자를 내보내기 위해서 교도소 문이 열린 적이 한 번도 없었다. 교도소 안엔 이미 내보낼 죄수가 아무도 없거나, 그곳엔 아예 종신형의 죄수들만 수감되고 있는 게 아닌가 의심이 될 지경이었다. 교도소의 출감자가 언제 마지막으로 그 길을 걸어 나갔던가를 기억하는 사람조차 거의 없었다. 아마 이 교도소의 교도관들조차도 그 행운의 출감자를 내보내기 위해 언제 마지막으로 교도소의 철문을 열었던가를 더듬어 낼 수 있는 소상한 기억력의 소유자는 흔치 않을 터이었다.

출감자의 모습이 끊어진 것만도 아니었다. 교도소를 나오는 출감자들의 발길이 뜸해지기 시작한 다음에도 길목은 한동안 재소자 면회를 찾아온 사람들의 발길로 인적이 심심치를 않았었다. 그런데 언제부턴가는 그 면회객들의 발길조차 이 길목에서 깨끗이 자취를 감추고 말았다.

교도소 길은 이제 오랜 정적 속에 망각의 길목으로 변했고, 그 길목을 걸어 나오는 출감자나 면회객들의 발길이 끊어진 시간만큼 교도소와 교도소 수감자들의 존재도 바깥세상에선 까마득히 잊혀졌다.

하지만 그동안도 교도소 사람들의 출퇴근 행사는 어김없이 계속되었고, 밤이면 높다란 감시탑들의 탐조등 불빛들도 그 확고부동한 기능을 충실히 발휘했다. 그건 이를테면 그 깊은 세상 사람들의 망각 속에서도 교도소의 존재와 기능은 여전히 엄존하고 있다는 가차 없는 증거였다.

그러다 이날 저녁 사내가 마침내 그 길목을 다시 걸어 나온 것이다.

교도소는 과연 죄수가 없는 유령의 집으로 변한 것이 아니었다. 종신형 수형자들만 수감되고 있었던 것도 아니었다. 이날 저녁 사내가 그 길목을 걸어 나온 것은 바로 그런 의문들에 대한 가장 확실한 대답인 셈이었다.

사내의 뜻하지 않은 출감은 그러니까 교도소와 교도소 길목에선 그만큼 오랜만의 일이었고 그만큼 눈길을 끄는 일이었다. 하지만 그 길을 걸어 나오는 사내 자신의 표정엔 막상 어떤 새삼스런 감회나 즐거움의 빛 같은 것이 전혀 엿보이지 않았다.

사내는 언젠가 그가 교도소를 들어갈 때부터 그의 전 재산이었던 낡고 작은 사물(私物) 보퉁이 하나를 손에 든 채 마치 망각의 길을 헤쳐 나오듯 변화 없는 발걸음으로 교도소 길목을 천천히 걸어 나오고 있었다. 전쟁 후에 한창 유행하던 염색 야전잠바 윗도리에, 역시 낡고 색이 바랜 황록색 당꼬바지의 차림새들이 이마 위로 아무렇게나 헝클어져 내린 그의 허옇게 센 머리털과 함께 사내의 모습을 더욱 지치고 무기력하게 만들고 있었는데, 그의 그런 차림새나 센 머리털의 지치고 무기력한 느낌은 사내가 세상 사람들의 망각 속에 교도소 안에서 훌쩍 흘려보내 버린 그 무위한 세월의 두께를 말해 주고 있는 것 같기도 하였다.

알다시피 사내에겐 물론 동행이 없었다. 그는 함께 출감한 동료 수감자는 물론, 그의 출감을 맞아 주는 가족이나 친지 한 사람 동행자가 없었다. 그의 출감 길에 동행이 되어 주는 것은 오직 공원 숲 위에서 방금 낙조를 서두르는 저녁 햇살이 지어 준 그 자신의 기다란 그림자뿐이었다. 그는 마침 그 낙조를 서두르는 공원 숲 쪽의 저녁 해를 향해 교도소 길목을 걸어 나왔으므로 그의 그림자가 등 뒤로 길게 끌리고 있었는데, 사내의 좀 구부정한 걸음걸이는 마치 사내 자신이 아니라 그 그림자를 방금 교도소로부터 끌어내어 어깨에 짊어지고 그 길을 무겁게 걸어 나오고 있는 것처럼 보였다. 더욱이 사내는 이미 풀기가 가 버린 낙조의 가을 햇살마저 눈에 그리 익숙지가 못한 듯 이따금씩 콧잔등을 가볍게 실룩거리며 걸음을 조금씩 지체하곤 하였는데, 바로 그 눈앞을 가로막는 햇살이나 그 햇살에 대한 어떤 부끄러움 때문에 사내가 교도소 길목으로부터 자신의 그림자를 짊어져 내는 일은 더욱더 피곤하고 힘겨운 일처럼 보이게 하였다.

하지만 사내의 표정이나 걸음걸이에 어떤 변화가 이는 것은 오직 그 풀기 잃은 저녁 햇살이 그의 눈앞을 방해해 올 때뿐이었다. 햇빛 앞에서 자신을 망설일 때 이외엔 그의 표정이나 발걸음에 아무런 변화도 생기지 않았다.

사내는 그런 표정, 그런 모습으로 수심스러워 보일 만큼 천천히, 그리고 그 구부정하고 변화 없는 걸음걸이로 교도소 길목을 걸어 나오고 있었다.

2

변화 없던 사내의 얼굴에 비로소 어떤 심상찮은 표정이 떠오른 것은 그가 그 2백여 미터 남짓한 교도소 길목을 빠져 나와 공원 입구께에까지 닿았을 때였다.

새들은 하늘과 숲이 그립습니다.

공원 입구의 오른쪽으로 한 작은 가겟집이 비켜 앉아 있고, 그 가겟집 부근의 벚나무 가지들에 크고 작은 새장들이 줄줄이 매달려 있었다. 그리고 그 벚나무 가지들 중 몇 곳에 그런 비슷한 광고 문구가 쓰인 현수막이 이리저리 내걸려 있었다.

새들에게 날 자유를 베풉시다.
자비로운 방생은 당신의 자유로 보답받게 됩니다.

새장의 새를 사서 제 보금자리로 날려 보내게 해 주는 이른바 방생의 집이었다.

사내는 비로소 긴 망각의 골목을 벗어져 나온 듯 거기서 문득 발길을 머물러 섰다. 그러고는 어떤 깊은 반가움과 안도감에 젖으며 고개를 두어 번 끄덕여 댔다. 사내의 그 마르고 지친 얼굴 위로는 잠시 어떤 희미한 미소 같은 것이 솟아 번지기까지 하였다.

사내는 이윽고 다시 고개를 돌려 그가 걸어 나온 교도소 길목을 조심스럽게 한 번 건너다보고 나서 그 방생의 집 쪽으로 길을 건너갔다.

마침 그때 그 길 건너 가겟집에서는 공원을 찾아온 중년의 사내 한 사람이 흥정을 한 건 끝내 가던 참이었다.

"이제 선생님께선 이 녀석에게 하늘과 숲을 마음껏 날 날개를 주신 겁니다. 그건 바로 이 녀석의 자유지요. 그리고 선생님께서

이 녀석의 자유를 사신 것은 바로 선생님 자신의 자유를 사신 것입니다…….”

서른이 좀 넘었을까 말까, 하관이 몹시 매끈하게 빨려 내려간 얼굴 모습이 어딘지 좀 오만하고 인색한 인상을 풍기는데다가 차가운 백동테 안경알 속에서 눈알을 몹시 영민스럽게 굴려 대는 가겟집 젊은이가 방금 흥정이 끝난 새장을 그 중년의 고객에게 넘겨 주고 있었다.

“자 이제 장문을 열어 주십시오. 그리고 녀석에게 하늘을 날게 해 주십시오. 선생님은 선생님의 자유로 오늘의 자비에 충분한 보답을 받으시게 될 겁니다.”

가겟집 젊은이의 그 숙달되고 자신 있는 말투에 비하면 새장을 건네받고 있는 손님 쪽이 오히려 거동을 멈칫멈칫 망설이고 있었다.

길을 건너온 사내가 조심조심 두 사람 곁으로 다가가고 있었다. 하지만 그는 자신의 출현으로 두 사람의 일에 어떤 방해거리를 만들고 싶지가 않은 듯 거동을 몹시 신중하게 억제했다.

그래 그런지 가겟집 젊은이나 중년의 고객 쪽도 사내의 접근에는 별 신경들을 안 썼다. 이 허름한 늙은이쯤 그가 어디서 온 누구이든 상관할 바 아니라는 듯 두 사람 다 그쪽에는 전혀 아랑곳을 않으려는 눈치들이었다.

사내는 결국 자신의 호기심을 숨길 수가 없어졌다. 그는 마치 어른들의 은밀스런 비밀을 엿보려 드는 어린애처럼 신중하게 그리고 자신의 호기심 때문에 끝내는 스스로를 억제할 수가 없어져 버린 장난꾸러기처럼 순진하게, 한 발짝 한 발짝 두 사람 곁으로 거리를 좁혀 들어갔다. 그리고 흥정을 끝낸 손님이 갑자기 생각이 바뀌어 모처럼 만의 구경거리를 중단해 버리지나 않을지 염려된 듯, 은밀하고도 조급스런 표정으로 작자의 거동을 유심히 지켜보았다.

"자, 이 녀석아 그럼 잘 가거라. 장을 나가 넓은 하늘을 날면서 내 은혜나 잊지 말아라!"

그러자 이윽고 그 중년의 고객이 장 속의 새에게 자신의 선행에 대한 다짐의 말을 주고 나서 장문을 활짝 열어젖혔다. 장 속의 새는 금세 무슨 일이 일어나고 있는지를 알아차릴 수가 없는 것 같았다. 장문이 열리고 나서도 녀석은 잠시 어리둥절한 눈길로 목짓만 몇 차례 갸웃거리더니, 뒤늦게 사정을 깨달은 눈치였다.

푸르륵—.

가벼운 날갯소리를 남기며 녀석이 마침내 조롱을 떠나갔다.

저녁놀이 서서히 물들어 오기 시작한 서쪽 하늘로 새는 잠시 드높은 비상을 자랑하는 듯하다가 이내 한 개의 까만 점으로 변하여 공원 숲 그늘로 사라져 가 버렸다.

"고 녀석 그래도 나는 품이 제법이로군."

공원 숲으로 새의 모습이 완전히 사라지고 난 다음 중년의 방생자가 한마디 만족스럽게 중얼거렸다. 그리고 이젠 그 자신도 어떤 눈에 보이지 않는 날개를 얻어 지닌 듯 가벼운 발길로 가게를 떠나갔다.

그러나 그 중년의 방생자가 가게를 떠나간 다음에도 사내는 아직 몸을 움직일 줄 모르고 있었다. 그는 자비로운 방생자가 이미 가게를 떠나가 버린 것도 의식하지 못한 듯 그의 거동에는 아예 아랑곳을 않은 채 새가 사라져 간 공원 쪽 하늘에 시선을 오래오래 못 박고 있었다. 새를 날려 보낸 일은 그 새를 사고 간 사람보다 오히려 사내 쪽에 더욱 깊은 감동을 주고 있는 것 같았다. 새가 처음 하늘을 치솟아 오를 때 사내는 아닌 게 아니라 그 어린애같이 천진스런 즐거움과 억눌린 흥분기로 숨도 제대로 못 쉬고 있었다. 그리고 그 즐거움과 흥분기는 이내 어떤 부러운 감동의 빛으로 맑게 빛나기 시작했다. 사내는 한동안 넋이 빠진 듯 그렇게 새가 사라져 간 공원 쪽 하늘만 지키고 있었다. 마음속에 샘솟는 자신의 부러움을 아무래도 쉽게 지워 버릴 수가 없는 듯. 그것은 아마 하늘을 날아간 새에 대한 부러움일 수도 있었고, 그 새를 사서 날려 보낸 방생자에 대한 부러움일 수도 있었다. 하지만 그것이 어느 쪽이든 사내는 그 부러움을 통하여 새를 산 방생자보다 더 큰 보람과 즐거움과 그리고 길고 오랜 감동을 스스로 맛보고 있었음이 분명했다.

사내가 이윽고 그 하늘로부터 천천히 시선을 거두어들였다.

그러나 아직도 뭔가 깊은 아쉬움이 남아 있는 눈길로 주위를 둘러보는 사내의 곁에는 이미 아무도 사람의 모습이 눈에 띄질 않았다. 중년의 방생자는 공원으로 들어갔고, 가겟집 젊은이도 이미 그의 가게 안으로 사라지고 없었다.

사내는 문득 자신이 당황스러워지는 빛이었다.

그는 잠시 자신의 행동을 망설이고 있었다. 가게 앞에 혼자 남겨진 사내는 이제 거기서 더 할 일이 없었다. 하지만 그는 마치 무슨 덫에라도 걸린 사람처럼 좀체 그곳을 떠나가지 못했다. 아직도 뭔가 아쉬움이 남은 표정으로 가게 주위를 서성거리고 있었다. 가게 앞을 지나가는 사람들에게서 또 한 번의 거래를 기다리는 것 같기도 했고, 혹은 이번에는 그 자신이 가게 주인에게 할 일이 남아 있는 것 같기도 했다. 그는 그렇게 가게 앞을 서성대면서 할 일 없이 혼자 기다리고 있었다.

하지만 그는 좀처럼 마지막 작정을 내리기가 어려운 것 같았다. 그는 갑자기 가게 쪽을 향해 발길을 다가서 오다간 이내 다시 몸을 돌이켜 세워 버리기도 했고, 반대로 가게를 멀어져 가던 발길을 거꾸로 다시 되돌이켜 오는 식의 행동을 몇 번씩 되풀이하고 있었다.

길을 지나가던 사람들 가운데서도 새로 흥정을 시작해 오는 사람은 없었다.

그때 마침 가겟집 젊은이가 다시 문 밖으로 모습을 드러냈다. 그러자 사내는 그 젊은이의 모습이 다시 나타난 것만으로도 금세 무슨 일이 일어날 것처럼 초조해 있던 얼굴빛이 활짝 개었다. 그는 자신도 모르게 발길을 한 걸음 젊은이 쪽으로 다가서고 있었다.

하지만 가겟집 젊은이는 도대체 이 초라하고 늙은 사내에 대해선 조금도 관심이 없는 표정이었다. 그는 이제 가게 문을 닫을 참이었다. 젊은이가 나뭇가지에 걸린 새장들을 하나하나 가게 안으로 떼어 들이고 있는 걸 보자 사내가 다시 당황하기 시작했다.

"이제 가게를 닫으려고 그러오?"

사내는 거의 반사적인 동작으로 다급히 젊은이에게 다가들었다.

"그래요. 이젠 날이 저물었으니까요."

사내 쪽엔 거의 눈길도 스치지 않고 있는 젊은이의 대꾸에 그는 비로소 어떤 결심이 내려진 모양이었다.

"그럼, 저……."

일손을 잠시 중지해 주길 바라듯 사내가 재차 젊은이의 주의를 재촉하고 들었다.

가겟집 젊은이는 그제야 겨우 새장을 떼어 내리던 손길을 멈추고 사내의 얼굴을 돌아다보았다.

"노인장께서 제게 무슨 볼일이……?"

방금 전에 이미 하루의 일을 마감 지으리라 작정한 바 있는 젊은이의 말씨는 흡사 귀찮은 말참견이라도 나무라는 투였다.

젊은이의 그런 말투가 사내의 그 모처럼 만의 결심을 금세 다시 허물어뜨렸다.

"아니요, 그저…… 난 그냥…… ."

부질없는 말실수를 저지르고 난 사람처럼 사내의 어조가 더듬더듬 다시 움츠러들고 있었다.

아까부터 당꼬바지 아래 주머니 깊숙이에서 뭔가를 자꾸 혼자 만지작거리고 있던 사내의 손길마저 이젠 동작이 완전히 멈춰 버리고 있었다.

가겟집 젊은이는 더 이상 사내를 관심하지 않았다. 그는 다시 남은 새장들을 하나하나 가게 안으로 떼어 들이기 시작했다. 그리고 그 작업이 모두 끝났을 때 그는 마지막으로 가게 문을 닫고 자신도 그 가게 안으로 모습을 거둬 들여가 버렸다.

사내는 아직도 하릴없이 그런 젊은이의 일들을 곰곰이 지켜보고 서 있었다. 하지만 그는 이제 젊은이마저 가게 안으로 모습을 감춰 들어가 버리자 자신이 몹시 쓸쓸해지고 있었다. 그는 아직도 그 닫힌 가게 문을 한동안이나 쓸쓸히 바라보고 서 있다가는 이윽고 뭔가 결심이 선 듯 그 닫힌 문 쪽을 향해 혼자서 두어 번 고개를 크게 끄덕여 보냈다. 그러곤 마치 하품이라도 하는 듯한 모양으로 지금 막 저녁 어둠이 내려 깔리기 시작한 공원 숲 쪽을 높이 한 번 우러르고 나서는 자신도 이제 그 공원 쪽 숲 그림자 속으로 천천히 모습을 섞어 들어가기 시작했다.

3

이튿날 아침.

공원 숲에 다시 해맑은 아침 햇살이 비춰 들기 시작했다. 차가운 가을 냉기가 일렁이는 공원 숲 속 여기저기서 아침 새 울음소리가 낭자하게 쏟아져 내리고 있었다.

그 햇살과 새 울음소리 사이로 전날의 사내가 여전히 그 작은 사물 보퉁이를 겨드랑이 밑에 끼어 안은 채 숲 속을 서성대고 있었다. 아침 산책을 나온 동네 노인처럼 구부정한 걸음걸이로 한가하게, 또는 공원 청소를 나온 늙은 관리인처럼 주의 깊게, 사내는 숲 속의 산책길과 길가의 벤치들 근처를 그리고 어린이 놀이터의 모래판 일대를 구석구석 빠짐없이 살피고 돌아갔다.

사내는 물론 아침 공원길을 산책하고 있거나 오물 청소를 나온 게 아니었다. 그는 담배꽁초를 줍고 있었다.

그리고 길바닥이나 걸상 밑 흙바닥 같은 곳에서, 때로는 어린이 놀이터의 모래판 같은 곳에서 심심찮게 흘려진 동전닢을 주웠다.

작업 중 그의 눈길은 더없이 예민했고 동작은 그와 반대로 더없이 유연했다. 그는 발길에 밟혀 뭉개어지지 않은 꽁초는 한 개도 무심히 스치고 지나가는 일이 없었다. 뿐더러 벤치 아래나 모래터에 흘려진 동전닢들은 그것이 아무리 깊이 은폐되어 있는 것이라 하더라도 그의 영민한 눈길이 그것을 놓치고 지나가는 실수가 없었다.

그는 그렇게 담배꽁초와 동전닢들을 주우면서 사람들의 내왕이 잦은 공원 전역을 빠짐없이 모두 훑어 내려갔다. 그러면서 그는 그가 얻은 담배꽁초들은 그의 염색한 야전잠바의 오른쪽 주머니에 그리고 동그라미 쇠붙이들은 왼쪽 주머니에다 따로따로 소중히 간직해 나갔다.

한번은 뭇사람의 발길이 흙을 굳히고 지나간 벤치 밑에서 그가 그 굳은 흙 한 덩이를 조심스럽게 파내어 들었는데, 그는 용케 그 흙덩이 속에서마저 그의 왼편 주머니 쪽에 간직해 넣을 작은 쇠붙이를 찾아내고 있었다.

사내의 공원길 순례는 그런 식으로 차츰차츰 공원 입구께를 향해 내려가고 있었다. 그리고 사내가 마침내 공원 입구에 이르러 그의 순례를 끝냈을 때는 이미 반나절이 다 되어 간 아침 햇덩이가 동편 하늘을 하얗게 치솟아 올라 있었다. 그때쯤 해서는 그 작은 쇠붙이만을 골라 담은 왼쪽 주머니 형편도 제법 치렁치렁 듬직스런 무게가 느껴지고 있었다.

사내는 아예 그 왼쪽 주머니 속에다 한 손을 숨겨 넣은 채 이젠 어디 가서 시장기나 좀 챙길 양으로 천천히 공원 입구를 나서기 시작했다.

하지만 공원을 나서려던 사내는 이내 그의 발길이 다시 가로막히고 말았다.

새 가게가 이미 문을 열고 있었다. 가게 문이 열렸을 뿐 아니라 젊은이는 벌써 오전 장사가 한창인 듯 보였다. 나뭇가지에 걸린 새장들 앞에 손님들이 꽤나 붐비고 있었다.

사내의 얼굴엔 금세 짙은 호기심이 떠올랐다.

'아침부터 웬 손님들이 저렇게?'

사내는 이미 배 속의 시장기도 잊은 채 가게 쪽으로 슬금슬금 발길을 다가가고 있었다. 그러고는 신기한 듯 그 가게에서 벌어지는 주객 간의 흥정을 지켜보기 시작했다.

새 장사는 과연 아침부터 성업이었다. 가게 앞에 몰려 있는 사람들은 그저 구경꾼들이 아니었다. 정말로 새를 사고 방생을 즐기는 사람들이었다.

새를 사는 사람들의 표정에 그다지 심각한 대목이 있어 보이진 않았다. 사람들은 그저 가벼운 기분으로 새를 사고 잠깐의 장난거리로 새들을 날려 보냈다. 일금 2백 원의 새 값이 그런 놀이의 뜻을 따지기엔 너무 헐값에 불과하기도 하였다. 새를 사고 날려 보내는 일의 즐거움은 오히려 곁에서 그것을 조심스럽게 구경하는 사내 쪽이 훨씬 더한 것 같았다. 손님들이 새장을 열어 새를 날려 보낼 때마다 사내는 마치 철부지 어린애처럼 그 부러움 때문에 넋이 빠져 나간 눈길로 날아간 새를 오래오래 뒤쫓곤 하였다.

젊은이의 새 장사는 갈수록 성업이었다. 때가 아직 아침나절에 불과한데도 손님이 거의 끊일 줄을 몰랐다. 길을 지나가던 사람들이 아무렇게나 가게로 들어와선 또 아무렇지 않게 새들을 사고 갔다.

새들이 자주 팔리니 사내도 좀처럼 가게 앞을 떠날 수가 없었다.

그는 이제 아예 아침 요기를 단념해 버린 채 가게 건너편 나무 그늘 아래로 자리를 잡고 주저앉아 있었다.

"날개 장사가 썩 잘 되누만요, 젊은이……."

한동안 줄을 잇던 손님들이 한고비를 넘긴 듯 가게 앞이 잠시 조용해지자 사내는 비로소 자신의 야전잠바 주머니에서 꽁초 하나를 꺼내 물었다. 그러고는 가겟집 젊은이를 향해 조심스럽게 말을 건네기 시작했다.

하지만 하관이 빠른 그 백동테 안경의 젊은이는 아직도 사내 쪽에 대해선 별반 관심이 없는 태도였다. 그는 사내의 말에 대꾸를 해 오지 않았다. 말대꾸는커녕 전날의 사내가 다시 그의 가게 앞에 나타나 있었던 사실조차 미처 알아보지 못한 거동새였다.

그러거나 말거나 사내 쪽도 그 젊은이의 반응 따위엔 짐짓 아랑곳을 않으려는 투였다.

"하지만 예전엔 저런 사람들이 이 가게의 손님은 아니었어. 날개를 사는 사람들이 지금하곤 전혀 달랐어."

젊은이가 귀를 기울이거나 말거나 사내는 마치 독백을 하듯 추근추근 혼잣말을 이어 가고 있었다.

젊은이는 그제야 뭔가 좀 수상쩍은 낌새가 느껴져 오는 모양이었다. 그가 문득 사내 쪽을 힐끗 돌아다보았다. 그러고는 비로소 그 전날 저녁의 사내가 거기 나타나 있음을 알아차린 듯 표정이 잠깐 움직이고 있었다.

하지만 젊은이는 그걸 알아차리게 된 게 오히려 귀찮아진 모양이었다.

"그랬지요. 예전엔 주로 교도소 면회객들이나 새를 샀지요. 하지만 요즘은 수감자 면회 오는 사람이 있기나 해야지요."

그는 마치 가게 앞에서 사내를 내쫓아 버리고 싶기라도 한 듯 퉁명스럽게 내뱉었다. 그게 어쨌든 너 따위가 다 무슨 상관이냐는 투였다.

하지만 사내는 이제 그 만만한 젊은이의 반응에도 얼굴빛이 활짝 밝아지고 있었다.

"그야 고객이 어느 쪽인들 젊은이한테야 상관이 있는 일이겠소. 젊은이한텐 그저 그렇게 날개나 많이 팔려 주면 그만이지. 하지만 그 날개 장사 손님이 예전엔 가막소 수감자 면회객들이었다는 걸 아는 걸 보니 젊은이도 벌써 그 장사 시작한 지가 꽤나 되는가 보구랴. 가막소에 면회객 발길이 끊어진 게 아마 7, 8년 저쪽의 일쯤 될 테니 젊은이도 그러니까 이 장사 일엔 그만한 이력을 지녔을 테지……."

젊은이가 새삼 사내의 행색을 내리훑었다. 그의 말투가 아무래도 좀 심상치 않게 들린 모양이었다.

"10년쯤 되었지요. 한데 노인장께선 어떻게 그런 걸 알고 계십니까?"

그가 다시 사내에게 물었다. 젊은이가 한차례 사내의 행색을 훑는 동안 그에게선 이미 이 늙고 초라한 사내의 정체에 대하여 재빠른 판단이 내려지고 있었음이 분명했다. 젊은이의 목소리엔 갑자기 어떤 공손하고도 신중한 경계의 빛이 어리고 있었다.

"그야 난 젊은이가 이 가게를 맡아 오기 훨씬 전부터 이곳을 자주 지나다닌 사람이니까. 젊은인 기껏 면회객들이 여길 드나들던 시절을 기억하고 있는 모양이지만, 그보다도 먼저 이 가게를 드나들던 사람들은 실상 저 가막소를 막 풀려 나온 가난한 죄수들이었다오. 그야 그 시절에도 가막소를 풀려 나온 죄수들은 그리 많은 수가 못 되었으니까 날개를 사는 사람도 많지가 못했지만. 이틀에 한 사람, 사흘에 한 사람, 일주일을 통틀어도 이 길을 지나 가막소를 풀려 나간 사람이 잘해야 열 명쯤 되었을까 말까…… 그러니 그 출감자들이나 날개를 사 주는 그 시절 일로 해선 장사가 그리 잘 되어 갈 린 없었지. 하지만 날개를 사 주는 사람이 많지 않은 대신 그 시절엔 날개 값이 무척이나 비쌌다오. 날개 한 번 사는 데에 아마 그 시절 가막소 노역으로 반년 일 값은 족히 되었을 게요."

가겟집 젊은이는 이제 조용히 입을 다물고 사내의 이야길 듣고 있었다. 그러자 사내는 표정이나 목소리가 갈수록 의기양양 신명이 솟고 있었다.

그는 자랑스러운 듯 이야기를 계속해 나갔다.

"하지만 그 시절 어떻게 그 가막소를 빠져나오게 된 사람들은 누구나 한 마리씩 이 가게에서 새를 샀지요. 가막소 안에서 뼛골이 빠지게 고역에 시달리면서도 맘 놓고 사식 차입 한 번 제대로 못 들여다 먹고 모은 돈으로 말이오. 더러는 출감을 맞으러 온 가족들 주머니를 털어 대는 사람도 없지는 않았지만, 가막소를 나온 대개의 출감자들은 가막소 안에서 힘들게 견뎌 낸 몇 달씩의 세월 값을 그런 식으로 훌쩍 날려 보내곤 했어요. 그래도 그걸 후회하거나 아쉬워하는 사람은 아무도 없었지요."

"……."

"하지만 그렇게 옥살이를 풀려 나오는 사람 수가 많지 않다 보니 그 시절엔 어쨌든 손님이 적었어요. 가게의 규모도 이렇게 크질 못했구. 그래 처음 한동안은 바로 저 가막소를 풀려 나온 늙은이 하나가 여기 나뭇가지들에 조롱 몇 개를 걸어 놓고 몇 년을 지냈지요. 그러다 얼마 뒤엔 다시 열너댓 살씩 된 그 노인의 손주 아이들이 여기서 스물이 넘도록 조롱을 지켰고요. 그때까지도 물론 지금과 같이 이런 가겟집이나 광고막 같은 것은 있을 리가 없었지요. 그럴 만큼 세월이 좋지 못했으니까. 그저 여기 이렇게 나뭇가지들에다 조롱을 몇 개 걸어 놓고 사람을 기다리고 있었을 뿐이었다오. 가막소의 문이 열리고 몸이 풀려 이 길목을 걸어 나올 사람들을 말이오. 그러다 언제부턴가 이 길목에 가막소를 나오는 사람들의 수가 점점 줄어들기 시작했지요. 그리고 그 때문에 이 가게에서 날개를 사 주는 사람도 가막소를 풀려 나오는 출감자에서 수감자 면회를 찾아온 면회객들 쪽으로 옮겨 갔구요."

"……."

"지금은 가막소로 면회를 오는 사람조차 끊어지고 말았으니 할 말이 없지만, 젊은이가 그 면회객들이 날개를 사 주던 시절이라도 기억을 하고 있다면, 그러니까 젊은인 아마 그 무렵 언젠가 여기로 왔을 게요. 그야 내가 이 가게를 마지막 보았을 무렵까지만 해도 아직 그 스무 살이 넘도록 장성한 늙은이의 손주 녀석들이 가게를 지키고 있었긴 했지만, 어쨌거나 그때부터 젊은이가 이 가게를 지켜 왔다면 그게 아마 10년쯤 되었다는 게 맞는 말일 게요. 그런데……."

한동안 신이 나서 지껄여 대던 사내의 목소리가 문득 다시 기가 꺾여 목구멍 안으로 기어들고 말았다. 가겟집 젊은이가 더 이상 그의 말을 듣고 있지 않았기 때문이었다.

사내의 이야기에 짐짓 시들한 표정으로 호기심을 숨기고 있던 젊은이가 그새 새 손님을 한 사람 맞아들이고 있었다.

사내는 그만 입을 다물고 말았다.

그러나 그는 그걸로 금세 실망을 하지는 않았다.

그는 이내 다시 젊은이와 손님 간의 흥정에 새로운 관심이 쏠리기 시작했다.

손님은 이내 새 한 마리를 사서 숲으로 날려 보내곤 가게를 떠나갔다.

하지만 젊은이는 이제 다시 사내를 상대해 올 눈치가 안 보였다.

사내는 젊은이의 관심이 그에게로 되돌아와 주기를 끈질기게 기다리고 있었다. 하다 보니 사내조차 마침내는 젊은이와 함께 손님을 기다리는 꼴이 되었다.

아마도 이젠 아침 장사가 한고비를 지나간 탓일까. 마지막 손님이 새로 사고 간 다음에는 한동안 다시 가게를 들어서는 사람이 없었다.

답답하고 지루한 시간만 흘러갔다. 가겟집 젊은이보다도 사내쪽이 오히려 시간을 견딜 수 없는 것 같았다. 사내는 몇 차례고 자신의 왼쪽 주머니 속에서 동전 개수를 되풀이 헤아려 보고 있었다. 그리고 몇 차례의 망설임과 새로운 다짐 끝에 마침내는 더 이상 참을 수가 없어진 듯 가겟집 젊은이 앞으로 몸을 불쑥 내밀고 나섰다.

"자, 내게도 한 마릴 내주오."

젊은이 앞으로 내뻗어 디민 사내의 손아귀 속에 흙 묻은 동전이 한줌 가득 쥐어져 있었다.

가겟집 젊은이는 영문을 알 수 없다는 듯 멀거니 사내를 건너다보고만 있었다.

"아마 이것도 한 마리 날개 값이 다 되진 못할 게요. 하지만 20원쯤 깎아서 한 마릴 주구려."

사내가 젊은이 앞에서 동전을 한 닢 한 닢 다른 쪽 손으로 옮겨 세었다. 사내의 말대로 동전은 10원짜리로 꼭 열여덟 닢이었다.

사내는 그 동전 움큼을 가게의 돈궤 위로 쏟아 놓으며 애원하듯 젊은이를 졸라 댔다.

"자, 어서…… 난 실상 어제부터 기다린 사람이오."

젊은이는 역시 대꾸가 없었다. 하지만 그는 이제 사내의 심중을 알아차린 모양이었다.

그가 말없이 새장 하나를 손가락으로 가리켰다.

사내는 비로소 마음이 놓이는 얼굴로 젊은이가 가리킨 새장 앞으로 다가갔다. 그러고는 그가 날려 보내 줄 녀석과 눈 익힘이라도 해 놓으려는 듯, 또는 그가 녀석을 놓아준 즐거운 순간을 조금이라도 더 아껴 갖고 싶은 듯 한동안 망설망설 장 속을 살피고 있었다.

그러다 이윽고 사내는 결심이 선 듯 새장 문을 활짝 열어젖혔다.

장 속의 새는 귀엽고 작은 눈알을 몇 차례 민첩하게 굴려 대고 나서는 장문을 홀짝 벗어져 나갔다.

포르륵…….

가벼운 날갯소리를 남기고 공원 숲 쪽으로 조그맣게 사라져 가는 녀석을 바라보는 사내의 얼굴에 주름투성이의 웃음이 가득 번졌다. 새의 모습이 아주 시야에서 사라져 간 다음에도 사내는 그 누런 이를 드러내 놓은 채 웃음기로 굳어진 입을 다물 줄 몰랐다.

"제 짐작이 틀리지 않다면 노인장께선 아마……."

그런 사내의 행색이 아무래도 젊은이의 마음에 씌어 오는 것이 있었기 때문일까. 이번에는 가겟집 젊은이 쪽에서 먼저 사내의 주의를 건드리고 나섰다.

　"노인장께선 아마 어제 바로 저 교도소를 나오신 게 아니었습니까?"

　젊은이가 갑자기 그렇게 말을 걸어오자 사내는 거의 자신이 송구스러워진 태도였다. 사내는 이번에도 그 젊은이의 관심을 놓치게 되지 않을까 싶은 듯 허겁지겁 대꾸를 서두르고 나섰다.

　"그렇습지요. 난 어제, 어제 바로 저 가막소를 나온 몸이오. 가막소를 나와 이리로 곧장 건너온 셈이지요."

　그는 뭔가 자신을 증명하고 싶어 하는 투로 말했다.

　하지만 사내의 조급스런 어조에 비해 가겟집 젊은이는 아직도 지극히 방관적이고 사무적일 뿐이었다.

　"어제 출감을 하셨다…… 저 교도소에선 근래에 없던 일이군요…… 하니까 노인장께서도 저기엔 꽤 계셨던 모양이지요? 한 10년 아니면 15년……."

　"그야 내가 저곳에서 보낸 세월은 햇수론 쉽게 셈할 수가 없을 게요. 이번에 지내고 나온 것만도 12년은 좋이 되고 남으니까……."

　"그럼 노인장께선 전에도 몇 차례나?"

　"몇 차례 정도가 아니라 평생을 보내다시피 한 거요. 나오면 들어가고 나오면 다시 들어가고, 이젠 아예 그쪽이 내 집같이 되어 있었다오."

젊은이가 꼬박꼬박 말대꾸를 해오니까 사내는 이제 제법 그것
이 자랑스럽기까지 한 어조였다.

"대체 무슨 일로 거길 그렇게 자주 드나드셨나요?"

"글쎄, 그건 나도 잘 모르는 일이지요. 어찌어찌 하다 보면 나도
모르게 그곳으로 다시 되돌아가 있곤 했으니까. 무슨 그런 버릇이
생겼다고나 할까…… 아까도 말했지만, 한동안 그런 세월을 보내
다 보니 그쪽이 외려 내 집이나 된 것처럼 편한 생각도 들고 해
서…… 하긴 첫 번 때부터 일이 그렇지 못하게 꼬여 들 기미는 있
었지요. 첫 번 땐 아 글쎄 처자식 먹여 살리려고 험한 뱃길을 나갔
다가 돌아와 보니, 여편네라는 계집년이 그새 못 참아서 집안에다
샛서방 놈을 들여다 재우고 있질 않겠소. 단매에 연놈의 숨통을
끊어 놓으려 했지요. 세상천지에 제 계집 서방질을 눈감아 줄 놈
도 없겠지만, 그 샛서방 놈이 하필 일정 때 형사 앞잡이 노릇으로
위세깨나 부려 오던 놈이라…… 한데 결과는 연놈의 숨통을 끊어
놓지도 못하고 나만 어떻게 벽돌집 신세가 되어 버리고 말았지요.
그야 이제 와서 지나간 일을 다시 들춰내 뭐하겠소만, 어쨌거나
그렇게 시작된 가막소살이가 그새 무슨 이력이 붙었던지 나중엔
웬 덫에라도 걸린 사람같이 철 대문만 나오면 한동안 부근을 뱅뱅
맴돌다가 결국은 다시 그렇게 되어 버리곤 했구려……."

사내는 한동안 신이 나서 지껄여 대고 있었다.

가겟집 젊은인 비로소 뭔가 조금 납득이 가는 듯한 얼굴이었다.

"아 그랬었군요. 그래서 노인장께서는 어제 교도소를 나오셔서도 아직 이렇게?"

그가 자신의 추리를 확인하고 싶은 듯, 그러나 조금은 경계의 빛을 머금은 표정으로 사내에게 물었다.

하지만 사내는 젊은이의 말뜻을 얼핏 알아차리지 못하고 있었다.

"아직 이렇게? 아직 이렇게라면 무얼 말이오?"

사내가 조급하게 젊은이에게 되물었다.

"노인장께서 어제 교도소를 나오셔 가지고도 아직까지 이렇게 부근을 서성거리고 계신 이유 말씀입니다. 모처럼 만에 바깥세상을 나오신 분이라면 으레 마음이 무척 조급해지실 게 당연한 노릇 아니겠습니까? 집도 찾고 싶고 가족도 보고 싶고…… 노인장께선 아마 기다리는 가족이나 찾아가실 집이 없으신 게 아닙니까?"

젊은이는 거의 감정이 없는 사람처럼 냉랭한 어조로 단정투였다.

하지만 사내의 대답은 뜻밖에 완강했다.

"아니오. 찾아갈 곳이 없다니."

사내는 거의 대들기라도 하듯 젊은이의 단정을 부인하고 들었다.

"난 찾아갈 집이 없는 것도 아니고 기다리는 가솔이 없는 것도 아니오. 집도 가족도 남부러울 게 없어요. 난 그저 내 아들을 기다리고 있는 게요."

"아드님요? 아드님을 기다리신다구요?"

"그렇소. 내게도 고향 동네엔 아들이 있소. 젊은이 못지않게 어엿한 아들놈이오. 그리고 그놈에게 집이 있어요. 주위엔 탱자나무 울타리가 높게 둘러쳐지고 뒤꼍으론 대밭이 무성하게 우거진 규모 있는 기와집이라오. 시골집이라 울안 땅도 이만저만 넓은 게 아니오. 그게 비록 아들놈의 집이긴 하지만, 아들놈 집이 내 집이기도 한 게요."

사내의 어조는 어딘지 필사적인 데가 있었다.

하지만 가겟집 사내는 여전히 냉랭했다.

"그럼 노인장께선 어째서 당장 그 좋은 아드님 집을 찾아가시지 않고 여기서 아드님을 기다리신다는 겁니까?"

그 젊은이의 입가에 엷은 웃음기마저 스치고 있었다.

사내는 그럴수록 표정이나 목소리가 점점 더 엄숙해져 갔다.

"녀석과 내가 길을 엇갈리지 않으려는 거라오. 녀석에겐 내가 편지로 출감 날짜를 미리 알려 놨으니까."

"출감 날짜를 알려 준 아드님은 그럼 왜 날짜를 맞춰 노인장을 모시러 오지 않는 겁니까."

"편지가 아마 늦게 들어간 걸 게요. 하지만 내 편지만 받으면 녀석은 즉시 이리로 달려올 게요. 그래 내가 길을 엇갈리지 않기 위해 이러고 여기서 녀석을 기다리고 있는 게 아니오. 녀석이 쫓아왔다가 내가 먼저 길을 엇갈려 집으로 내려가 버린 것을 알면 얼마나 서운하고 실망이 되겠소. 녀석이 없었으면 난 아직도 저 가막술 나올 생각도 않았을지 모른다오.”

사내는 자신 있게 아들의 효심을 단언했다. 하지만 젊은이는 아무래도 사내의 장담이 곧이듣기지가 않는 표정이었다.

“제 생각엔 아마 세월이 썩 오래 걸릴 것 같군요. 뭐 할 수 없는 일이겠지요. 아드님이 언젠가 노인장을 모시러 오기만 한다면……그걸 믿으신다면 기다리셔야겠지요.”

젊은이는 이제 웃음을 참고 있는 기색이었다.

하지만 사내는 아랑곳을 안 했다.

“암, 기다려야 하구말구. 난 며칠이라도 기다렸다가 아들놈과 함께 고향으로 갈 테니까. 그리고 난 어차피 그동안 여기서 해야 할 일도 남아 있는 처지구.”

“아드님을 기다리는 일 말고 여기서 해야 하실 일이 남아 있나요?”

젊은이가 이번엔 거의 장난기 비슷이 물었다.

“암 해야 할 일이 있구말구. 실상은 지금 당장 아들놈이 나타난대도 그 일을 끝내기 전엔 난 이곳을 그냥 떠나 버릴 수 없는 몸이라오. 그 일 때문에라도 어차피 여기서 며칠을 더 기다려야 할 형편인 바엔, 그러니까 아들 녀석이 지금 당장 나타나지 않는 게 외려 잘된 일이지도 모른다, 이런 말이오.”

“도대체 노인장께서 아드님을 마다하면서까지 여기서 해야 할 일이란 무언데요?”

"말해도 젊은인 알아듣지 못할 게요. 알아듣지 못할 일은 안 듣느니만도 못할 테니 그 얘긴 아예 그만두기로 합시다. 젊은인 그저 아들 녀석 때문에 내가 며칠 더 여기서 기다리고 있느니라 여겨 두면 마음이 편할 게요……."

"……."

"하지만 난 그렇게 기다릴 아들 녀석이라도 하나 두었으니 팔잔 어쨌든 괜찮은 편 아니오. 그래 저 벽돌집 안엔 아닌 게 아니라 찾아갈 집이나 기다려 주는 일가친척 한 사람 없어 아예 차라리 가막소 귀신으로 죽어 갈 작정들을 하고 주저앉아 지내는 인간들이 얼마나 많은 줄 아오. 그 딱한 위인들에 비하면 이 늙은인 그래도 팔자가 무척은 된 편이지요. 아암 팔자가 된 편이구말구……."

사내는 거듭 자신의 처지를 다행스러워하고 있었다.

하지만 가겟집 젊은이는 이제 사내의 말을 듣고 있지 않았다.

가게에 다시 손님 한 사람이 들어서고 있었다. 젊은이는 이미 사내를 버리고 손님을 맞으러 그쪽으로 주의를 돌려 버렸다.

사내도 그러자 그만 입을 다물었다. 그러고는 이내 지금까지의 이야기는 머릿속에서 깡그리 망각한 듯 가게 쪽 흥정에만 정신이 홀딱 팔려 들기 시작했다.

4

사내는 아닌 게 아니라 자신의 출감을 마중하러 올 아들을 기다리는 게 사실인 것처럼 보였다.

　그는 정말로 무슨 올가미 같은 것에 발목을 매인 날짐승처럼 공원 근처를 떠나지 못하고 있었다. 그의 발목을 매고 있는 올가미가 있다면, 그것은 그렇게 그를 공원 근처에서 기다리게 하고 있는 아들 녀석이 분명할 터이었다.

　다음 날 아침도 그는 전날과 같이 공원 숲의 차가운 아침 공기 속에서 잠자리를 털고 나왔다. 그리고 역시 전날과 똑같이 숲 속의 산책길과 나무 걸상 아래를 하나하나 샅샅이 살피며 꽁초를 모으고 동전닢을 주웠다.

　사내가 그 숲길을 돌아 어린이 놀이터의 모래밭으로 해서 공원 입구까지 도착한 것 역시 전날과 다름없이 아침 해가 동편 하늘을 하얗게 솟아오른 다음이었다.

　이제 그는 새 가게 쪽으로 걸음을 옮기는 데에도 전날과 같이 주저하는 빛이 별로 없었다. 그는 공원 입구를 벗어져 나오자 곧바로 새 가게 쪽으로 발걸음을 옮겨 갔다.

　가게는 물론 일찍부터 문이 열려 있었고, 젊은이는 이날도 아침 나절부터 때 없이 밀려든 손님들로 일손이 한창 바빴다. 가게 앞에 다시 나타난 사내에 대해선 눈길조차 보낼 틈이 없었다.

　사내도 별로 서두를 일이란 없었다. 그는 차분히 가게 한쪽 나무 곁으로 자리를 잡고 주저앉아 손님들의 흥정을 구경하기 시작했다. 그는 그 손님들의 흥정이 한 건씩 끝날 때마다 새를 산 사람보다도 더 감동스런 눈길로 오래오래 새를 뒤쫓곤 하였다.

그리고 마침내 오정 때가 가까워지면 한동안 손님의 발길이 뜸해질 기미가 보이자, 그는 그 모든 손님들의 즐거움 대신 진짜 자신의 즐거움을 만들고 싶은 듯, 그리고 그 즐거움을 아끼고 싶은 시간을 더 이상 참고 기다릴 수가 없는 듯 이번에도 그 공원 흙바닥에서 주워 모은 동전닢으로 자신의 새를 사러 나섰다.

"예 있소. 내게도 한 마리 내어주시오. 오늘도 날개 값은 좀 모자란 것 같소마는……."

동전 움큼을 내밀고 나서는 사내의 표정은 이제 흡사 약값이 모자란 아편 중독자의 그것처럼 뻔뻔스럽고도 간절한 애원기 같은 것이 어려 있었다.

가겟집 젊은이는 아무래도 좀 어이가 없어진 듯 사내를 새삼 물끄러미 쳐다보았다.

사내는 그 젊은이 앞에 16개의 동전을 또박또박 정확히 세어 건네주고 나서 일방적으로 혼자 흥정을 끝내 버렸다. 그리고 젊은이가 말없이 손가락으로 가리키는 새장을 끌어내려 신중하고도 알뜰한 동작으로 안에 녀석을 숲으로 내보냈다.

사내가 그렇게 새를 내보내고 나서도 뭔가 아직 아쉬움이 남은 눈길로 녀석이 사라져 간 공원 숲 쪽을 응시하고 있을 때였다.

"노인장은 도대체……."

사내의 모습을 못내 딱해하는 눈초리로 바라보던 젊은이가 갑자기 새 장수답지 않은 소리를 해왔다.

"도대체 무엇 때문에 그런 부질없는 짓을 하시는지 모르겠군요."

사내는 그러자 비로소 젊은이 쪽으로 몸을 돌이키며 무슨 변변치 못한 짓이라도 하다 들킨 사람처럼 쑥스럽게 웃어 보였다.

"그야, 내가 그렇게 하고 싶으니까…… 가막소 나올 땐 언제나 그랬다오……."

"하지만 노인장은 어제도 새를 한 마리 사 보내 주지 않았습니까."

공손한 말투와는 다르게 젊은이는 필경 어떤 경멸기를 숨기고 있음에 틀림없는 소리로 사내를 계속 추궁하고 들었다.

하지만 사내는 젊은이가 그런 식으로나마 그를 상대해 주고 있는 것이 반가울 수밖에 없었다. 그는 점점 더 말씨가 의기양양해지고 있었다.

"그야 어저께도 물론 한 마릴 내보내 주었지요. 하지만 그건 내 몫이었으니까. 오늘 사 준 건 내 몫이 아니라오. 오늘은 송 면장 대신으로 위인의 새를 한 마리 사 준 거라오."

"송 면장이라뇨?"

"아, 한방에 있던 내 친구 말이오. 예전에 저곳을 들어오기 전에 자기 고을 면장을 지낸 작자로 지금은 그 시절 얘길 자주 자랑하곤 하는 위인이지요. 벽돌집만 나가면 지금도 누구 부럽지 않게 살아갈 집과 재산이 있노라……."

"그런데 노인장이 어째서 그분의 새를 대신 삽니까?"

"그야 그치가 누구보다 몹시 날개를 사고 싶어 했으니까. 가막
소에 있는 위인들은 누구나 그렇게 한 번씩 날개를 사고 싶어 한
다오. 그러면서 그 날개를 사게 될 날만을 기다리며 하루하루를
살아가고 있는 꼴들이지요. 그중에도 그 송 면장이란 영감태긴 유
난히 더 그걸 기다렸어요. 하지만 처지가 어디 그렇게 맘대로 됩
니까? 그래 내가 위인 대신 새를 한 마리 사 준 거지요."

"안에선 아직들 새 이야기를 하십니까?"

"하다마다요. 우린 대개 날개를 한 번씩 사 본 경험들이 있는 위
인들이니까. 누구나 새 이야길 하면서 새를 사게 될 날들을 기다
리고 있지요. 안에선 바로 새를 산다고 하지 않고 언제부터인가
그저 날개를 산다고들 하지만 말이오……."

"새를 사고 싶은 사람은 그토록 많은데, 그렇담 교도솔 나오는
사람들은 어째서 전혀 볼 수가 없지요? 왜 그분들은 노인장처럼
이렇게 교도솔 나오지 못하고 있지요?"

젊은이는 문득 앞뒤가 안 맞는 소리를 사내에게 묻고 있었다.
수감자들이 감옥을 나오지 못하는 것이 마치 그 수감자들의 책임
이라도 되는 것처럼, 또는 그 수감자들이 원하기만 한다면, 감옥이
란 언제나 문을 열고 나올 수 있는 곳이라도 되는 것처럼.

하지만 사내는 경우가 뒤바뀐 젊은이의 물음에 조금도 기분을

상해하지 않았다.

"그건 아마도……."

사내는 마치 자신이 그 이유를 알고 있는 것처럼 진지한 표정이 되었다.

"그건 아마도 연락들이 잘 닿질 않아서 그리 된 걸 거외다. 편지들이 영 집까지 들어가질 못한 모양들이에요. 우린 누구나 자기 형기의 반 이상을 넘긴 사람들이라오. 그리고 그 형기의 반을 넘길 무렵이 되면서부터 우리는 누구나 열심히 편지들을 쓰기 시작하지요. 알다시피 우리는 모두 고향이 있고 가족이 있는 몸들이니까. 글쎄, 젊은이 우리가 저 안에서 자기 고향과 가족들을 얼마나 서로 자랑하고 지내는지 알기나 하겠소. 날 맞아 가다우…… 난 이제 형기가 거의 끝나가고 있으니 날 맞아 갈 준비를 서둘러다구…… 우리들 가운데 누군가가 그런 편지를 쓰게 되면 우리는 참으로 얼마나 그를 부러워했으며, 당사자는 또 얼마나 그걸 자랑스러워했는지……."

"그럼, 집에서들도 곧 연락이 오나요?"

모처럼 한마디를 던져 오는 젊은이의 물음에 사내는 비로소 뭔가 기가 좀 꺾이면서 고개를 천천히 고개를 가로젓고 있었다.

"그건 모르지요."

"모르다니요?"

"뒷일에 대해선 별로 생각들을 안 하니까. 뒷일에 관심을 가지고 그걸 알아보려는 위인도 없구요."

"가족 중에 누가 서둘러 주어서 가석방 같은 걸 얻어 나간 사람이 한 사람도 없었나요?"

"없었소."

"면회를 와 준다거나 편지 연락 같은 거라도 닿은 일은 있었을 거 아닙니까?"

"그런 일은 없었어요. 가족이 누가 면회를 와 준 일도, 편지 답장이 있었던 일도…… 하지만 우리는 말을 않는다오. 우리가 저 안에서 생각하고 행하는 일들이란 결과가 어떻게 되었든 그걸 거짓말이라고 여기려 드는 사람은 없어요. 거짓말이라고 생각하지 않으니까 그걸 말할 필요도 없는 거요."

"……."

"하지만 우리도 한 가지는 알고 있다오. 우리가 보낸 편지가 번번이 고향에 있는 가족들의 손에까지 들어갈 수가 없다는 걸 말이오. 젊은인 잘 이해가 안 가겠지만 우리가 쓴 편지는 한 번도 고향의 가족에게 제대로 닿아 본 일이 없었다오. 그래 일이 그리 된 겝니다…… 편지 연락이 안 닿으니 가족들도 우릴 잊어버리고들 있는 거지요."

"그래 노인장께서도 아드님에게 편지를 쓰셨나요? 그리고 노인장께선 용케도 그 아드님과 연락이 닿아서 그렇게 출옥을 해 나오신 건가요?"

젊은이는 그때 무슨 생각이 들었는지 모처럼 목소리가 부드러워지고 있었다.

하지만 사내는 갈수록 점점 기가 죽어 갔다. 그는 힘없이 고개를 가로저었다.

"아니오. 그야 나도 아들놈에게 편지를 자주 쓰기는 했지만……내 소식도 역시 아들놈에게까진 아직 닿질 못한 것 같구려."

"그럼 아드님하고 연락이 닿기도 전에 노인장은 형기가 끝나 버린 겁니까?"

"아니, 형기가 다 끝난 건 아니오. 아들놈의 소식만 기다릴 수가 없어 내 힘으로 어떻게 가석방 특사를 얻어 나온 거요. 그것도 따지고 보면 다 아들 녀석 덕분인 게지요. 아들놈과 그 아들놈의 고향 집이 없었더라면 난 이렇게 나올 수가 없었을 게요. 아들놈과 손주놈들이 보고 싶고, 집이 그리워지고…… 난 한동안 아들놈과 아들놈의 집에 대한 꿈만 꾸었다오. 탱자나무 울타리가 우거지고 집터가 시원하게 트이고 게다가 햇볕도 깊고…… 그래 난 아들놈과 소식이 안 닿더라도 내가 먼저 녀석을 찾아 나서기로 작정을 한 거라오."

아들과 고향 집 이야기가 시작되자 사내의 목소리엔 점차 다시 생기가 되살아나고 있었다. 사내는 마음속으로 잠시 그 고향 집과 아들 생각에 젖어 드는 듯 말을 끊었다가 다시 이야기를 계속했다.

"결국은 그 아들놈에 대한 믿음이 내게 저 가막소를 나오게 한 것이지요. 다른 녀석들은 아마 나처럼 아들놈에 대한 믿음이나 고향 집에 대한 그리움들이 작았을 게요. 그러고는 감히 가막소를 나올 엄두들이 날 수가 없지요. 하지만 난 어쨌거나 이제 아들놈을 보게 됐어요. 녀석은 아마 이런 식으로 아비가 가막소를 나오게 만든 걸 몹시 가슴 아파하겠지만서두…….”

“그럼 아드님은 아직 노인장의 출옥 소식도 모르고 있는데, 노인장께선 여기서 이렇게 무작정 그 아드님만을 기다리고 계실 참이신가요?”

젊은이의 얼굴엔 서서히 다시 그 차가운 조롱기 같은 것이 떠오르기 시작했다.

“그야 나도 언제까지나 여기 이러고 녀석을 기다리고 있을 순 없지요. 아들 녀석이 끝내 나타나지 않는다면 내 발로 녀석을 찾아 나서야지…… 하지만 아직은 좀 더 기다려 봐야지요. 여태까지 소식이 닿지 못했더라도 금명간에 편지가 닿을 수도 있겠구. 녀석이 혹 소식을 받고 달려왔다가 길이라도 엇갈리는 날이면 녀석의 낭패가 얼마나 하겠소.”

“노인장께선 그럼 가막소 친구분들을 위해 앞으로도 계속 새를 사실 참이신가요?”

젊은이는 이제 거의 사내를 놀려 대는 어조였다. 그의 그 매끈한 얼굴에 노골적인 비웃음기가 번지고 있었다.

사내 쪽도 이젠 대꾸가 몹시 궁색스런 처지로 몰리고 있었다.

그는 젊은이의 말에 얼핏 대꾸를 못하고 쩔쩔맸다. 하다간 이윽고 기가 훨씬 꺾여 든 목소리로 어물어물 말끝을 흐리고 있었다.

"그야 살 수 있는 형편만 된다면…… 녀석들은 그토록 날개를 사고들 싶어 했으니까……."

가겟집 젊은이는 이제 그런 사내의 횡설수설 따윈 귀담아들을 필요도 없다는 듯 잔인스럽게 비웃고 있었다.

"그러시겠지요, 아마…… 노인장의 그 효성스런 아드님이 노인장을 모시러 나타날 때까지는……."

사내는 결국 입을 다물고 말았다. 무슨 일로 해선진 모르지만, 젊은이가 아무래도 화를 내는 것 같았기 때문이었다. 사내는 그 젊은이의 기분을 상하게 한 것이 마치 자기 탓이기라도 한 것처럼 민망스런 눈길로 한동안 그의 눈치를 살피고 있었다.

하지만 사내는 아무래도 자신의 힘으로는 젊은이의 기분을 돌려놓을 방도가 떠오르지 않는 것 같았다.

그는 마침내 말미를 두는 도리밖에 없다고 여긴 듯 맥없이 혼자 가게를 떠나갔다.

5

사내가 다시 가게 근처로 젊은이를 찾아 나타난 것은 이날도 또 하루해가 설핏 기울어 든 저녁참이었다.

사내의 얼굴은 아깟번에 맥이 빠져서 가게를 떠나갈 때와는 달리 생기가 제법 돌았다.

그는 이날따라 공원 숲 일대를 한차례 더 훑고 온 참이었다. 그의 왼쪽 주머니엔 다음 날 아침 수입거리를 미리 거둬 온 동전닢들로 무게가 실려 있었다. 사내는 그것으로 젊은이의 기분을 되돌려 줄 자신이 생긴 듯 한쪽 손을 넌지시 주머니 속으로 숨겨 쥐고 있었다.

새를 살 작정이었다.

그야 그는 그의 감방 동료들을 위해 새를 사겠노라고 젊은이에게 몇 번씩 다짐을 했으니까. 그리고 사내로선 새를 사 주는 일 이상으로 새 장수인 젊은이를 기쁘게 해 줄 일도 있을 리 없으니까. 사내는 바로 그 젊은이가 맘에 들어 할 일을 눈치로 미리 마련해 온 것이었다.

하지만 사내가 젊은이를 찾아 가게로 온 것은 하필이면 사정이 그리 좋은 때가 못 되었다. 사내가 가게로 돌아왔을 때 마침 가게 안으로 새를 사러 들어온 신사 한 사람과 가겟집 젊은이 사이에 심심찮은 시비가 오가고 있었다.

"전 선생님께 이 새의 소유권을 통째로 판 게 아닙니다. 그 점을 선생님은 분명히 알아 두셔야 합니다. 전 선생님께 이 새를 숲으로 날려 보낼 방생의 권리를 팔았을 뿐이란 말씀입니다. 선생님께서 이 새를 댁으로 가져가실 수는 절대로 없습니다."

젊은이가 신사에게 열심히 설명을 하고 있었다.

하지만 그런 젊은이의 주장엔 상대쪽 손님도 그에 못지않게 만만찮은 어조로 맞서고 있었다.

"나도 물론 새를 통째로 샀다고는 말하지 않았소. 그리고 나 역시 이런 잡새 나부랭이를 기를 생각은 없어요. 난 그저 이 새를 집까지 가져가서 아이들과 함께 날려 보내고 싶은 것뿐이란 말요. 그게 댁한테 무슨 상관이 되는 일이오. 여기서 놓아주든 집에 가서 놓아주든 새가 일단 장문을 나가게 되면 댁하곤 이미 아무 상관도 없는 일 아니오."

시비의 사연인즉, 새를 산 손님은 굳이 새를 집으로 가져가서 놓아주겠다는 것이었고, 젊은이는 젊은이대로 집으로는 절대 새를 가져가게 할 수가 없다는 것이었다.

젊은이와 손님 사이의 시비는 그런 식으로 아직 한동안이나 더 계속되어 나갔다.

"선생님이 새를 사신 이상 그걸 어디서 날려 보내시든 그렇게만 해 주시면 전 물론 상관이 없지요. 하지만 전 믿을 수가 없어요. 선생님이 이 새를 댁으로 가져가셔서 그걸 정말로 날려 보내주실지 어떨지 그걸 말입니다. 솔직히 말씀드려서 선생님께선 이 새를 날려 보내지 않고 기를 생각을 하실 수도 있습니다."

젊은이가 얄밉도록 자신 있게 단정하고 나서자 신사 쪽은 더 이상 참을 수가 없어진 것 같았다.

"젊은 친구가 말이 너무 심하구먼. 아까도 말했지만 내가 그래 이따위 잡새 나부랭일 집에서 기를 사람으로 보여? 그리고 내가 일단 새를 산 이상 이 새를 내가 날려 보내 주든 집에서 기를 작정을 하든 당신이 나서야 할 이유가 무어야.”

그는 함부로 반말지거릴 섞어 댈 만큼 자신의 흥분기를 감추지 못했다. 가겟집 젊은이는 오히려 그걸 기다리기라도 한 듯 그럴수록 어조가 차분해지며 정중하고 여유 있게 말의 조리를 세워 나가고 있었다.

“그건 그렇지가 않아요.”

“그렇지가 않다니?”

“전 손님들에게 새의 방생권을 파는 것이지 구속을 파는 건 아니니까요. 전 그만큼은 제 새의 자유를 지켜 줄 줄 알고 있습니다.”

“새의 자유라…… 그거 참 새 장수치고는 기특한 말이군. 그래 당신은 그 새의 자유를 지켜 주기 위해 이렇게 장 속에 새들을 가둬 두고 있구려?”

“그러나 그것은 새들로 인하여 우리 인간들이 보다 크고 보람스런 자유를 누릴 수 있으니까요. 그렇지만 우리는 우리 인간들의 자유를 위해 끝끝내 새들을 구속할 수는 없습니다. 새는 여기서 놓아 보내야 합니다…….”

“그거 참 감동할 만한 얘기로군.”

신사는 차라리 감탄스럽다는 표정으로 젊은이를 향해 내뱉었다.

하지만 그는 물론 젊은이의 이야기에 설복되었거나 감동이 된 것은 아니었다. 그는 오히려 젊은이를 요량껏 비웃는 중이었다.

사내는 마침내 기회가 왔다고 생각했다. 엉뚱한 시비로 인하여 사내는 가게 젊은이에 대한 자신의 호감과 우의를 증명해 보일 절호의 기회를 얻은 것이었다.

"맞습니다."

사내는 그냥 참고 볼 수가 없다는 듯 두 사람 사이로 끼어들고 나섰다.

"이 젊은이 말이 맞아요. 아마 난 상관하고 나설 일이 아닐는지 모르지만 사리는 결국 옳게 판가름이 나야 할 듯싶어 하는 얘기오만."

손님과 젊은이는 사내의 갑작스런 참견에 잠시 입을 다문 채 사내의 거동만 지켜보고 있었다.

그는 조급히 말을 이어 나갔다.

"세상엔 아닌 게 아니라 새를 제 갈 곳으로 놓아 보내 주기보담은 장 속에 가두고 기르기를 좋아하는 사람들이 많으니까. 아니, 이건 뭐 선생님이 반드시 그렇다는 건 아닙니다. 보아 하니 아마 선생님께는 그 점 믿어도 좋겠어요. 하지만 이 젊은이로 말하면 자기 일을 좀 더 분명히 해 둬야 할 필요가 있겠지요. 이 젊은인 자기 새들에게 날개를 얻어 주는 일을 하니까요. 젊은이가 자기 눈 앞에서 새들이 날개를 얻어 하늘을 날아가는 것을 지켜 주고 싶은 것은 열 번 백 번 당연한 노릇인 겝니다. 그리고 젊은이가 그 일을 분명히 하자면 새를 사 가는 사람을 믿고 안 믿고보다 처음부터 새를 내주지 않는 것이 현명한 일이지요."

사내는 짐짓 엄숙한 표정으로 신사를 은근히 나무라고 있었다.

손님은 차라리 어이가 없다는 표정이었다.

가겟집 젊은이도 일이 그렇게 되고 보니 더 이상 할 말이 없는 듯 멍청스레 허공만 바라보고 있었다.

"쳇! 공연한 장난거리에 끌려들어 별 해괴한 연설을 다 듣게 되는구만…… 좋소, 그럼!"

당신은 도대체 뭐기에 그러고 나서냐는 듯 곱잖은 눈초리로 사내를 훑던 손님이 끝내는 간단히 후퇴하는 말 끾새였다.

"내 새를 안 사면 그만일 게 아니오. 안 그렇소, 젊은이? 내 새는 안 가져 갈 테니 새 값이나 그냥 돌려주구려."

손님은 이제 차라리 장난기가 완연한 몸짓으로 젊은이의 어깨를 가볍게 건드렸다.

이젠 젊은이 쪽도 그 손님과는 쉽게 의기가 투합한 듯 허물없이 웃음으로 그를 응대했다.

"그럼 차라리 그렇게 하시죠. 선생님께서 그걸 섭섭히 여기지만 않으신다면……."

그는 선선히 새 값 2백 원을 되돌려주었고, 신사는 오히려 그것으로 그의 놀이를 즐긴 듯 가벼운 발걸음으로 가게를 떠나갔다.

둘이서 아웅다웅 다투고 있을 때의 형세에 비해 뜻밖에 결말이 싱거운 싸움이었다.

하지만 사내는 어쨌든 그것으로 만족이었다. 한두 번 개운찮은 눈총을 쏘이긴 했어도 싸움이 그렇게 쉽게 끝난 것은 분명히 그의 참견의 덕분이라 할 수 있었다.

젊은이가 그걸 모를 리 없었다. 그는 아마 그걸로 충분히 기분을 돌리게 될 것이었다. 사내는 속으로 그렇게 기대했다. 그리고 젊은인 이제부터 그걸로 사람을 대해 오는 태도도 조금은 달라질 수 있으리라.

사내는 그러자 새삼 기분이 들뜨기 시작했다. 미진한 일이 있다면 다만 손님이 끝끝내 고집을 꺾지 않고 새 값을 되찾아 돌아간 일뿐이었다.

하지만 사내는 그것도 그리 문제가 될 게 없다고 생각했다. 손님을 대신하여 자신이 새를 사 주면 그만이었다. 그리고 그것으로 사내는 젊은이에 대한 자신의 우의를 결정적으로 증명해 보일 생각이었다.

그는 곧 그렇게 했다. 그는 새 값도 미처 치르기 전에 손님이 방금 되돌려주고 간 새장 문을 열어젖히고 보란 듯이 녀석을 숲으로 내보냈다.

"이건 삐줄이 네놈 몫이다. 삐줄이 네놈한테도 내 오늘 이렇게 네놈 몫의 새를 사 줬으니 더 이상 삐칠 생각일랑 말거라."

그리고 그 새의 모습이 시야에서 사라지고 난 다음에야 그는 그 오후의 소득으로 당당히 새 값을 치러 보였다.

그런데 바로 다음이 잘못이었다.

기분이 너무 들뜬 탓이었을까. 의기양양 새 값을 치르고 난 김에 사내가 그만 한 가지 실수를 저지르고 말았다. 그건 별로 큰 실수는 아니었다. 사내도 미처 그게 자신의 실수가 될 줄은 생각을 못했으니까. 그리고 그게 자신의 실수가 된 걸 알고도 무엇이 어떻게 잘못된 것인지 얼핏 헤아릴 수가 없었으니까.

"그런데 젊은인 도무지 이 많은 새들을 다 어디서 구해 들이고 있는 겐가."

사내의 실수는 다만 그 한마디뿐이었다. 그런데 다소간 거침이 없는 듯한 사내의 소리에 가겟집 젊은이가 모처럼 만에 천천히 그를 돌아다보았다.

사내는 무심코 그 젊은이의 눈길을 받다가 표정이 갑자기 움츠러들었다. 젊은이가 왠지 그의 백동테 안경알 뒤에서 사내를 이윽히 쏘아보고 있었다. 사내가 그에게서 눈길을 비키고 난 다음에도 그 젊은이의 시선은 좀처럼 사내를 떠날 줄 몰랐다. 그 시선 속엔 차갑고 무서운 위협기가 숨어 있었다. 그는 화를 내고 있는 게 분명했다.

사내는 비로소 자신의 실수를 깨달았다. 자신의 말 가운데에 젊은이의 맘에 들지 않는 대목이 있었던 게 분명했다.

208

그는 자신의 경솔이 후회스러웠다.

"아, 그야 그런 일을 하자면 어디선가 자꾸 새를 구해 들여야 하는 게 당연한 노릇이겠지요. 난 그저 그 새들을 어떻게 구해 오는지 그게 좀 궁금해서…… 그야 뭐 내가 굳이 알아야 할 일도 아니겠지만서두……."

사내는 자신의 실수를 변명하듯 젊은이의 눈치를 살펴 가며 제풀에 횡설수설 더듬거리고 있었다.

그리고 사내는 진심으로 새를 구해 들이는 방법을 자기가 굳이 알아야 할 필요도 없다고 생각했다. 그가 그걸 알고 싶어 한 것이 젊은이의 비위를 건드리게 된 것인지 어떤지는 아직도 분명치가 않았지만, 어쨌거나 소용 닿을 데가 없는 일로 해서 그를 화나게 만들 필요는 없었다.

하지만 사내의 변명은 때가 너무 늦었다.

젊은이는 아무래도 쉽게 화가 풀리질 않는 얼굴이었다. 그는 한마디 말도 없이 당황해 어쩔 줄 모르고 있는 사내에게 계속 시선을 못 박고 있었다. 사내가 마침내는 더 이상 변명을 늘어놓을 수도 없을 만큼 기가 죽어 버릴 때까지. 그리고 끝내는 그 젊은이에게 더 이상 화를 내게 하지 않게 하기 위해 제물에 슬금슬금 가게 앞을 떠나가 버릴 때까지.

젊은이의 기분을 돌려놓으려던 사내의 노력이 오히려 너무 지나친 탓이었다. 그리고 그때 사내의 기분이 분별없이 너무 들뜬 탓이었다.

사내로선 그만 다 된 밥에다 재를 뿌리고 만 기분이었다.

6

갈수록 태산으로 사내는 이날 밤 거듭 또 한 가지 실수를 저질렀다.

이날 밤 공원 숲 속에선 이상한 일이 일어났다.

사내는 이날 밤도 공원 숲 속의 한 나무 걸상 위에다 옹색한 잠자리를 마련하고 있었다. 그런데 자정이 지난 지도 한식경이 지난 새벽 두세 시쯤 되어서였을까. 숲 속의 어디쯤에선가 심상찮은 인기척 같은 것이 들려왔다.

사내는 그 소리에 어슴푸레 잠결에서 깨어나 머리 위에 뒤집어 쓰고 있던 야전잠바 자락을 밀어냈다. 한밤중에 웬 전깃불의 환한 빛줄기가 어두운 숲 속을 장대처럼 이리저리 훑고 있었다. 빛줄기는 때로 나뭇가지들의 한 곳에서 곧게 고정되고 한 사내의 그림자가 그때마다 나무 위로 올라가 빛줄기의 끝에서 열매를 따듯 잠든 새들을 집어 내렸다. 잠결에 빛을 맞은 새들은 눈먼 장님처럼 옴짝달싹을 못했다. 날개를 퍼덕여 날아 보는 새들도 방향을 못 잡고 좌충우돌하였다. 나뭇가지에 부딪쳐 떨어지는 놈도 있었고 제물에 땅바닥으로 곤두박질쳐 내리는 놈도 있었다.

그림자는 끊임없이 빛줄기를 들이대며 잠든 새들을 사냥하고 있었다.

기이하게 손쉬운 새의 사냥법이었다.

'녀석들이 그렇게 다시들 돌아오곤 하였군.'

사내는 저절로 탄성이 새어 나왔다. 하지만 그 손쉬운 사냥법에 대한 사내의 감탄은 그리 긴 시간 계속될 수가 없었다.

조용한 어둠 속에 빛줄기가 너무 세찼기 때문이었을까. 한동안 숨을 죽인 채 어둠 속으로 그런 광경을 숨어 보던 사내는 자기도 모르게 문득 가슴이 몹시 떨려 오기 시작했다. 빛줄기가 까닭 없이 두렵고, 빛줄기를 조종하고 있는 사내의 그림자가 무턱대고 무서워졌다. 아무래도 안 볼 것을 엿보고 있는 듯 사지마저 조그맣게 움츠러들고 있었다. 게다가 그 빛줄기는 이제 사내 쪽으로 자꾸만 가까이 거리를 좁혀 들고 있었다.

이유 같은 건 알 수 없었지만, 사내는 아무래도 그 빛의 임자에게 그의 사냥이 들켰다는 걸 알게 해서는 안 될 것 같았다.

그는 갈수록 두렵고 초조했다. 불빛이 그에게로 가까이 다가들수록 사내의 머리는 자꾸만 야전잠바 옷깃 속으로 깊이 움츠러들어 갔다.

그러나 전짓불의 눈길은 실수가 없었다. 빛줄기가 끝내는 사내의 머리통을 맞혀 잡고 말았다. 동시에 사내의 머리통도 완전히 야전잠바 깃 속으로 모습을 숨겨 들어가 버렸다.

하지만 한번 사내를 붙잡은 빛줄기는 그를 좀처럼 떠나려 하지 않았다. 그 빛줄기가 그의 잠바 자락을 뚫고 점점 세차게 젖어 들어왔다. 사내는 숫제 잠바 자락 속에서 눈을 감고 있었으나, 감은 눈꺼풀 위로도 빛이 스며들어 왔다.

이윽고 굵다란 발소리가 천천히 그의 곁으로 다가들었다. 그리고 몇 걸음 저쪽에서 소리를 죽인 채 한동안 밝은 빛줄기만 쏘아붙이고 있었다.

사내는 잠바 자락 속에서 숨도 제대로 쉬지 못한 채 무서운 빛줄기의 세례를 견디고 있었다.

빛줄기는 잠바 자락 속의 사내를 거의 질식 상태로 짓눌러 놓은 다음에야 간신히 그에게서 걷혀 나갔다. 그리고 곧 발소리가 방향을 바꾸며 그에게서 천천히 멀어져 갔다.

하지만 사내는 이미 뱀의 눈빛에 쏘인 개구리와 한가지였다. 그는 이제 발소리와 함께 어둠 속으로 사라져 가는 사냥꾼의 뒷모습이나마 엿봐 두고 싶었지만, 실제론 그렇게 몸을 움직여 나설 엄두가 나지 않았다.

그는 그냥 그대로 야전잠바 옷자락 속에 눈을 감은 채 발소리가 귓가에서 멀리 사라져 가기만을 기다리고 있었다.

다음 날 아침, 잠을 깨고 일어났을 때 사내는 간밤의 일이 꿈이 아니었나 싶었다. 하지만 그건 분명 꿈이 아니었다. 그게 꿈이 아니라면 그는 가겟집 젊은이를 화나게 만들 또 하나의 허물을 지니게 된 꼴이었다. 어쩐지 사내에겐 그런 생각이 들었다.

그것은 물론 고의는 아니었다. 그리고 간밤엔 그의 주의가 제법 용의주도했기 때문에 위인을 엿보고 있었다는 확증을 붙잡힌 것도 아니었다. 하지만 사내는 그것으로 젊은이를 안심할 수가 없었다.

사내는 이날따라 아침 일을 서둘렀다. 그리고 일을 서두른 바람에 여느 날보다는 거의 한 시간가량이나 일찍 가게로 내려갔다.

가겟집 젊은이는 짐작대로 간밤의 일에 대해선 아무 내색을 보이지 않았다. 가게에는 이날도 아침부터 손님이 붐벼 댔기 때문에 젊은이가 미처 그를 괘념할 여가가 없었을 수도 있었다.

하지만 젊은이는 오전 장사가 한고비를 넘기고 나서도 별다른 기색을 드러내지 않았다. 사내는 차라리 그게 더욱 수상하고 불안스러웠다. 그리고 그럴수록 자기 쪽에서 먼저 위인의 심사를 다스려 놓는 게 좋으리라 생각했다.

"내 감방 친구 가운데에 꼼장어란 별명을 가진 늙은이가 하나 있었는데, 그 친군 사실 나보다도 훨씬 이 가겔 잊지 못 했었다오."

사내는 우선 젊은이가 맘에 들어 할 소리로 그의 새 장사 일을 부추기기 시작했다.

"그 위인은 허구한 날 언제나 이 가게에서 새를 사게 될 날만을 기다리고 있었어요. 그날을 위해 끊임없이 편지를 쓰고 지식 눔의 면회를 기다렸지요. 가막소 안 사람들이 누구나 그렇긴 하지만 그 늙은이야말로 정말 이 가게에서 날개를 한번 사 보는 것이 어느 누구보다 큰 소망이었으니까. 그런 가엾은 늙은이들에겐 젊은이의 가게가 바로 가장 소중한 꿈이요 희망이지 뭐겠소."

사내의 칭송에도 젊은이는 아직 대꾸를 보내올 기미가 안 보였다. 사내는 젊은이의 대꾸가 있거나 말거나 참을성 좋게 자신의 이야기를 계속해 나갔다.

"아마 난 언젠가는 그 늙은이 몫으로도 새를 한 마리 사 줘야 할 게라요. 위인은 그렇게 새를 사고 싶어 했는데도 그 소망을 끝내 이뤄 볼 수가 없게 되고 말았지 않았겠소. 늙은이가 글쎄 운도 없이 2년 전에 벌써 저 가막솔 죽어 나가고 말았으니…… 죽은 넋이나마 늙은일 위해 내가 대신 새를 한 마리 사 줘야 도리 아니겠소……그러니 죽은 사람 남은 사람 해서 아직도 족히 열 마리는 새를 더 사 줘야 할 겐가…… 그야 뭐 이제는 가막솔 풀려나온 몸이 그만 수고쯤은 대신해 줘야지. 암, 대신해 줘야구말구……."

새를 사 준다는 건 뭐니 뭐니 해도 젊은이에겐 가장 맘에 들 소리임이 분명했다. 사내는 그 젊은이 앞에 지혜를 다해 위인을 꼬드겼다.

젊은이는 아직도 역시 아무 반응이 없었다. 사내의 지껄임은 도대체 들은 척도 않는 얼굴이었다. 가끔 가다 히뜩히뜩 사내 쪽을 흘려보는 눈길엔 그리 보아 그런지 어떤 심상찮은 경계심 같은 것이 숨겨져 있는 듯싶기도 했다.

그런 낌새나 어림짐작만으로 젊은이가 간밤의 일을 벼르고 있다곤 할 수 없었지만, 사내는 이날따라 젊은이가 계속 입을 다물고 있는 것이 못내 불안하고 꺼림칙했다.

사내는 기가 꺾여 한동안 궁리에 부심하고 있었다.

그리고 마침내 한 가지 자신의 불찰이 머릿속에 떠올랐다.

'그러면 그렇지. 내가 오늘은 어째서 여태 거기까지 생각이 미치질 못했을꼬……'

여태까지 새를 사지 않고 있었던 일이 생각난 것이다. 그는 그 자신뿐 아니라 가막소 친구들을 위해서까지 새를 사겠노라 몇 번씩 맹세를 해 보였으면서도 이날따라 정작 젊은이에게서 새를 사 준 것은 한 마리도 없었다.

사내는 그런 자신이 조금은 이상했다. 이날따라 새를 한 마리도 사주지 않았을 뿐 아니라, 그런 자신을 깨닫고 나서도 그는 여느 날처럼 새를 사는 일에 도무지 신명이 나질 않는 것이다.

하지만 그는 이제 자신의 기분 따위는 문제가 아니었다.

그는 그 젊은이의 침묵 앞에 스스로 위압당하고 있었다. 자신의 기분이야 어찌 됐든 이제는 위인을 위해서라도 새를 사 줘야 했다.

그런 생각이 들수록 그는 기분이 더욱 무거웠다.

그러나 그는 곧 자신을 위로했다.

'하지만 이건 감방 녀석들을 위하는 노릇이기도 하니까. 아암, 내가 언제 저 젊은일 위해서 새를 샀던가. 이건 모두가 위인들을 위하고 새를 위해서 하는 일이지.'

사내는 마침내 결심을 하고 주머니 속에서 동전닢을 세었다. 그리고 곧 가게 안 금고 위에다 그것을 쏟아 놓았다. 이날은 사정이 새 값을 깎을 형편도 못 되었지만, 용케도 동전닢이 스무 개를 넘었다.

"그러니까 이번에는 그 지독한 왕릉지기 영감이 되겠군."

사내는 머릿속에 차례를 정해 둔 대로 잠시 동안 그 왕릉 도굴을 일삼다 들어왔다는 남도 사투리의 늙은이를 생각했다. 그리고 어느 때보다 간절한 심정으로 조롱 문을 열어 새를 내보냈다.

그래도 젊은이는 도무지 아무런 참견이 없었다. 사내가 새를 사겠노라 동전을 건넬 때도 젊은이는 그저 남의 일을 대신하듯 냉랭한 눈길뿐 표정이 조금도 달라지지 않고 있었다.

사내는 새를 사고 나서도 기분이 조금도 나아지질 못했다.

그는 이제 더 이상 가게에서 버텨 낼 기력이 없었다. 가게에 할 일이 남아 있는 것도 아니었고, 더 이상 무슨 소릴 지껄여 댈 마음도 없었다.

그는 이윽고 그 얼음장 같은 젊은이의 침묵을 뒤로 한 채 가게를 떠나갔다.

가게를 떠나가는 발걸음이 유난히 지치고 무겁게 느껴졌다.

7

사내는 이날 밤도 그 공원 숲 잠자리에서 밤새도록 불빛에 쫓겼다. 칠흑 같은 어둠 속을 장대처럼 빛줄기가 곧게 뻗치고, 그 빛줄기를 얻어맞은 새들이 나뭇가지들 위에서 낙엽처럼 우수수 땅 위로 떨어졌다. 그리고 그 빛줄기는 사내의 잠자리를 찾아 밤새도록 이리저리 숲 속을 헤매었다.

사내는 안타깝고 초조했다. 그리고 두렵고 조급했다. 빛줄기가 때로 그의 야전잠바 옷자락 위로 사정없이 그를 찌르고 드는가 하면, 때로는 엉뚱스럽게 그를 놓치고 부근 숲 속을 미친 듯이 헤쳐 다니기도 하였다.

그는 쫓기다가 붙잡히고 붙잡혔다간 다시 쫓기고 하는 악몽 속에 날을 훤히 밝혔다.

이튿날 아침 잠자리를 일어났을 때 사내는 머릿속이 온통 남의 것처럼 멍멍했다. 자리를 일어나고 나서도 그는 날마다 계속해 온 아침 일은 생각조차 못했다. 일 생각이 났다 해도 그럴 만한 기력이 남아 있질 못했다.

그는 그저 넋이 나간 사람처럼 망연히 한동안 아침 숲 속만 지키고 앉아 있었다. 이날사 말고 그 흔한 새소리조차 귀에 들려오지 않은 것 같았다.

사내는 아침 햇덩이가 동편 하늘을 하얗게 치솟아 오른 다음에야 간신히 몸을 움직이기 시작했다. 그러나 그는 이날 아침 끝끝내 그 동전 줍기를 단념한 채 그길로 허정허정 가게 쪽으로 내려갔다.

그러나 사내는 이제 새를 사지 않았다. 동전을 줍지 않았으니 새를 살 수도 없었지만, 그는 그걸 별로 아쉬워하지도 않았다. 그는 이제 젊은이의 눈치를 살펴 가며 그에게 굳이 말수작을 건네 보려는 기미도 안 보였다.

그는 그저 가게 맞은편에 묵연히 주저앉아 붐비는 손님들만 구경하고 있었다. 그리고 한낮이 가까워 오면서부터 손님들의 왕래가 한고비를 넘기자 자신도 가게 앞을 떠나갔다. 그가 그 가게 앞을 찾아올 때와 똑같이 지치고 무거운 걸음걸이로. 그리고 그것으로 사내는 이날 저녁 어스름이 공원 일대를 뒤덮어 올 때까지도 그의 모습을 나타내지 않았다.

사내가 다시 젊은이의 새 가게 앞에 지치고 남루한 모습을 나타낸 것은 이튿날 아침 그만쯤 해서였다.

하지만 그는 이날도 새를 사지 않았다. 젊은이의 눈치를 살펴 가며 말수작을 건네 오는 일도 없었다. 이날도 그저 전날처럼 그렇게 하릴없이 손님들의 거래를 구경하다가 오전이 지나고 가게가 좀 한가해지는 기미가 보이자 그길로 그만 자리를 일어서 버렸다.

사내의 거동은 며칠 동안이나 계속 그런 식이었다. 그리고 언제나 그 가게를 찾아올 때와 똑같이 지치고 피곤한 모습으로 말없이 가게를 떠나가곤 하였다.

그러니까 이번에는 오히려 가겟집 젊은이 쪽에서 뜻밖의 태도로 나오기 시작했다.

"노인장을 모시러 올 아드님은 아마 찻길이 막혔거나 길을 거꾸로 돌아서 버렸거나 한 모양이지요."

어느 날 아침 가게가 잠깐 조용해진 틈을 타서 가겟집 젊은이가 문득 사내에게 말했다.

"제 기억으론 노인장이 가막소를 나온 지도 벌써 일주일은 넘은 줄 아는데 아드님은 어째서 여태도 소식이 감감이지요?"

할 일 없이 날마다 가게 부근을 서성대며 장사 거래만 지켜보고 있는 사내의 거동이 젊은이에겐 그렇게 신경이 쓰였을까. 아니면 젊은이는 이제 새도 사 주지 않는 사내의 존재로 하여 자기 장사 일에 실제로 어떤 곤란을 겪고 있었는지도 모른다. 젊은이가 이날부턴 갑자기 작전을 바꾸어 사내를 비웃기 시작한 것이다. 그건 보나마나 그의 가게 근처에서 사내를 멀리 쫓아 버리기 위한 음흉스런 계교가 분명했다.

"뭣 하면 다시 편지를 한 장 써 볼 수도 있지 않겠어요. 아마 노인장의 편지가 아직도 아드님께 닿지 못한지도 모르니까 말입니다. 주소가 어떻게 되세요. 아드님의 시골 집 주소가……."

젊은이는 사내가 새를 사 주지 않는 데 대한 원망의 기색은 손톱만큼도 나타내지 않았다. 그는 될수록 사내가 난처해진 소리들만 골라 그를 괴롭게 몰아붙였다. 그래 결국엔 사내 스스로가 견디지 못하고 가게를 떠나가게 하려는 것이었다.

"아드님을 기다리신답니다. 아드님이 시골에 궁전을 지어 놓고 영감님을 모시러 오시는 중이랍니다."

그는 때로 새를 사러 들어온 손님을 상대로 해서까지 그렇게 무참스럽게 사내를 비웃고 무안을 주었다.

"어디만큼 왔나, 고개만큼 왔지…… 영감님은 날마다 효자 꿈에 행복하시지요."

사내는 그러나 그런 젊은이의 비웃음을 아랑곳하는 기색이 조금도 없었다. 그는 젊은이의 공박에 할 말이 전혀 없는 사람처럼 주위를 짐짓 외면해 버리곤 하였다. 젊은이가 정 그를 못 견디게 매도하고 들 때면 차라리 위인의 얕은 소갈머리가 안됐다는 듯 한참씩 그를 건너다보다 혼자서 조용히 한숨을 짓고 말 뿐이었다.

하면서도 사내는 좀처럼 젊은이의 새 가게를 떠날 생각을 안 했다. 아니 그는 젊은이의 그런 버릇없는 공박 따위로 가게를 아주 떠나 버릴 처지의 사람이 아니었다.

그에겐 아직도 할 일이 남아 있었다.

"녀석들에게 모두 새를 사야…… 그래도 녀석들에게 빠짐없이 모두 한 마리씩은 새를 살 수 있어야……."

사내는 혼자 속으로 중얼거리곤 하였다. 그는 아직도 가막소 안에 남아 있는 친구들을 절대로 잊어서는 안 된다고 생각했다. 그 가엾은 친구들을 위해 새를 사지 않고 혼자서 이곳을 떠날 수는 없다고 몇 번씩 자신을 다짐했다. 그는 그저 지금 당장은 새를 사는 일이 달갑게 여겨지지가 않을 뿐이었다. 새를 사더라도 전날처럼 즐겁거나 기분이 가벼워지지 못하고 있는 것뿐이었다.

하지만 사내는 그것도 그저 그 빌어먹을 잠자리의 악몽 때문일 거라 자신을 변명했다. 밤마다 그를 괴롭혀 대고 있는 빛줄기의 꿈만 꾸지 않게 되면 그는 다시 기분이 회복되어 새를 즐겁게 살 수 있으리라 자신을 기다렸다. 도대체가 새들이 낙엽처럼 빛을 맞고 떨어져 내리는 악몽이 계속되는 동안은, 그리고 그 빌어먹을 새들이 어째서 이 공원 숲을 떠나지 못하고 자꾸만 다시 조롱 속으로 돌아오는지, 그런 사연을 석연히 이해하지 못하고는 새를 다시 사고 싶은 생각이 일어 오질 않았다. 그건 마치 어린애들 숨바꼭질과도 같은 어리석은 장난일 뿐이었다.

한데 그러던 어느 날 밤, 사내에겐 또 한 가지 이상스런 일이 일어났다.

사내는 이날 밤도 그 공원 숲 벤치 위에서 추운 새우잠을 견디고 있었는데, 자정을 한 시간쯤이나 지난 무렵이었다. 예의 전깃불빛이 다시 공원 숲 속을 훑어 대기 시작했다.

이번엔 물론 꿈이 아니었다. 실제로 빛줄기를 앞세운 밤새 사냥이 시작되고 있었다. 사내는 벌써부터 까닭을 알 수 없는 두려움 때문에 자신도 모르게 사지가 움츠러들고 있었다.

하지만 이번엔 다행스럽게도 전번날 밤과는 사정이 훨씬 달랐다. 빛줄기가 아직 사내를 찾아내지 못하고 있었다. 아니, 이날 밤

은 그 밤새 사냥꾼이 제 편에서 미리 사내의 잠자리를 피해 주는
지도 알 수 없는 노릇이었다.

불빛은 좀처럼 사내 쪽으로 다가들 기미를 안 보였다. 사내와는
한참 거리가 떨어진 숲들만 이리저리 분주하게 휘저어 대고 있었
다. 불빛을 맞은 밤새들이 낙엽처럼 어둠 속을 휘날리고 있을 뿐
이었다.

불빛은 거의 걱정을 할 필요가 없는 것 같았다. 하지만 이미 졸
음기가 말끔 달아나 버린 사내는 모른 척하고 다시 잠을 청할 수
도 없었다.

그는 이윽고 야전잠바 옷깃을 들추고 천천히 벤치 위로 몸을 일
으켜 앉았다. 그러곤 차분한 손짓으로 야전잠바 주머니 속을 뒤져
꽁초 한 대를 찾아 물었다.

사내가 그 야전잠바 옷깃으로 불빛을 가리며 입에 문 꽁초에다
막 성냥불을 그어 붙이려는 순간이었다.

후루룩—!

어둠 속 어느 방향으론가부터 느닷없이 사내의 잠바 깃 속으로
날아와 박혀 드는 것이 있었다. 담뱃불을 붙이려다 말고 사내는
자신도 모르게 흠칫 놀라 손에 든 성냥불부터 날쌔게 꺼 없앴다.
그러고는 재빨리 그의 가슴께 잠바 깃 속으로 박혀 든 물체를 더
듬어 냈다.

사내는 이내 물체의 정체를 알 수 있었다. 다름 아니라 그것은

방금 숲 속의 불빛에 쫓겨 온 한 마리의 새였다. 부드럽고 따스한 감촉이 손에 닿을 때부터 사내는 벌써 그것을 알 수 있었다. 옷깃 밖으로 끌려 나온 새는 두려움 때문인지 가슴이 몹시 팔딱거리고 있었다. 사내가 담뱃불을 붙이기 위해 옷자락에 성냥불을 켰을 때 녀석이 그 불빛을 보고 달려든 게 분명했다.

"빛에 쫓긴 녀석이 외려 또 불빛을 덤벼들다니…… 역시 새짐 승이란……."

사내는 녀석의 분별없는 행동이 희한하기도 하고 우습기도 하였다.

하지만 사내의 그런 생각이 오히려 오해였는지도 알 수 없었다.

사내는 잠시 녀석을 어떻게 해 주어야 좋을지 생각했다. 녀석을 금세 그대로 놓아 보낼 수는 없었다. 녀석은 몹시 겁을 먹고 있었다. 빛줄기에 쫓긴 녀석이 사내에게 또 한 번 놀라고 있었다. 놀란 녀석을 무작정 다시 어둠 속으로 달아나게 할 수는 없었다.

그는 녀석을 좀 안심을 시켜서 놓아주기로 작정했다.

그는 조심조심 녀석을 한쪽 손바닥 위로 올려놓고 다른 손으로 가볍게 등덜미를 누르고 있었다. 그렇게 한동안 숨소리마저 죽인 채 녀석의 동정을 기다렸다. 녀석은 별반 사내의 손아귀로부터 몸을 빼내려는 움직임이 없었다. 사내의 속마음을 아는지 녀석은 손아귀 속에서 한동안 가슴만 팔딱거리고 있었다.

그런데 녀석이 그 움직임이 전혀 없는 사내의 따스한 손바닥에 마음이 놓인 것일까. 녀석이 이윽고 작은 부리로 손바닥을 콕콕 쪼아 대는 시늉을 해 왔다. 그리고 마침낸 두 손바닥 사이로 조그만 머리를 내밀고 갸웃갸웃 조심스레 어둠 속을 살피기 시작했다.

사내는 이제 안심이 되었다. 이젠 녀석을 보내 주어도 좋겠다고 생각했다. 그는 녀석이 놀라지 않도록 위쪽을 누르고 있던 손바닥을 가만히 떼어 내렸다.

그런데 그때 또 한 번 희한스런 일이 일어났다.

녀석이 사내의 손바닥 위에서 달아날 생각을 안 했다. 녀석은 마치 등 뒤를 누르고 있던 손길이 걷혀 간 것도 알아차리지 못한 듯 고갯짓만 계속 갸웃거리고 있었다.

사내는 갈수록 기이한 생각이 더했다. 사정이 그쯤 되고 보니 사내는 더욱 거동이 조심스러웠다. 녀석을 좀 더 두고 보는 수밖에 다른 도리가 없었다.

그는 무작정 녀석을 기다렸다. 녀석이 좀 더 안심이 될 때까지 끈질기게 자신을 견디었다. 조마조마하면서도 기이한 생각이 그를 그렇게 견딜 수 있게 하였다.

녀석은 마침내 완전히 안심이었다. 사내의 손바닥을 녀석은 마치 나뭇잎쯤으로나 여기는 모양이었다. 손바닥을 콕콕 쪼아 대기도 하고 사내를 갸웃갸웃 건너다보기도 하면서, 손바닥을 떠날 생각이 조금도 없는 놈 같았다.

안 되겠다 싶었다. 사내는 한 번 더 녀석을 시험해 보기로 하였다. 그는 녀석이 너무 놀라지 않도록 조심스런 잔기침 소리로 주의를 잠깐 건드려 보았다.

하지만 녀석의 반응은 사내를 더욱더 어리둥절하게 하였다. 사내의 잔기침 소리에 녀석은 아닌 게 아니라 잠깐 동안 주의가 쓰이는 듯 꽁지를 간들간들 깐닥거리더니, 이번에는 숫제 사내의 무릎께로 자리를 훌쩍 내려앉았다.

사내는 차라리 어이가 없었다.

하지만 그는 이제 그것으로 그간에 일어난 모든 일들의 사연을 알 것 같았다. 녀석은 필시 사내와 미리부터 눈이 익어 있었던 놈임에 분명했다. 그는 그렇게밖에 생각할 수 없었다. 녀석이 처음부터 사내를 알아보고 그를 찾아든 게 분명해 보인 것이다.

"그래, 이 녀석아, 이제 알겠다…… 네놈은 필시 나한테서 날갤 얻어 숲으로 돌아온 녀석이 분명하렷다……."

사내는 다시 두 손으로 천천히 녀석을 곱게 싸안아 들었다. 그리고 마치 녀석 쪽에서도 그의 말뜻을 알아들을 수 있는 양 중얼중얼 혼자서 속삭여 댔다.

"난 네놈의 믿음을 안다. 그래 우리는 이렇게 서로를 믿으며 한 가족이 되는 게지. 넌 어떻게 생각하는지 모르지만, 저 아래 가겟집 젊은이 그 사람도 그렇겠구. 글쎄 너 같은 야생의 날짐승도 이렇게 벌써 믿음이 생기는데, 이 미욱한* 인간은 여태까지 그래 네

*미욱한 : 하는 짓이나 됨됨이가 매우 어리석고 미련한.

놈들이 이렇게 숲을 떠나지 못하는 간단한 이치조차 깨우치질 못했구나……."

숲 속을 휘저어 대던 빛줄기는 어느새 산을 내려갔는지 주위가 온통 잠잠해져 있었다.

사내는 이윽고 다시 벤치 위로 천천히 몸을 뻗어 누우면서 녀석을 싸안은 그의 두 손을 소중하게 가슴 위로 얹었다. 그러곤 조용히 눈을 감은 채 손바닥 안에서 따뜻한 깃털을 부드럽게 꼼지락대고 있는 녀석에게 귓속말하듯 낮게 속삭였다.

"넌 오늘밤 나하고 여기서 이렇게 함께 지내는 게 좋겠구나. 숨길이 좀 답답하긴 하겠지만, 그 대신 내가 춥게는 안 할 테다. 그야 내가 잠이 든 담에는 너 좋은 대로 하겠지만 말이다……."

8

이튿날 아침 사내가 잠이 깨었을 때 새는 물론 자취가 없었다.

하지만 사내는 이날 아침 어느 날보다도 기분이 가벼웠다. 꿈을 꾸지 않은 밤잠이 어느 날보다도 편했던 것 같았다. 숲 속에 쏟아져 내리는 낭자한 새소리들도 새삼 유쾌하게 들려왔다.

그는 마치 간밤의 새소리를 찾아 가려내고 있기라도 하듯 아침 한기도 잊은 채 한동안 그 새 울음소리에만 조용히 귀를 기울이고 있었다.

그러다 그는 뒤늦게 기동을 서두르며 자리를 벌떡 박차고 일어났다. 그리고 모처럼 만에 동전 줍기를 다시 시작한 사내는 그 공원 앞의 새 가게 젊은이에 대해서도 종래의 호감을 회복해 가고 있었다.

"따지고 보면 여기서 이렇게 한 하늘을 머리 위에 이고 사는 우리는 어차피 모두가 한 가족이나 다름이 없는 거 같구랴."

여느 때와 다름없이 오전 장사에 한창 정신을 빼앗기고 있던 젊은이가 잠시 숨을 돌릴 짬이 나자 사내는 이때다 싶은 듯 위인에 대한 자신의 이해와 우의를 넌지시 다짐하고 나섰다.

"아, 글쎄 새를 다루는 젊은이의 일에 사람의 정분이 깃들지 않을 수 없는 바에야 젊은이에게 그 날개를 얻어 날아가는 새짐승들 또한 젊은이의 인정이 안 통할 리 없겠지. 그래 그게 사람과 새짐승들 사이의 일이라 하더라도 그런 정분이 오가다 보면 서로가 어느새 한 가족이 되어 갈 게 당연한 이칠 게요. 젊은이나 새들은, 그래 결국 그런 정분의 끈으로 이어져 이 공원 안에 함께 살고 있는 한 가족들이란 말이 될 게요……."

가겟집 젊은이는 그러나 사내의 돌연한 태도가 오히려 더 수상쩍게 느껴진 듯 이날도 좀처럼 그를 응대해 올 기미가 없었다.

사내는 좀 더 노골적으로 젊은이에게 매달리고 들었다.

"아, 그러니까 이건 다른 얘기가 아니오. 생각하기에 따라선 때가 좀 너무 늦은 감도 있지만, 이 늙은이도 이젠 댁들과 같이 이 공원 가족이 되자는 거외다. 아니 어떻게 생각하면 이 늙은이도 이젠 실상 젊은이나 새들 한 가족이 된 건지도 모를 일이라오. 난 다만 젊은이도 이제 좀 아량을 가지고 그걸 알아주었으면 한다는 그런 얘기요. 일테면 젊은이나 젊은이의 새들에 대한 나의 정분이랄까 이해랄까 그런 내 마음을 말이오."

가겟집 젊은이는 그러나 여전히 반응이 없었다.

사내는 그 젊은이 앞에 자신의 심사를 좀 더 분명하게 증명해 보이고 싶은 어조로 자신 있게 말했다.

"그래, 난 오늘부터 다시 새를 살 요량을 세웠다오. 그야 그런 일은 아직도 저 가막소 안에 남아 있는 위인들에 대한 내 마음의 빚값으로 하는 일이기는 하지만, 그게 다 뉘 좋고 매부 좋고 한다는 일 아니겠소. 젊은인 새를 팔아 좋고 난 위인들의 소망을 풀어 주어 좋고 새들은 날개를 얻어 좋고, 거기다 그렇게 서로가 진심을 익히다 보면 우린 모두가 함께 너나없이 한 가족이 될 수 있게 되어 좋고……."

그러고 나서 사내는 다시 젊은이를 안심시키듯 혼자서 계속 지껄여 대었다.

"하지만 뭐 한 가족이다 뭐다 하니 내게 무슨 딴 궁리가 있어서 그러나 의심을 할 건덕진 없어요. 그야 솔직하게 말하면 난 그동안 내 아들 녀석이 날 정말로 잊어버리고 있는 게 아닌가 의심이 들기도 했었다오. 녀석이 정말 제 애빌 잊고 언제까지나 이런 곳을 헤매게 버려둘 참인가 싶어 은근히 혼자 낙담스런 생각이 솟기도 했었단 말이외다……."

"……."

"하기야 어찌 생각해 보면 지금깐진 그편이 오히려 다행이었는지 모르지요. 내 언젠가 이곳을 쉬 떠나지 못하는 이유가 녀석을 기다리는 일밖에 다른 일 한 가지가 있노라 말한 적이 있지만, 그일이 아직도 끝나질 않았으니 말이오. 젊은이도 이젠 대략 짐작이 가리라 믿어 하는 말이지만, 그게 바로 내가 가막소 위인들의 새를 사 주는 일 아니었겠소. 녀석들에게 새를 다 사 주기 전에는 아들놈을 만나도 난 이곳을 떠날 수가 없는 처지란 말이외다. 그러니 아들놈이 나타났다가는 일이 오히려 낭패가 됐을 게라요. 녀석이 아직 나타나지 않은 건 그래 그런대로 다행이랄 수가 있어요. 하지만 그거야 물론 내 쪽 사정인 게구, 녀석이 여태도 날 찾으러 와 주지 않은 건 제 일을 제가 외면하는 격 아니겠소. 난 그게 섭섭했던 게요. 은근히 마음이 조급해지기도 했었구……."

"……."

"하지만 이 늙은이의 주책없는 생각도 사실은 모두가 어제까지뿐이었다오. 오늘은 생각이 달라지고 말았어요. 젊은인 아마 이해하기가 어렵겠지만 오늘 아침부턴 모든 게 안심이 되는구려. 녀석이 머지않아 날 찾아 나타날 것 같아요. 그것도 물론 이 늙은이의 막연한 기대나 느낌에 불과한 것인지 모르지만, 난 그런 내 바람을 믿고 살아온 늙은이니까. 제 바람을 믿고 사는 수밖엔 다른 도리가 없었던 위인이었으니까. 그게 내가 가막소에서 늙도록 깨달아 얻은 마지막 지혜거든. 내 아들놈은 필시 날 찾아 나타날 거외다. 그리고 제 애빌 고향 집으로 데려갈 거외다…….”

“…….”

“내 젊은이에게 바람이 있다면 다만 젊은이도 아까 말대로 내 한 가족이 되어서 그 한 가족이 된 사람의 정분으로 그걸 조금만 믿어 줬으면 하는 것뿐이라오. 내게도 그럴 아들 녀석이 있고 그 아들 녀석이 미구에 제 애빌 찾아 나타날 일을 말이오…….”

젊은이는 끝끝내 대꾸가 없었다.

가게에 다시 손님들이 밀려들기 시작했다. 젊은이는 그러자 사내를 버려둔 채 냉큼 가게 일로 돌아가 버렸다.

사내는 다시 기다리기 시작했다.

하지만 그는 이제 어차피 새를 사겠노라 보기 좋게 다짐을 하고 난 처지였다. 가만히 앉아서 시간만 기다리고 있을 수는 없었다.

그는 이윽고 당당하게 새장 앞으로 다가갔다. 그리고 다른 손님들 사이에 섞여 자신의 새를 고르기 시작했다.

그러나 사내의 그런 거동은 대체로 금세 새를 골라 사려는 쪽이 아니었다. 그는 신중하고 차분한 눈길로 새장을 하나하나 훑어 나갔다. 때로는 금세 새를 살 것처럼 어느 한 조롱 속을 유심히 들여다보기도 하고, 때로는 조롱 속으로 손가락까지 뻗어 넣어 녀석들의 주의를 끌어 보기도 하였다. 하지만 사내는 그때마다 녀석들에 대한 자신의 충동을 잘 견뎌 내고 있었다.

이를테면 그는 그런 식으로 자신의 충동을 참아 가면서 단 한 마리의 새를 사 날려 보낼 자신의 기회를 오래오래 아끼고 즐기는 식이었다. 아니, 그렇게 자신을 즐기면서 끈질기게 무언가를 찾아 기다리고 있었다. 그건 다만 손님들이 그 방생의 집을 모두 떠나 가고 가게 안에 젊은이와 자신만이 남게 될 시간일 수도 있었고, 혹은 그가 날개를 사 줄 녀석을 위한 어떤 특별한 인연에의 기다림 같은 것일 수도 있었다.

어쨌거나 그는 그렇게 좀처럼 새를 살 기미를 안 보였다.

이윽고 가게 안에 붐벼 대던 손님들이 거의 다 놀이를 끝내고 빠져나간 다음에도 사내는 여전히 그렇게 시간만 기다리고 있었다.

젊은이는 다시 가게 안쪽에 숨겨 놓은 비밀 집합사에서 새 새들을 꺼내다가 비워진 장들을 채워 넣고 있었다. 사내로선 물론 가게 안에 차려진 집합사에 새들이 몇 마리쯤 숨겨져 있는지 들여다볼 기회가 한 번도 없었지만, 젊은이는 아마도 그 비밀 집합사에 새가 바닥이 나게 버려두는 일이 한 번도 없는 것 같았다. 특히나 오전 동안엔 젊은이가 바깥 새장을 비워 두는 일이란 절대로 없었다. 가게 안 비밀 집합사엔 언제나 여분의 새들이 얼마든지 비워진 장을 채우게 될 차례를 기다리고 있는 것 같았다. 젊은이기 비밀 집합사를 들어갔다 오면 두 마리고 세 마리고 그의 손아귀엔 언제나 그가 필요한 수만큼의 새들이 움켜져 나왔다.

이날도 젊은이는 벌써 스무 개 이상의 빈 새장을 새로 채워 넣고 있었다.

사내는 계속 다시 채워진 새장 앞에서 자신의 충동을 견뎌 내고 있었다.

그런데 그때, 한 새장에서 이상한 일이 일어났다.

사내가 무슨 버릇처럼 한 새장 문을 손가락 끝으로 톡톡 건드리자 장 속의 새가 포르륵 날개를 퍼덕여 그의 손가락 쪽으로 날아와 붙었다.

사내가 손가락을 좀 더 깊숙이 장 속으로 디밀었다. 그러자 다시 장 속의 새는 녀석의 조그만 부리로 사내의 손가락 끝을 조심스럽게 한두 번 콕콕 쪼아 대는 시늉이더니, 나중에는 겁도 없이 홀짝 그 손가락 위로 몸을 날려 내려앉았다. 그리고 꽁지를 가볍게 간들거리며 조그만 눈망울로 말똥말똥 그의 표정을 살피고 있었다.

사내는 한동안 거의 넋을 잃은 듯한 얼굴로 장 속의 새 앞에 못 박혀 서 있었다. 사내의 초라한 입가에 이윽고 누런 웃음이 번졌다. 그리고 거기서 그 사내의 오랜 기다림이 끝났다.

"그래, 나도 이젠 네놈을 알아볼 수가 있구말구……."

사내는 혼잣말처럼 낮게 중얼거리고 나서, 다시 가겟집 젊은이를 향해 자랑스럽게 말했다.

"내 오늘은 이 녀석을 사 주겠소."

232

그는 곧 야전잠바 주머니를 뒤져 동전 스무 닢을 세어 내놓고 나서, 이젠 젊은이의 응낙을 기다릴 것도 없이 스스로 새장 문을 따기 시작했다.

그는 열린 장문 사이로 손을 디밀어 녀석을 조심스럽게 손바닥에 싸안았다. 그리고 무슨 소중한 물건이라도 다루듯 자신의 코앞까지 녀석을 높이 치올려 들고는 사람에게 하듯 중얼중얼 말했다.

"하지만 이젠 알아 두거라. 여긴 네놈들에게 그리 즐겨할 곳이 못 된다는 걸 말이다. 그래 나도 이게 네놈한텐 마지막일 테니 이번엔 좀 날개가 저리도록 멀찌감치 하늘을 날아가 보거라……."

손안에 든 새가 사내를 재촉하듯 날개를 두어 번 퍼덕대고 있었다.

그러자 사내도 이제 그만 녀석을 놓아줄 자세를 취했다. 퍼덕여 대는 녀석의 양 날개 밑으로 손끝을 집어넣어 녀석을 높이 받쳐 올렸다. 그리고 그가 뭔가 혼잣말 같은 것을 입속으로 중얼대며 녀석을 막 놓아주려던 참이었다.

사내는 금세 뭐가 이상해졌는지 숲으로 놓아주려던 녀석을 다시 가슴팍 밑으로 끌어내렸다. 그리고는 녀석의 날개를 들추고 벌어진 날갯죽지 밑을 유심히 살폈다.

사내가 들춰낸 녀석의 양쪽 날개 밑엔 무슨 가위 같은 물건으로 속 깃을 잘라 낸 자국이 역력했다.

사내는 일순 그것이 도대체 무엇을 뜻하며 어째서 그런 일이 생기게 됐는지 짐작이 안 가는 듯 멍멍한 표정을 짓고 있었다.

한동안 조용히 잘려 나간 녀석의 속 날개깃 자국을 들여다보고 있던 사내의 눈길에 이윽고 어떤 세찬 분노의 불길이 일기 시작했다.

그는 새를 거머쥔 손에 으스러지도록 힘을 주며 말없이 그의 거동만 훔쳐보고 있는 젊은이를 정면으로 쏘아보았다. 그 세찬 분노의 불길이 이글거리는 사내의 눈길은 사람까지 온통 달라 보이게 하였다. 그는 자신의 분노 때문에 손과 입술까지 마구 떨리고 있었다.

하지만 사내는 자신을 참는 데 너무도 깊이 길이 들여진 인간이었다.

그는 끝끝내 한 마디 말도 없이 자신의 분노를 견뎌 냈다. 분노와 증오에 불타던 사내의 눈길에서 이윽고 그 세찬 열기가 서서히 가라앉아 가고 있었다. 그리고 분노와 증오의 빛 대신 그의 눈길엔 어느새 조용한 슬픔의 응어리 같은 것이 맺혀 들기 시작했다.

그는 문득 가겟집 젊은이로부터 시선을 거두었다. 그리고 그 높고 푸른 가을 하늘을 오래도록 우러렀다.

가겟집 젊은이는 그러나 여전히 남의 일을 구경하듯 거동이 태연스러웠다.

처음 한동안은 그도 역시 사내의 심상찮은 기세에 눌려 여느 때처럼은 처신을 못했다. 사내의 행동을 함부로 간섭하고 들지도 못했고, 거꾸로 사내를 깡그리 무시한 채 그 앞에서 금세 등을 돌리고 돌아서지도 못했다. 그리고 사내가 마침내 새의 날개 밑을 들춰내자 그는 무슨 몹쓸 비밀을 들킨 사람처럼 엉거주춤한 자세로, 그러나 될수록 자신을 잃지 않으려는 듯 조금은 뻔뻔스럽고 무관심한 표정으로, 끝끝내 그 사내의 눈길만 맞받고 서 있었다. 그게 사내의 눈길에 붙잡힌 젊은이의 거동새였다.

하지만 사내는 마침내 스스로 깨닫고 스스로 자신을 다스려 주었다. 젊은이는 이제 그걸로 그만이었다.

그는 순식간에 다시 자신을 되찾고 있었다. 그리고 그 하늘을 우러러 얼굴을 쳐들고 서 있는 사내를 향해 까닭 모를 웃음을 흘리고 있었다.

이윽고 사내가 그 하늘로부터 조용히 눈길을 끌어내려 그를 다시 돌아다보았을 때도 그는 계속 그 비웃음과 연민기 같은 것이 뒤섞인 기묘한 웃음기 속에 유유히 사내를 구경하고 있었다.

9

도시를 빠져나온 신작로가 가을날 저녁 햇살 속을 남쪽으로 하얗게 뻗어 나가고 있었다.

가을 해는 중천을 비켜서면 풀기가 꺾이게 마련이었다. 사내는 야전잠바 목깃을 꼭꼭 여미며 잠그며 그 신작로를 따라 지친 발길을 끈질기게 남쪽으로 옮겨 가고 있었다. 바람막이 삼아 앞단추를 열고 가슴께로 숨겨진 사내의 오른쪽 손아귀 속에서 아직도 방생의 집 새 한마리가 발톱과 부리를 쉴 새 없이 꼼지락대고 있었다.

"답답하더라도 조금만 참거라."

사내는 마치 동무에게라도 말하듯 옷깃 속에서 몸을 꼼지락대는 녀석에게 낮게 중얼거렸다.

"나도 몹시 다리가 아프지만 그래도 아직 해가 있을 때 마을을 만나야 하니 말이다. 앞으로도 며칠을 더 이렇게 걸어야 할지 모르는데, 첫날부터 아무 데서나 한뎃잠을 잘 수는 없지 않겠냐."

그는 계속해서 남쪽으로 걸었다. 그리고 그의 등 뒤로 멀어져 가는 도시의 하늘에서 자신의 지친 발걸음을 재촉할 구실을 구하듯 때때로 고개를 뒤로 돌아보곤 하였다.

"그래 어쨌거나 우리가 녀석을 떠나온 건 백 번 천 번 잘한 일이었을 게다. 게다가 이제부터 도시엔 겨울 추위가 몰아닥치게 되거든. 너 같은 건 절대로 그 도시의 추위를 견디지 못한다. 작자도 아마 그걸 알았을 게다. 글쎄, 네놈도 그 작자가 암말 못하고 멍청하게 날 바라보고만 있는 꼴을 봐 뒀겠지. 내가 네 놈을 데리고 떠나려 할 때…… 아, 그야 나도 물론 작자한테 그만한 값을 치르긴 했지만 말이다."

맞은편 산굽이께로부터 도시를 향해 길을 거꾸로 들어가고 있는 사람들의 한 패가 사내의 곁을 시끌벅적하게 떠들고 지나갔다.

사내는 잠시 말을 끊고 그 도시로 들어가는 사람들의 일행을 스쳐 보냈다. 그리고 그들의 말소리가 등 뒤로 멀리 사라져 간 다음 다시 말하기 시작했다.

"마지막 반 해분만이라도 내 그 노역의 품삯을 한사코 주머니 속에 깊이 아껴 뒀던 게 천만다행이었지. 널 데려올 수 있었던 건 순전히 그 돈 덕분인 줄이나 알아라. 하기야 그건 내가 정말로 집 엘 닿는 날까지 기어코 안 쓰고 지니려던 거였지만…… 하지만 난 후회 않는다. 암 후회하지 않구말구. 그까짓 돈이야 몇 푼이나 된다구…… 이런 몰골을 하고 빈손으로 고향 길을 찾기는 좀 뭣 할지 모르지만, 그런다구 어디 사람까지 변했나…… 아니, 아니 내 아들 녀석도 물론 그런 놈은 아니고."

사내는 제풀에 고개를 한번 세차게 흔들었다.

가슴속 녀석이 응답을 해 오듯 발가락을 몇 차례 꼼지락거렸다. 그 바람에 잠시 발길을 멈추고 녀석의 발짓을 느끼고 있던 사내의 얼굴에 만족스런 웃음기가 번지고 있었다.

"그래, 어쨌든 잘했지. 떠나온 건 잘했어."

사내는 다시 발길을 떼 옮기며 말하기 시작했다.

"녀석도 아마 잘했다고 할 거야. 글쎄, 이렇게 내가 제 발로 녀 석을 찾아 나섰기가 망정이지 하마터면 우리도 거기서 겨울을 지 낼 뻔했질 않았나 말이다."

그리고 사내는 뭔가 더욱 은밀하고 소중한 자신만의 비밀을 즐 기듯 몽롱한 눈길로 중얼거림을 이어 갔다.

"너도 곧 알게 될 게다. 우리가 함께 남쪽으로 길을 나서길 얼마나 잘했는가를 말이다. 남쪽은 북쪽하곤 훨씬 다르다. 겨울에도 대숲이 푸른 곳이니까. 넌 아마 대숲이 있는 곳이면 겨울도 그만일 테지. 내 너를 그런 대숲이 있는 곳으로 데려다 줄 테다. 녀석의 집 뒤꼍에도 그런 대숲은 얼마든지 많을 테니까. 암 대숲이야 많구말구…… 넌 그럼 그 대숲으로 가거라. 그리고 거기서 겨울을 나려무나……."

사내의 얼굴은 이제 황홀한 꿈속을 헤매고 있는 사람의 그것처럼 밝고 행복하게 빛나고 있었다.

그는 계속 걸으면서 중얼댔다.

"넌 아마 그래야 할 게다. 가엾게도 작은 것이 날개를 너무 상했으니까. 이 겨울은 그 대숲에서 날개가 다시 길어 나기를 기다려야 할 게야. 내년에 다시 날이 풀리면 네 하늘을 맘껏 날을 수가 있을 때까진 말이다. 그야 너만 좋다면 녀석의 집에서 이 겨울을 너와 함께 지내 줄 수도 있지만, 그건 아무래도 네 맘은 아닐 테니까……."

석양의 햇발이 점점 더 풀기를 잃어 갔다.

구불구불 남쪽으로 뻗어 나가고 있는 하얀 신작로도 먼 곳에서부터 차츰 윤곽이 아득히 흐려져 가고 있었다.

하지만 사내에겐 아직도 한줄기 햇볕이 등줄기에 그토록 따스할 수가 없었다. 그리고 그 한줄기 햇살이 꺼지지 않는 한 그의 눈

앞에서 남쪽으로 뻗어 나가고 있는 좁은 신작로가 그토록 따뜻하고 맑게 빛날 수가 없었다. 그건 차라리 사내의 가슴속을 끝없이 비춰 주는 영혼의 빛줄기와도 같았다.

사내는 아직도 지침이 없이 그 따스하고 행복스런 빛줄기를 좇으며 품속에서 가끔 발짓을 꼼지락거리는 녀석에게 쉴 새 없이 혼자 중얼대고 있었다.

"하지만 네놈도 조금은 명념해 봐야 한다. 탱자나무 울타리와 붉은색 벽돌 굴뚝이 높은 기와집, 게다가 뒷밭이 넓고 뒤쪽 언덕에 푸른 대숲이 우거져 내린 집…… 그런 집이 있는 동네가 나서는 걸 말이다. 그야 언젠간 너도 알겠지만, 그게 바로 우리가 찾아가는 남쪽 동네란다. 생각처럼 그렇게 쉽게 찾기는 어려운 곳이지. 하지만…… 글쎄, 그 남쪽 동네가 얼마나 따뜻한 곳인지 네가 어떻게 알기나 할는지……."

이청준 연보

1939년   8월 9일 전라남도 장흥군 회진면 진목리 출생.

1960년(21세)   서울대학교 독어독문학과 입학. (4·19 학생 혁명 당년).

1965년(26세)   『사상계』 신인 문학상에 단편 「퇴원」 당선.

1966년(27세)   서울대학교 독어독문학과 졸업. 『사상계』 입사.

1967년(28세)   『여원』 입사.

1968년(29세)   단편 「병신과 머저리」로 제12회 동인 문학상 수상. 월간 『아세아』 창간에 참여. 남경자와 결혼.

1969년(30세)   단편 「매잡이」로 제1회 대한민국 문화예술상 신인상 수상.

1971년(32세)   월간 『지성』 창간에 참여. 첫 창작집 『별을 보여 드립니다』(일지사) 출간.

1972년(33세)   중·장편집 『소문의 벽』(민음사) 출간. 단편 「석화촌」이 영화화되어 청룡영화제 최우수 작품상 수상.

1973년(34세)   『조율사』(삼성출판사 문고판) 출간.

1975년(36세)   창작집 『가면의 꿈』(일지사), 『병신과 머저리』(삼중당 문고판) 출간. 중편 「이어도」로 제8회 한국일보 창작문학

상 수상. 일본어판 『씌어지지 않은 자서전(書かれざる自叙傳)』(泰流社) 출간.

1976년(37세) 장편 『당신들의 천국』(문학과지성사), 창작집 『이어도』 (서음출판사) 출간.

1977년(38세) 창작집 『예언자』(문학과지성사), 『자서전들 쓰십시다』 (열화당) 출간.

1978년(39세) 중편 「잔인한 도시」로 제2회 이상 문학상 수상. 수상작 품집 『잔인한 도시』(홍성사), 창작집 『남도 사람』(예조 각), 장편 『이제 우리들의 잔을』(예림출판사) 출간. 산문 집 『작가의 작은 손』(열화당) 출간.

1979년(40세) 장편 『춤추는 사제』(홍성사), 장편 『흐르지 않는 강』(문 장) 출간.

1980년(41세) 창작선집 『매잡이』(민음사), 창작집 『살아 있는 늪』(홍성 사) 출간. 단편 「살아 있는 늪」으로 중앙문예 대상 예술 부문 장려상 수상. 꽁트집 『치질과 자존심』(문장) 출간.

1981년(42세) 장편 『낮은 데로 임하소서』(홍성사), 연작 소설 『잃어버 린 말을 찾아서』(문학과지성사) 출간.

1982년(43세) 창작집 『시간의 문』(중원사) 출간, 희곡 『제3의 신』(현대 문학) 발표, 국립극장 공연.

1984년(45세) 장편 『제3의 현장』(동화출판공사), 창작선집 『눈길』(홍 성사), 『황홀한 실종』(나남 출판) 출간.

1985년(46세) 창작집 『비화밀교』(나남출판), 산문집 『말없음표의 속말들』(나남출판) 출간.

1986년(47세) 꽁트집 『따뜻한 강』(우석) 출간. 중편 「비화밀교」로 제7회 대한민국 문학상 수상. 영어판 『당신들의 천국(This Paradise of Yours)』(Cresent Publications) 출간.

1987년(48세) 창작선집 『겨울 광장』(한겨레) 출간.

1988년(49세) 장편 『아리아리 강강』(우석) 출간.

1989년(50세) 장편 『자유의 문』(나남출판) 출간.

1990년(51세) 창작집 『키 작은 자유인』(문학과지성사), 장편 『자유의 문』으로 제2회 이산 문학상 수상.

1991년(52세) 창작선집 『새가 운들』(청아), 장편 『젊은 날의 이별』(청맥) 출간. 프랑스어판 「이어도(L'île d'Io)」와 「예언자(Le Prophète)」(Actes Sud) 출간.

1992년(53세) 장편 『아리아리 강강』을 개작하여 『인간인』(우석) 출간. 창작집 『가해자의 얼굴』(중원사) 출간. 일본어판 『자유의 문(自由の門)』(栢書房) 출간.

1993년(54세) 연작 소설 『서편제』(열림원) 출간. 임권택 감독에 의해 영화화되어 대종상 최우수 작품상 수상. 프랑스어판 『당신들의 천국(Ce paradis gui est le vôtre)』(Actes Sud) 출간. 터키어판 「예언자」(iletisim) 출간.

1994년(55세) 장편 『씌어지지 않은 자서전』(장락), 『춤추는 사제』(장락), 『흰옷』(열림원), 산문집 『사라진 밀실을 찾아서』(월간 에세이), 동화 『바람이의 비밀』(삼성출판사) 출간. 장편 『흰옷』으로 제2회 대산 문학상 수상. 일본어판 『서편제(西便制)』(부川書房) 출간.

1996년(57세) 장편 『축제』(열림원), 창작선집 『섬』(열림원) 출간. 판소리 동화 『토끼야, 용궁에 벼슬 가자』, 『놀부는 선생이 많다』(열림원) 출간.

1997년(58세) 동화 『뻐꾸기와 오리나무』(금성출판사), 『할미꽃은 봄을 세는 술래란다』(열림원), 『한국 전래 동화 1,2』(파랑새 어린이) 출간.

1998년(59세) 『이청준 문학 전집』(열림원) 출간 시작. 단편 「날개의 집」으로 제1회 21세기 문학상과 성옥문화상 예술 부문 대상 수상. 스페인어판 『예언자』 콜롬비아에서 출간.

1999년(60세) 프랑스어판 『제3의 현장』(Librairie-galerie Racine), 영어판 『예언자(The Prophet)』(Cornell University), 독일어판 『불의 여자(Die Feuerfrau und andere Erzählungen)』(Residenz Verlag) 오스트리아 출간.

2000년(61세) 장편 『인문주의자 무소작 씨의 종생기』(열림원), 창작집 『목수의 집』(열림원), 청소년용 선집 『선생님의 밥그릇』(다림) 출간. 독일어판 『비화밀교(Das geheime Feuerfest)』(Pendragon Verlag), 『토끼야, 용궁에 벼슬 가자』(Der Hase im Wasserpalast oder Wie es zugeht aut der Welt)(Peperkorn) 출간.

2001년(62세) 산문집 『야윈 젖가슴』(마음산책), 동화집 『떠돌이 개 깽깽이』(다림) 출간. 프랑스어판 『흰옷(L'harmonium)』(Actes Sud), 독일어판 『놀부는 선생이 많다(Nolbu hat viele Lehrer oder Zweierlei Menschen)』(Peperkorn) 출간.

2002년(63세) 이탈리어판 『제3의 현장』(O barra O), 독일어판 『축제(Die Trauerfeier)』(Horlemann), 『잔인한 도시(Brutale Stadt)』(Haag+Herchen) 출간.

2003년(64세) 『이청준 문학 전집』(전 25권. 열림원) 완간. 장편 『신화를 삼킨 섬』(열림원), 산문집 『그와의 한 시대는 그래도 아름다웠다』(현대문학), 동화 『숭어 도둑』(디새집) 출간. 제17회 인촌 문화상 수상.

2004년(65세) 창작집 『꽃 지고 강물 흘러』(문이당), 공동산문집 『옥색 바다 이불 삼아 진달래꽃 베고 누워』(학고재), 산문집 『아름다운 흉터』(열림원) 출간. 동화 『동백꽃 누님』(다림), 『새 소리 흉내쟁이 요산 아저씨』(두산동아) 출간. 스페인어판 『당신들의 천국(Paraiso Cercado)』, 『서편제』(Trotta), 영어판 『당신들의 천국(Your Paradise)』, 『서편제』(Green Integer), 터키어판 『이어도(Io Adasi)』(Everest) 출간. 제36회 대한민국 문화예술상 수상.

2005년(66세) 『이청준 판소리 동화』(전 5권. 파랑새 어린이), 꽁트집 『마음 비우기』(이가서), 산문집 『머물고 간 자리, 우리 뒷모습』(문이당) 출간. 독일어판 『흰옷(Die Weiben Kleider)』(Iudicium) 출간. 예술원회원 선임.

2007년(68세) 제17회 호암 예술상 수상. 제1회 제비꽃 서민 소설상 수상.

꽃 지고 강물 흘러

초판 1쇄 인쇄일 · 2007년 7월 20일
초판 1쇄 발행일 · 2007년 7월 25일
지은이 · 이청준
펴낸이 · 임성규
펴낸곳 · 문이당

등록 · 1988. 11. 5. 제 1-832호
주소 · 서울시 성북구 동소문동 4가 111번지
전화 · 928-8741~3(영) 927-4990~2(편)
팩스 · 925-5406
ⓒ 이청준, 2007

홈페이지 http://www.munidang.com
전자우편 webmaster@munidang.com

ISBN 978-89-7456-375-2 83810